島のエアライン　上

黒木亮

毎日文庫

上

目次

天草空港開港（2000年）の頃の熊本・天草

島のエアライン

上

主な登場人物〈上巻〉

田山洋二郎……熊本県交通対策総室課長補佐
福島純一……同主任主事
下村弘之……同主幹
松見辰彦……熊本県玉名事務所次長（のち交通対策総室審議員）
手島章人……熊本県交通対策総室参事
成尾雅貴……同主幹
村上賢昭……同次長（のち天草エアライン専務）
島田保信……同参事

倉橋綾子……天草エアライン職員（日本トランスオーシャン航空から出向）
高橋力……天草エアライン運航部門担当相談役（のち常務取締役）
池田定行……熊本県議会議員（天草下島選出）

（注・すべて実名です）

プロローグ

運輸省（現・国土交通省）本省は、霞が関二丁目の皇居（桜田濠）寄りにある。六本木通りのゆるやかな坂道沿いに建つ、地上十一階・地下一階のどっしりしたビルで、外務省と同様、各階に庇《ひさし》が付いている。

地上の鉄のゲートを出入りする人々や、要人を乗せて正面玄関前の駐車場を発着する黒塗りのセダンを見下ろすかのように、屋上で日の丸の旗が初夏の青空を背景にへんぽんと翻《ひるがえ》っていた。

航空運送事業、航空交通、空港などを所管する航空局は七階にある。十四基のエレベーターを持つホールを挟んでH形をしたフロアーで、西の国会議事堂側に航空局長、審議官（国際担当）、監理部長、総務課、航空企画調査室、経理補給課といった官房系のほか国際航空課や航空事業課が、東の日比谷公園側に飛行場部、技術部、管制保安部など数多くの実務系の部署がある。

ベージュのリノリウム張りの床にはたくさんの人の靴底や、書類などを乗せる台車の車輪による無数の黒い傷がついているが、航空という分野を扱っているせいか、他の階に比べると華やいだ雰囲気があり、人の出入りも多い。

長い廊下には各部署のドアが並んでいる。

中に入ると、衝立《ついたて》兼用の灰色のキャビネットが林立し、狭間《はざま》に六人くらいがすわれる面談用のテーブルが置かれている。他の中央官庁同様、人が多く雑然としているが、高層階にあるので、大きな窓は東西どちらの方角も眺めがよい。

テーブルの一つで、航空局計画課の担当官と部下が、背広姿の中年男性と向き合っていた。

「……要は、もう来年の春には八五パーセントくらいまで工事ができ上がるけれども、就航する航空会社が決まっていないと、こういうわけですな？」

ワイシャツ姿の担当官が詰問調でいった。

「ええ、はい。まあ、そういうことです」

向かい側にすわった男の答えは歯切れが悪い。

紙の入館票をテーブルの上に置いた背広の男は、この年（平成八年）四月から、熊本県庁の企画開発部交通対策総室課長補佐として天草空港の担当になった田山洋二郎であった。

それまで主に広報や総務といった部署を歩んできたので、青天の霹靂《へきれき》の異動だった。

「熊本県さんねえ、この天草空港、いつから建設が始まったか、ご存知ですよね？　最近ご担当になられたそうですけど」

「それはまあ、もちろん。平成二年の十二月に運輸大臣の設置許可を頂きまして、平成三年に建設事務所を置いて地権者との用地買収交渉を始め、平成五年の二月から建設に着手しました」

天草空港は、熊本県天草地方の中心である本渡《ほんど》市（現・天草市）の市街地から約四キロメートル離れた丘陵地帯（天草郡五和町《いつわまち》大字城《じょうのこば》木場字明光田《みょうこうでん》）に建設中のコミューター（六十人乗り以下の小型機による二地点間の定期運航）空港で、面積は約三〇万六四二一平方メートル、滑走路の長さは一〇〇〇メートルである。来年春までに投資総額は八十五億円に達する見込みで、このうち四割を国が補助金として出している。

「平成二年に許可を出してから、もう五年半でしょ？　箱（空港）だけ造って肝心の航空会社が決まらないんじゃ、莫大《ばくだい》な税金をどぶに捨てることになると、我々のほうからも何とかしてほしいと、ずっとお願いしてきたわけですよ」

航空局の担当官は嫌味たっぷりにいった。

四十五歳の田山は「県庁のご意見番」の異名をとるやり手だが、神妙な顔で話を聞く。

「ご存知のとおり、昨今は日本の経済情勢も厳しくて、無駄な公共事業に対する風当たりが強いですからねえ」

バブル崩壊後の日本は未曽有の不況に陥っており、国会は大量の不良債権を抱えた住宅金融専門会社に六千八百五十億円の税金を投入する法案を審議中で、長銀、日債銀、山一証券といった体力の弱い金融機関の経営危機も囁《ささや》かれ始めている。

こうした中、全国的にバブルの尾を引く大型公共事業が批判の的となり、熊本県では、川辺川ダム、九州新幹線、そして天草空港が「三大無駄遣い」として槍玉《やりだま》に挙げられている。

もし天草空港に就航する航空会社が見つからず、投入した税金が無駄になれば、運輸省は自分たちにも批判の矛先が向かうと懸念していた。

「なんともどうも……」

就航する航空会社が決まらないままずるずる来たのは、着任して日の浅い田山のせいではないが、俯《うつむ》くしかない。熊本県は、知事の詫《わ》び状も何度か差し入れていた。

「で、本田航空さんはやっぱりもう可能性はゼロなわけですか？」

熊本県が天草空港の検討を始めたのは、細川護熙《もりひろ》元知事（在任昭和五十八年〜平成三年）が熊本都市圏や熊本空港と県内すべての主要都市を九十分で結ぶ「九十分構想」を打ち出したのがきっかけだった。

空港の設置許可申請に踏み切ることができたのは、本田技研工業の子会社である本田航空（本社・埼玉県比企《ひき》郡川島町）が天草を拠点にＣＡＳＡ Ｃ２１２型プロペラ機（スペイン製、二十六人乗り）を熊本、長崎、福岡などに飛ばす意向を示したからだった。同社は熊本空港のすぐそばに二階建ての事務所や格納庫も造り、熊本県と進出協定も結んだ。しかしその後、バブル崩壊後の経営悪化で、天草だけでなく、不採算部門であるコミューター事業から全面撤退することになった。

また天草空港が推進されるもう一つの要因だった西武鉄道グループの天草におけるゴルフ場やホテル建設計画も、バブル崩壊後の日本経済の低迷や用地買収の難航のために、ほぼ見込みがなくなっていた。西武の進出は、本田航空が就航を前向きに考える理由でもあった。

そして造りかけの空港だけが残ってしまった。

「残念ながら本田航空さんは正式に撤退表明をされましたので……」

田山がいった。「だけん、今、ＪＡＳ《ジャス》（日本エアシステム）さんとか、長崎航空、琉球エアーコミューターなんかに当っているところです」

田山は着任以来、北は設立準備中のＨＡＣ《ハック》（北海道エアシステム）から南は沖縄まで、就航してくれそうな航空会社を探して東奔西走の日々を送っていた。

「どこか可能性のありそうな会社はあるんですか？」

「ＪＡＳさんも前向きに検討してくれてますが、今のところ一番手ごたえがあるのが長崎航空さんです」

長崎航空（本社・長崎県大村市、現・オリエンタルエアブリッジ）は長崎県などが出資する第三セクターの航空会社で、県内の離島空港（隠岐、上五島《かみごとう》、小値賀《おぢか》）と長崎・福岡間で九～十九人乗りの小型機を運航している。

「ほう、長崎航空さんがねえ」

運輸省の二人は、半信半疑の顔つき。

「先方さんがいうには、自分たちも離島空港だけだと発展性が限られると。何とかスケールメリットが出るような形になれば、少しはよくなるんじゃないかと」

やり手県庁マンらしい生気と手堅さが漂う風貌の田山は朴訥《ぼくとつ》とした熊本訛《なま》りでいった。

「ただあそこは、飛ばすとしたらツインオッターかドルニエということなんです」

ツインオッター（双子のカワウソ）はデ・ハビランド・カナダ（現・ボンバルディア・エアロスペース）社製の十九人乗りのプロペラ機DHC－6型機（ダッシュ6）の愛称だ。ドルニエはドイツの航空機メーカーの名前で、九人乗りのプロペラ機を製造している。

「両方とも小さな飛行機なんで、地元経済へのインパクトはあまりないけれど、それでいいかと」

「まあ、そうでしょうね。……それで熊本県さんとしては、どうされるおつもりなんですか？」

「現状の可能性としてはＪＡＳさんと長崎航空さんしかありません。ですから知事に了解を頂いて、それぞれ話を続けようと思います」

まさか自分たちで航空会社を作って運営するわけにもいかないので、どこかを誘致するしかない。

自治体が主体で作った第三セクターの航空会社としては長崎航空があるが、国から離島補助金が出ている。一方、天草は昭和四十一年に開通した天草五橋で九州本土と繫《つな》がっているため、航空会社を作っても補助金は出ない。

「なるほど、分かりました。とにかくハード（空港）だけ作ってソフト（航空会社）がないんじゃ話になりません。田山さん、これまでのことはあなたのせいじゃないけれど、あなたがご担当になられたんだから、責任をもって再来年（平成十年）には仕上げて下さい。もう何度も何度も遅延して、また延ばされたら、こちらもたまったもんじゃありません」


翌日――

熊本城の豊かに葉を繁らせたクスノキの木々に明るい日差しが降り注ぎ、東の方角には阿蘇が初夏らしい姿を見せていた。

東京から戻った田山洋二郎は、熊本城から東南東に三キロメートル半ほど離れた中央区水前寺六丁目にある県庁に出勤した。昭和四十二年に建てられた地上十三階・地下二階建ての堂々としたビルで、議会棟と警察棟が隣接している。正面玄関から目の前の県道36号までの二〇〇メートルほどのプロムナードはイチョウ並木で、秋になると美しい金色に色づく。

田山の職場は三階の交通対策総室である。

バス、電車、新幹線、空港など、公共交通を担当する部署で、北向きの窓を背に、総室長、次長、審議員ら四人が横並びですわり、その前に四つの班がある。総室長は運輸省から出向してきているキャリア官僚だ。

「……ちょっとよかね、福島君」

席についた田山は、斜め前にすわっている部下の福島純一に声をかけた。

天草空港と九州国際空港を担当する田山には部下が二人おり、福島が天草空港、もう一人が九州国際空港を担当している。

九州国際空港は、九州の知事会と九州・山口経済連合会の意見交換会で検討することが合意された大型の国際ハブ空港だが、田山も着任する前は聞いたことがなかった。どこに建設するかも決まっておらず、実現するとしても相当先になりそうだ。

「昨日、運輸省で話したとばってん、とにかく早う航空会社ば決めてくれんねて、こぎゃんわけたい」

福島は京都大学を出て、読売新聞社に勤務したあと県庁に入った三十半ばすぎの男で、優しく気配りのできる人柄である。

「それで御前会議ば開いて、知事にJASと長崎航空との話し合いの現状ば報告しようて思っとるけん、資料ば作ってくれんね」

御前会議には知事と関係部長が出席する。

「でまあ、ポイントは、どの航空会社が就航するにしてもたい、年間二、三億円の赤字が出るごたるけん、こればどぎゃん補てんするかていう話になると思うんと……」

「田山さん、わたしはこれまで資料ば何十回と作ってきたとです」

福島は思いつめたような顔で切り出した。

「ばってん、作るたびにパー、作るたびにパーで、まっで賽《さい》の河原のごたるです」

福島の口調には鬱積《うっせき》した不満がにじんでいた。

「わたしは二年前から天草空港ば担当しとります。その間、航空会社に関しては、何の進展も見られまっせん。歴代の（交通対策）総室長、交通計画課長、そのほか色々な人が担当して、今、こぎゃん状態です」

田山は予想外の部下の反応に言葉がない。

「県庁内でもいったい何ばしとるとかという声ばっかりですし、天草空港なんか、いうただけで嫌な顔ばさるるけん、職員同士で飲みに行くとも気が引けるとです」

天草空港に関しては、熊本県庁内でも批判する職員が多い。去る五月には「西日本新聞」や「朝日新聞」で〈〝視界不良〟の十年度開港　採算心配、航空会社決まらず〉といった見出しの記事が相次いで掲載された。

「無駄な資料はもう作りたくなかです。もちろん本当に活《い》きる資料なら作ります。田山さん、おっしゃっとるとは本当に必要な、将来のためんなる活きる資料でっしゅうか？」

部下のやり場のない憤りに田山はしばし絶句し、やがて口を開いた。

「福島、お前ん気持ちは分かる。そるばってん、俺は必ずこの仕事ばやり遂げるつもりたい」

懇々と語りかける口調の中に決意をにじませた。囲碁に強い戦略家で、実行力もある田山は、過去の職場でも着実に成果を上げてきた。

「お前もずいぶんつらか思いばしたとだろうが、もちっと俺に付き合ってくれんね。俺は必ず天草空港かる飛行機ば飛ばすけん」

「……」

「何事も中途で諦めたら駄目たい。お前も一つの仕事ばやり遂げたという征服感がなかと、次の部署で仕事はやれんばい」

それは田山自身がこれまで様々な仕事に取り組むにあたって、自分にいい聞かせてきた心構えでもあった。

「俺は必ずこの仕事ばやり遂げる。誰に何といわれようとたい。だけんお前も飛行機が飛ぶとば見届けるまでは頑張ってくれんね」

田山自身、どうなるか不安を抱えてはいたが、揺れる内心を部下に見せるわけにはいかなかった。

同年（平成八年）十二月十一日――

県庁に隣接する議会棟の本会議場で県議会の定例会が行われていた。

正面奥に一段高い議長席があり、背後の壁に日の丸と、「ク」の字を九州の形に白抜きした熊本県旗が掲げられていた。

午前十一時すぎ、議長席手前の演壇に天草の本渡市選出の船田直大《ちょくだい》議員が登壇した。元会社役員で、昨年の県議選で初当選した四十代後半の男である。

「……私も県議になりまして、もう一年九ヶ月になりました。本渡のほうでは、わたしはまず顔が悪い、口が悪い、態度が悪い、がらが悪い、色々いわれております」

豊かな頭髪で押し出しもよい船田議員は、本渡市議を七期務め、議会慣れしている。

「頭はー!?」

議場から野次が飛び、失笑が漏れる。

「頭はいいほうでございます。それでまあ、せからしかとは県会に行って、天草の浮揚のことを一生懸命いうてもらおうじゃないかということで県会に送って頂きました」

「せからしかとは」は「うるさい奴は」という意味だ。

「ところが今いいました、この悪さでございますが、五十六人の（県議の）皆さん方の中に入ってみましたら、だいたい真ん中へんでございまして……」

「本題に入れー！」

船田議員は怯《ひる》むことなく、なおしばらく前置きをしてから、ようやく質問に入る。

「まず天草空港の推進についてでございますけれども、有明海、八代海、そして東シナ海と美しい海に四方を囲まれた天草地域は大小百二十あまりの島々からなり、十六世紀に我が国にもたらされたキリシタン文化がいち早く花を咲かせたロマン溢《あふ》れる地域でありますす」

天草には、天草四郎時貞関連の史跡、禁教時代のキリシタン文化を今に伝える﨑津天主堂や大江天主堂、与謝野鉄幹や北原白秋らの旅の跡地「五足の靴文学遊歩道」など、歴史的な見どころが多い。

「今日、熊本から関西、関東まで飛行機で一時間から一時間半という時代にあって、本渡市から熊本市まで二時間以上もかかります。西岡先生なんかは三時間かかって来てる。自分で運転なさっている、眠りもしないで」

西岡勝成は天草下島南端の牛深《うしぶか》市選出のベテラン県議だ。本渡から熊本市までは九五キロメートルあるが、牛深は本渡よりさらに四〇キロメートル南にある。

「特に海水浴でにぎわう夏場などは渋滞で四時間ぐらいかかる。このように県内で最も交通アクセスが悪く、かつ県内で唯一高速交通体系の空白地帯となっている天草地域において、総合的な交通体系の充実が島民の大きな願いであります」

船田議員は、天草にとって空港は重要であるとして、開港時期と航空会社の就航の見通しについて県側に問い質《ただ》した。

議場左手の県執行部（行政）側の席から、交通対策総室を所轄する県庁の企画開発部長が立ち上がり、演壇に進んで一礼した。

「第一点目の航空会社の見込みなど、運航体制についてのお尋ねでございますが、本田航空の経営悪化を受けまして、複数の航空会社に幅広く働きかけを行なっているところでございます」

答弁する企画開発部長は二年間の予定で出向してきている大蔵省（現・財務省）のキャリア官僚だ。まだ三十代後半だが、酒太りしていて、議員のような貫禄がある。

「現在交渉中ということもございまして、申し上げにくいところもございますが、現在はお話にありましたような航空会社（長崎航空）をメーンに交渉致しているところであります。運航路線につきましては、従来の計画に沿って、熊本と福岡の二路線を想定致しております」

県企画開発部長は、開港時期については、平成十年三月末に空港施設が完成する予定だが、運航の安全性と定時性を確保するために、無線施設や夜間照明施設を新たに整備する必要があり、運輸省と協議する必要もあることから、開港は平成十二年春頃まで延びる可能性があると述べた。

船田議員が発言を求め、再び登壇した。

「ただ今、企画開発部長に答弁をして頂きました。前回色々ご答弁を頂きましたときには、勉強中という言葉が出てまいりましたけれども、今回はまだその勉強中が、猛勉強中という言葉が出てまいりません。さすがに天草のことも三泊四日ぐらいで勉強なさったと、大変ご理解を示して頂いたことを感謝しながら……」

霞が関の官庁から熊本県に出向してくる官僚たちは、新任の挨拶で個々の県議を訪れると、熊本弁の洗礼を浴び、「分からんとか?」とからかわれ、そこから仕事が始まる。

「これは天草空港の問題にも関連致しております。本渡・五和地区西武リゾート開発についてご質問を致したいと思います」

ゴルフ場を中心とする天草のリゾート開発計画は、地元の発展のために是非とも実現しなくてはならないと力説し、質問に入る。

「リゾート基地建設構想の中核である本渡・五和地区の西武リゾート開発については、昭和六十二年に最初の進出協定を締結して以来、長年にわたり実現に向けて努力を重ねられてきたことは十分承知しておりますが、いまだに実現には至っておりません。このような

（用地交渉が難航しているという）厳しい状況を考えると、来年三月末までという目の前に迫った協定期限内に用地買収が完了しないことも予想されますが、協定期限の延長については、どのようにお考えなのかお尋ねしたい」

執行部の席から商工観光労働部長が立ち上がり、演壇に進んだ。

「本渡・五和地区西武リゾート開発につきましては、是非実現する必要があるとの認識で、昨年四月から用地買収体制を再編強化致しまして、天草下島北部地域観光振興公社を中心に、県、そして本渡市、五和町一体となって、取り組んできたところでございます」

白髪まじりの頭髪で銀縁眼鏡の商工観光労働部長は県庁の生え抜きで、手堅そうな印象の五十代後半の男性である。

ゴルフ場用地は一一二・三ヘクタールで、この約七九パーセントの八八・六ヘクタールまで買収が進んでいた。地権者数では、二百六十人のうち九五パーセント以上が同意した。

しかし残った十人あまりの地権者たちが、ゴルフ場で使われる農薬による地下水の汚染など、環境への悪影響を危惧して土地の売却を断固拒否していた。彼らは、五和町の町議会に対して二十回以上も請願書を提出し、「ゴルフ場計画はバブルに浮かれた時期に展望もなく始められた無責任なもので、これ以上の用地買収交渉は人権侵害とみなす」と強硬な姿勢を示していた。

「公社と致しましては、誠意をもって交渉にあたってきたところでございますが、計画地域のすべての用地を取得することはなかなか楽観できず、非常に厳しい状況にあると認識致しております」

土地の買収は地元の自治体がいったん買い上げ、買収がすべて完了したら西武に転売するという異例な形で進められていた。「行政が民間企業の手先になってよかとか」、「ゴルフ場は住民の何の役にも立たん。西武が儲けるだけばい」という批判も根強く、三年前には、買収が進まないため、五和町の町長が引責辞任する事態に発展した。

「(西武との)協定期限につきましては、昭和六十二年の締結以来、四回にわたり延長してまいりました。すでに九年が経過しております。これまでの経緯を考えましたとき、来年三月末の期限をさらに延長するよう当方から要請することは、きわめて難しいと考えております」

翌年(平成九年)一月――

天草下島の五和町に明るい日差しが降り注ぎ、一月のわりには暖かい日だった。

五和は下島北部の自然豊かな一帯で、付近の海は潮流と起伏に富み、魚類の宝庫である。丘陵地帯の畑では柑橘《かんきつ》類や野菜が作られ、黒毛和牛も生産されている。しかし過疎化の波には抗《あらが》えず、後継者がいない農家ではゴルフ場用地の買収に応じた家も少なくない。

「……何とかそこば考え直してもらえんでしょうか?」

一軒の農家の庭先で、禿頭《とくとう》で恰幅のよい福島譲二知事が、作業服に長靴、軍手姿の初老の男性に熱心に話しかけていた。

六十九歳の福島は、天草の本渡市志柿町《しかきまち》が本籍で、旧制第五高等学校（熊本大学の前身）を経て東大法学部政治学科に進み、大蔵省で大臣官房審議官、佐藤栄作秘書官などを務めたあと四十九歳で衆議院議員に転じ、第一次海部内閣で労働大臣を務めた。平成三年に細川護熙《もりひろ》知事の引退を受け、知事選に出馬して当選した。

「もうほとんどどんしいが土地の買い上げに同意してくれとらすし、あんたが土地ば売ってくれらっせば、西武も出てきて、空港もでくるし、きっと天草ん暮らしも豊かになるって思うとですよ」

知事が話しかけているのは、頑として買収に応じないゴルフ場用地の地権者の一人だった。

熊本県側は最近西武に対して、開発地域を南西の本渡市側に約二〇ヘクタール拡張し、取得済みの用地と合わせてゴルフ場を造ってはどうかと提案したが断られた。バブルが崩壊し、会員が集まらないために建設が中断しているゴルフ場が全国に百ヶ所くらいあるため、西武は、開発への熱意を明らかに失っていた。

進出協定の期限が二ヶ月後に迫ったため、福島知事は「期限までに買ってみせます」と県議会で宣言し、自分の父祖の地でもある天草で自ら説得に乗り出した。

「ゴルフ場ができんば、空港にも影響してくっとですよ。地下水の問題は環境汚染が起きんごと、ちゃんとしますけん」

しかし、農作業姿の男性は首を振ると、そばにあったリヤカーを曳《ひ》いて、畑のある方向の土手を上り始める。

「あんたには納得のいかんところもあるかもしれんばってん、ここは全部んためって思うて……」

背広姿の福島知事は、農家の男性に追いすがるように、躓《つまず》きながら土手を上り始める。

少し離れた場所で二人の様子を見守っていた天草下島北部地域観光振興公社の職員たちも、二人のあとを追った。

「あいや、なんじゃろ笑るうて話ばしようらっぞ」

土手を上がって、白菜畑の前の農道に来た職員たちは、二人の様子を見て訝《いぶか》った。

畑には収穫されたばかりの白菜が積み上げられており、福島知事と農家の男性がリヤカーに積んでいた。知事は白菜を両手で摑《つか》みながら男性に話しかけ、男性も笑って応じていた。

「あんわれは（注・あの人は）、用地問題で集落でも孤立しとって、もう一生笑わんちゃかっじゃろかいっていわれとるぐらいばってんな」

「うーん、知事さんの説得で気の変わってこらいたっじゃろかいな」

やがて二人は白菜をリヤカーに積み終え、農家の男性がリヤカーを曳き、知事が相変わらず追いすがるようにして話しかけながら、家の前に戻ってきた。

それからしばらく知事は白菜の選別作業をする男性のそばで話していたが、やがて禿頭を相手に下げて、職員たちのほうに戻ってきた。

「駄目ばい……」

福島は一言つぶやき、無念の表情を見せた。

「僕がもうちょっと早よう来とれば、何とかなったかもしれんばってん……」

元々天草のゴルフ場は、昭和六十二年に施行されたリゾート法（総合保養地域整備法）の指定を早くとろうと他県と競争している中で、細川護熙前知事がトップダウンで決めたもので、事前の検討も十分ではなかった。


七月――

熊本県東京事務所に勤務していた下村弘之は、東京での任期を終え、熊本に帰る飛行機の中にいた。

熊本市出身で昭和五十六年入庁の下村は、東京事務所で主にハンドボールの男子世界選手権関係の仕事をしていた。欧州以外で初めて開催された同大会は、去る五月十七日から六月一日までの二週間半の日程で熊本市のパークドーム熊本を主会場として県内三市で試合が行われ、二十一万人の観客を動員して成功裏に終わった。優勝したのはロシアで、日本は決勝トーナメントの一回戦でフランスに敗れた。

下村の異動先は、交通対策総室の天草班だった。去る四月に田山、福島の二人のほかに一気に三人が加わったので、下村は六人目の班員となる。しかし、就航する航空会社の見通しは相変わらず立っておらず、最近も、兵庫県の但馬《たじま》空港と大阪間などで小型機を運航している日本エアシステムの子会社「日本エアコミューター」（本社・鹿児島県霧島市）から、採算性がないと断られたという話だ。

（いったい、どぎゃんこつになるとか……）

ハンドボールの男子世界選手権を無事終わらせ、晴れやかな気持ちで帰任するはずだったのが、異動先を聞いたときから、重苦しい気分だった。

熊本へ飛び続ける飛行機の中で、下村は持っていた『週刊朝日』をなにげなく開いた。表紙は巨人の松井秀喜で、去る二月から五月にかけて起きた神戸連続児童殺傷事件の記事が大きく扱われていた。

（ん、こりゃ、なんな……？）

ページをめくっていくと、百四十七ページに〈告発！　いらない公共事業、第６弾　航空会社が来ないリゾート空港〉という刺激的な見出しとともに、丘陵地帯に造られた無人の滑走路の写真が大きく掲載されていた。

よく見ると、見出しのそばに「熊本・天草」の文字がある。

〈飛行機の飛ぶ見通しが立たない空港が、熊本県の天草諸島で建設されている。バブル期のリゾート熱に浮かされて建設が決まったものの、その後の景気低迷で、運航の採算性が見込めない、として就航を引き受ける航空会社がいなくなったのだ。「税金で飛行機を飛ばす」ことも検討されている。〉

（これはまさに自分がこるから担当せんといかん空港の話じゃなかか！）

下村は愕然《がくぜん》として記事に目を走らせた。

三ページにわたる記事は天草空港だけを取り扱っており、冒頭に「熊本に行くなら車で二時間で行ける」「わざわざ高いカネを出して飛行機に乗って熊本に行く人はいないでしょう」「結局、空港建設で得したのは土建業者だけ」といった住民の否定的な発言が紹介され、本田航空が撤退したことや、空港建設推進の要因だった西武のゴルフ場を中心とするリゾート計画が事実上白紙撤回されたことが書かれていた。

〈県はやむを得ず、他の航空会社に就航を要請した。要請を受けたうちの一社「長崎航空」（長崎県）は、条件次第では就航してもいい、と前向きで交渉に臨んだ。が、年間三億～五億円と予想された運航に伴う赤字をだれが負担するかについて、「地元市町は負担しきれない」との結論になったため、交渉は決裂。現在、県では、どこかの航空会社に運航をゆだねるという方法はほぼ不可能とみており、県などが運航の主体となることを前提に、運航や整備などについての技術的な支援を受けられないか、日本エアコミューターと交渉している。〉

（県が、自分たちで航空会社ば作って経営するてか？　ほんなこつな……？）

記事には「税金ば使うて飛行機を飛ばしてもしょんなかですよ」という天草の旅館経営者の言葉も紹介されていた。

二週間後、『週刊ポスト』にさらに辛辣《しんらつ》な記事が掲載された。「新ニッポン百景」というグラビアに、二ページ大の天草空港の空中写真が掲載され、小説家の矢作《やはぎ》俊彦が〈ようするに欲の皮のつっぱった自治体と企業が、リゾート列島構想の大号令に踊ったのである。しかし、彼らの考えたリゾートというのがホテルとゴルフ場なのだから呆れてものが言えない。そのゴルフ場が白紙になったから、ただそれだけが、飛行場に飛行機がやって来ない理由のすべてなのだ。いかにも、これが「地元」（注・役人と企業）というものの正体なのである。〉と書いていた。

第一章　堤義明と細川護熙

1

昭和五十八年夏——

日本経済がバブルの入り口にさしかかっていた頃、一機のヘリコプターがブロオオォンという爆音で空気を震わせながら熊本県・阿蘇の青空の中を飛んでいた。

「なるほど。確かに素晴らしい景色だな」

防音よけのヘッドセットを着けた西武鉄道グループのオーナー、堤義明が窓外を見ながらいった。

眼前に雄大な風景がパノラマになって展開していた。畑や水田が緑や黄緑色のパッチワークを作り、阿蘇の山々が抜けるような青空を背景に夏らしい姿を見せていた。

ヘリコプターは、堤が神奈川県の自宅から渋谷区神宮前の国土計画（実質的に西武鉄道グループの持ち株会社）本社や日本各地を視察するために使っているもので、座席は革張りである。

「ここは大観峰といって、阿蘇の外輪山でもっとも見晴らしがいい場所です」

隣にすわった、青年の面影を残す細面の男がヘッドセットのリップマイクをとおしていった。

旧熊本藩主細川家第十八代当主で、去る二月に参議院議員から熊本県知事に転じた細川護熙だった。戦前から細川家が軽井沢に別荘を持っているため、堤とは幼少時分からの知り合いだ。知事選出馬にあたっては、堤が懇意にしている福田赳夫元首相を通じて、地元の有力代議士、園田直（元外務大臣、天草下島の一町田村《いっちょうだむら》〈現・天草市〉出身）や、田中角栄元首相の支持を取り付けたといわれる。

堤は四十九歳、全国最年少知事の細川は四十五歳で、ともに働き盛りである。

「阿蘇の山々のほうに向かって打ち込むゴルフ場を造れば、面白いだろうなあ」

堤が眼下の景色を見ながらつぶやく。

一帯は阿蘇国立公園（現・阿蘇くじゅう国立公園）で、世界一のカルデラの景観や温泉に恵まれ、年間六百万人の観光客が訪れる。

「ここなら『九州の軽井沢』になりますよ」

細川は我が意を得たりという表情。

「熊本空港からのアクセスもいいですから、関東や関西から客が呼べると思います」

二人が考えていたのは、ゴルフ場やホテルからなる一大リゾートの建設だ。観光地としては劣勢で、「観光客は別府（大分）か島原（長崎）に泊まり、途中の阿蘇では宿の弁当を食べてゴミを捨てるだけ」といわれる阿蘇を何とかしたいと、細川は思っていた。「一村一品運動」の成功で全国的に注目を浴びている隣県大分の平松守彦知事への対抗心もあった。

「しかし、ここは地権者が多いんだろう？」

西武がリゾート建設を考えているあたりには、農業・林業を中心に二百人を超す地権者がいる。

「そっちのほうは任せて下さい。県が全面的にバックアップして用地を確保しますから」

二人の向かいの席には、堤に影のようにつき従う女性秘書がすわり、じっと話を聴いている。

「補助金も条例を改正すれば、まとまったものが出せると思います」

細川は、従来工場立地用だった県の補助金支給要項に「リゾート」を追加し、上限も六千万円から一億円に引き上げ、西武に補助金を支給しようと目論んでいた。

ヘリコプターは南下し、もうもうと白い噴煙を上げる中岳（標高一五〇六メートル）の火口や、ビロードのような緑の草原の中に二つの青い池がある草千里《くさせんり》ヶ浜《がはま》などを上空から見たあと、国鉄豊肥本線赤水《あかみず》駅近郊のゴルフ場建設候補地の上を飛んだ。

やがて針路を西に変え、建物で埋め尽くされた熊本市の上空をしばらく飛ぶと、前方に島原湾に浮かぶ島々の濃い青色の影がいくつも見えてきた。

右手には、雲仙岳が海中からぽっかり現れた巨人のような姿を見せていた。標高一三五九メートルの普賢岳の山頂部には白い雲がかかっている。

「ほう、これはなかなか凄《すご》い眺めだな」

堤が感じ入ったようにつぶやく。

「島原湾は大きな鯛やヒラメが釣れますから、釣り人には楽しめる場所ですよ。イルカ・ウォッチングもできます」

一帯は雲仙天草国立公園である。

「あっちに天草五橋が見えます」

細川が南西方向に進むヘリの左手遠くを指さす。

宇土半島の南端の三角から天草諸島の大矢野島、永浦島、池島、前島を一つ一つ結んで、天草上島まで五つの橋が架かっている。長さは一七七・七メートル（五号橋）から五一〇・二メートル（四号橋）で、橋桁《げた》はアーチ型（二号橋）やトラス型（一号橋）など様々である。

ヘリコプターは島々の上空を飛び、やがて前方に天草下島の濃緑色の島影が見えてきた。島の大部分は緑の丘陵地帯で、その谷間に黄緑色の畑、草地、市街地などが見える。

「まあ、ゴルフ場は造れそうだな」

堤の頭の中ではゴルフ場の設計図が描かれていた。堤はホテルでもゴルフ場でも、備品に至るまで自分で決めるのが好きで、著名ゴルファーに依頼した設計でも手を加えたりする。

「やっぱり地権者は多いんだろう？」

「少なくはありません。主に農家です。こちらのほうも県と自治体でなんとかします」

ヘリコプターは、本渡市と五和町にまたがる、なだらかな丘陵地帯の上を飛ぶ。険しい山はなく、適度に起伏があるので、ゴルフ場建設には打ってつけだ。

「天草の素晴らしいところは、ゴルフ場に適した丘陵地帯のほかに、海洋資源や、下田温泉、天草四郎やキリシタン文化の歴史的遺産があることです」

細川がいった。

「映画の『サンダカン八番娼館』は天草が舞台で、ここでロケが行われました」

明治時代に天草からボルネオのサンダカンに「からゆきさん」として渡った女性たちを描いた映画で、元からゆきさんを演じた田中絹代はベルリン国際映画祭で最優秀女優賞を受賞した。

「わたしは阿蘇と天草を熊本の二大リゾートにしたいと思っています。是非前向きにご検討下さい」

同じ頃――

天草の五和町御領《いつわまちごりょう》を地元とする県議会議員、池田定行《さだゆき》は、運転手付きの黒のトヨタ・クラウンで、熊本市に向けて走り始めたところだった。

五十四歳の池田は、祖父が明治時代の熊本県議で、父も戦前県議を務めた政治一家の生まれだ。多弁ではないが、相手の話をよく聞き、言葉には重みがあり、三年前には第五十三代の県議会議長を務めた。頭髪はオールバックで、弓道三段、柔道初段、剣道初段のがっしりした体軀である。

池田を乗せて走る車の左手には、青い島原湾が広がり、その彼方に雲仙岳の武骨な青い山影が薄青色の空に溶け込みそうになっていた。海面は波立ち、遠くや近くに海鳥や小型の漁船が浮かんでいる。熊本市までは、いったん南に七、八キロメートル走り、天草瀬戸大橋を渡って天草上島に入り、島の北端の曲がりくねった道をなぞるように東の方角に進み、天草五橋経由で九州本土に入る。

「野崎君、今日はどんくらいかかっどうかいねえ?」

後部座席の池田が運転手に訊いた。

三十代半ばの野崎運転手は丸顔で、気配りのできる人柄だ。

「そがんですねえ、今日は夏休みや海水浴んしー（注・海水浴をする人）で混んどりますけん、三時間強っちゅうところでしょうか」

ハンドルを操《あやつ》りながら野崎が答える。

「そうか。俺ももう、地球何周分走ったか分からんなあ」

三十八歳の若さで初当選した池田は、五期連続当選で、議員歴は十六年になる。

この間、天草・熊本間の九五キロメートルの道だけで千回ぐらいは往復した。今日も車が多く、乗っているだけで疲れそうだ。

（やっぱり、飛行機が欲しかな……）

池田の胸中を焦燥感に似た想いが去来する。

天草選出の五人の県会議員の中でも、最も強く空港建設を働きかけてきたのが池田だった。

最初に県議会で「天草に飛行場を」と訴えたのは、十年前の昭和四十八年十二月だ。これに対して、当時大蔵省から出向してきていた県の企画開発部長は、「えらいむつかしい話ではないかというふうに考えております。熊本空港と天草との距離が果たして航空路として適当な距離であるかとか、他の交通手段との経済性も研究する必要があろうかと思います」と、天草に空港なんかできるものかといわんばかりの表情で一蹴した。

（あんときは、誘致しとった企業の労働組合に、「熊本市からこんなに時間がかかって、大学もないところに出てくるのは嫌だ」といわれたつが一つのきっかけじゃったなあ）

れた言葉だった。

当時、池田は造船会社や石油会社を天草に誘致しようとしており、そうしたときにいわれた言葉だった。

池田は、周囲の冷淡な対応にめげることなく、「(自分の名前の音読みの)定行《ていこう》は抵抗ですけん」といいながら、空港設置運動を続けていた。

リムの上の部分が黒い眼鏡をかけた目を車窓の先に向けると、車は長い車列の中で橋を渡り終え、天草上島を走っていた。道は海沿いで、岸に近い海はコバルトブルー、沖合は青色で、午前の陽光をいっぱいに受けて明るく輝く南国らしい風景だ。

間もなく車は小さなトンネルを抜け、ガードレールもない山間《やまあい》の道に入る。

道路わきに、小さな集落、水田、畑、ビニールハウスなどが現れては消える。稲は鮮やかな草緑色で、茶色い畑はきれいに鍬《くわ》が入っている。対向車線を乗用車や本渡に行く九州産交のバスが数珠つなぎでやって来て、すれ違う。

(どげんすれば、空港設置を現実のものにできっとか……?)

車に揺られながら池田は思案する。

昭和五十二年十二月に、本渡市議会は空港設置の要望書を知事と県議会議長に提出し、翌昭和五十三年、本渡市は大学誘致とともに空港設置を基本計画に入れた。その後、県議会でも何度か取り上げられたあと、昨年、池田らの働きかけによって、それまで天草空港に反対していた沢田一精前知事が九月の定例記者会見で設置構想を表明し、適地性・経済性・路線採算性などに関する一回目の予備調査も実施された。

しかし、いまだに天草空港は夢物語の域を脱していない。

（天の時ば待つしかなかっか……？）

渋滞のためにしばしば徐行を余儀なくされながら、五和町を出て一時間以上かかって、池田の車は天草五橋の五号橋にさしかかった。きれいな赤い橋で、橋桁の下にパイプのアーチを持ち、長さは一七七・七メートル。五号橋から一号橋までの距離は一五キロメートルで、天草パールラインと呼ばれ、風光明媚《めいび》である。

青い海には大小様々な島があり、白い漁船や手漕ぎのボートが浮かんでいる。左手前方では、雲仙岳の姿がかなり大きくなり、青い影でなく、茶色い山肌が見える。しかし、橋の上は車が数珠つなぎだった。

ようやく一号橋を渡りきると、熊本市までは四二キロメートルである。再び渋滞に巻き込まれ、進んだり止まったりしていると、ようやく前方に熊本市西区にある金峰山《きんぽうざん》（標高六六五・二メートル）が大きな姿を現した。

（しかし、まこて〈注・本当に〉遠してかなわん。こっじゃ企業も来んわいなあ）

その日、池田の車は熊本市に到着するのに三時間半を要した。


四年後（昭和六十二年）の五月——

日本経済はバブルに突入し、東京の地価は前年比で七六パーセント上昇し、過去最高値を更新、日経平均株価も前年同時期より五割上昇し、二万四千円前後となった。

東京の街は不夜城のように輝き、地上げ屋や証券マンたちが高級クラブで札びらを切り、盛り場のタクシー乗り場には長蛇の列ができていた。

「……是非、天草への進出をお願いします」

つい二ヶ月ほど前に完成した赤坂プリンスホテル新館（地上四十階・地下二階）の真新しいスイートルームで、細川護熙熊本県知事が、楕円形のガラスの天板のコーヒー・テーブルを挟んでソファーにすわった堤義明の目をぐっと見ていった。

企業誘致が進まず、若者の流出と高齢化が進む天草にとって、西武のリゾート開発は、昭和四十一年の天草五橋の開通以来の地域振興の切り札となり得るものだ。

すでに阿蘇では西武のゴルフ場とホテルの建設が三年後の開業を目指して着々と進んでいる。

「リゾート法も可決されましたし、法律的にも環境が整ってきていますので」

リゾート法（総合保養地域整備法）は、各都道府県が策定し、国の承認を受けたリゾート施設に対して、弾力的な開発許可、税制上のメリット、政府系金融機関の融資などを与えるものだ。策定の背景にはバブルによる開発ブーム、余暇の拡大、中央に対する地方の不満をやわらげたいという政府の意図などがある。この法律によって、バブル経済が生んだ大量のマネーが海や高原に流れ込み、のちにシーガイア（宮崎県）、アルファリゾート・トマム（北海道）、ハウステンボス（長崎県）など、バブル崩壊後に破たんする数多くのプロジェクトを推進させることになった。

「天草のほうは採算性がねえ……」

ベージュの革張りのソファーに足を組んですわった堤は、渋い表情を見せる。すでにしっかりそろばんを弾いている様子である。

「そこを何とか」

細川が再び頭を下げる。

本渡市長や五和町の町長も一緒だったが、天皇家にも匹敵するといわれる権力者の堤義明を前に、細川の後ろでただ頭を下げているだけだった。

「一番のポイントは空港だな。それがないと客を集められない。ちゃんと造れますか？」

「それはもちろん。地元や県議会も全面的にバックアップしてくれていますから」

一昨年三月に地元で「天草空港建設促進期成会」が発足し、前年四月には、池田定行議員が会長となって、自民党県議三十六人による「エアー・コミューター議員連盟」が結成され、天草空港の設置に向けて運動をしていた。

「そうか。うーん……」

堤は思案顔になる。

かたわらには、愛人といわれる女性秘書が控え、飲み物や資料の世話をかいがいしく焼いていた。

「分かりました。まあ、わたしが出ていかなきゃ、ほかの企業は出ていかんでしょう」

「有難うございます！」

熊本県の一行は深々と頭を下げる。

「ただし、用地の取得は地元でやってもらえますか？　我々もそこまでのマンパワーがないのでね」

用地は地元の市と町が地権者と交渉し、全部取得できたら、西武に一括で引き渡してほしいということだ。西武は一切手を汚さない異例のやり方である。

その年の暮れ、本渡市と五和町の山林約一四五・三ヘクタールにゴルフ場とホテルを建設する協定書が、県、地元、西武鉄道との間で交わされた。同プロジェクトは、三年後（平成二年）に「天草海洋リゾート基地建設構想」の中心的案件として、リゾート法の適用を受けた。同構想は、大小百二十あまりの島々からなる天草諸島と周辺に、西武のゴルフ場とホテルのほか、マリーナ、公園など九十七施設を建設するというものだった。

2

平成二年四月二十一日——

天草の本渡市にある本徳《ほんとく》稲荷神社の参集殿で「天草を考え天草を創る地域シンポジウム」（略称・天草考創シンポ）が開催された。天草経済同友会、本渡青年会議所、天草観光協会などによるイベントで、空港建設推進を主眼とし、あわせてリゾート計画と地域おこしも取り上げるものだった。

「……児童生徒数の減少を強く感じますし、隣町にある天草西高校の今年の卒業生で、地元の天草町に残ったのは一人だけだったそうです。過疎化を肌身で感じています」

四人のパネラーによるパネルディスカッションが行われていた。

マイクを手に話しているのは、天草経済同友会理事で、下島北西部の苓北《れいほく》町で陶磁器製造会社を経営している男性だった。

「また、収入が少なく、子どもの高校進学にも苦労しているのが現状です。安定した収入を得たいというのが島民の総意だろうと思います。そういう意味で、天草海洋リゾート基地建設構想を経済活性化の絶好の機会としてとらえています」

ホテルの宴会場のような立派な室内には、四百人以上の人々が詰めかけ、熱心に話を聞いていた。

次の発言者は、県庁の企画開発部企画課長だった。

「最近五ヶ年の観光客数を見ると、阿蘇は二百三十万人ほど増えているのに、天草は三十万人の増加にとどまっています」

企画課長は、建設省（現・国土交通省）から出向してきている、おっとりした感じのキャリア官僚である。

「天草の場合、魅力ある地域をつくり、あわせて産業の振興を図る必要があると思います。具体的には、集客力のある拠点施設をつくることですね。それから快適な交通アクセスを整備する必要があると思います」

続いて都市政策やリゾートを専門にする熊本大学教授が、天草のリゾートは自然やふるさと文化にゆっくり触れ合えるようなものが望ましく、また開発と環境保護は両立すると話した。

最後の発言者は、五和町で有機農業を行なっているエコロジスト（環境保護活動家）の男性で、西武のゴルフ場や空港用地の買収で台風の目になる人物だった。

「わたしの経験からいうと、わたしたちが道具を使っているうちは、他の生き物をいかに傷つけているかということが手をとおして伝わってきます。しかし、いったん機械を使うと、痛みは伝わってきません」

聖徳太子のような口髭《ひげ》を生やし、宗教家を思わせるボタン付きの黒シャツ姿。東京の有名私立大学を出て、大手製鉄会社に勤めたあと、地元に戻って農業を営んでいた。

「今の時代はお金に換えてはならないものを換えすぎた、病んでいる時代です。天草は人の心と身体を癒《い》やせる場所になるべきだと思いますし、それにふさわしい土地だと思います」

「そうしますと、具体的には何をやったらよいとお考えでしょうか？」

司会者の男性が訊いた。

リゾート施設の建設と交通網の整備を積極的に推進すべきだという他の三人と明らかに異なるトーンの発言に戸惑いを隠せない。

「都会の人に自然の痛みが伝わるような施設づくりです。農作物に恵まれた土地柄ですから、食べ方の研究や薬膳料理の提供なども考えられます。また自分たちの足元の問題を考えるためにも、ＣＡＴＶ（有線テレビ）のような情報手段がほしいですね」

八月四日――

西武鉄道グループが阿蘇町（現・阿蘇市）赤水《あかみず》に総工費百五十億円を投じて建設した阿蘇プリンスホテルとゴルフ場の開業披露パーティーが開かれた。ホテルは地上六階・地下二階で百八十室。ゴルフ場は三十六ホールあり、アーノルド・パーマーが設計した。阿蘇山のカルデラの中にあるので、四季折々の雄大な自然を楽しむことができる。
気温が三十度を超える晴天の下、堤義明と細川護熙知事がテープカットをした。集まった約千人の人々は、室内でも女性秘書が傘をさしかける堤の権力に驚いた。しかし、約一ヶ月前の七月二日に、阿蘇地方を中心に死者十六人を出す大水害に見舞われた地元の河崎敦夫阿蘇町長は、役場にも立ち寄らず初ゴルフを楽しんだ堤と細川にあてつけ、防災服姿で祝辞を読んだ。

九月三日——
かねてより就航の打診を受けていた本田航空が、熊本空港を拠点としてコミューター航空（六十人乗り以下の小型機による地域間航空）事業に乗り出す進出協定を結んだ。熊本県庁での調印式に出席したのは、同社の坂田守社長、細川知事、上益城《かみましき》郡益城町長、菊池郡菊陽町長などだった。天草空港に就航することが前提で、スペイン製のＣＡＳＡ Ｃ２１２型プロペラ機（二十六人乗り）を天草－熊本、天草－福岡、天草－長崎間で運航する。開業は平成六年度の予定で、同社は熊本空港そばの県有地に事務所と格納庫を建設する。細川知事は、熊本空港に本田航空などが使える小型機総合基地（駐機場、誘導路、ゲート等）を整備する費用として、三億円以上の補正予算をつけた。

九月十四日――

本田航空の進出協定を受け、熊本県は天草空港設置申請を運輸省に対して行なった。本渡市枦《はじ》の原と五和町城木場《じょうのこば》にまたがる丘陵地帯三三ヘクタールを切り拓いて、一〇〇〇メートルの滑走路、エプロン（駐機場）、五十台収容の駐車場、旅客ターミナルなどを建設する計画だ。基本施設（滑走路、エプロン等）の事業費は六十五億円で、四割が国の補助対象となる。

十二月一日――

本渡市の本渡市民センターで第四回（最終回）の「天草考創シンポジウム」が開催され、約七百人が参加した。本田航空の坂田守社長がパネラーとして参加し、「昼間は旅客機として飛ばした飛行機を夜は貨物機として使う二面作戦も考えている」と述べた。同社は熊本－天草間を一日四往復、福岡－天草間を同三往復、長崎－天草間を同二往復するほか、熊本－宮崎間などの九州内路線や、熊本－近畿－首都圏の貨物路線も検討していた。

十二月二十六日――

大野明運輸大臣が天草空港の設置を許可し、同省の水田飛行場部長から山内熊本県副知事に許可書が手交された。その二日前に内示された来年度政府予算の大蔵省原案では、空港の用地買収費用や調査費として二億八千万円の予算が組まれた。

3

翌平成三年夏の終わり――

県、本渡市、五和町の職員たちが、空港用地の地権者宅を訪問し、用地買い取り交渉に歩き回っていた。地権者数は九十四人で、たいていの人が土地の売却に応じる姿勢を示していた。

「……熊本だけじゃのうして、福岡や長崎や東京に路線ば広げろば、便利になるけん、是非よろしくお願いします」

一軒の農家の居間の座卓で、本渡市と五和町の男性職員が、高齢の婦人に話しかけていた。かたわらにはポケットマネーで買った焼酎が置かれていた。

「俺家《おりげえ》は息子も娘も東京じゃ大阪じゃに行ってしもうて、跡取りもおらんし、山ん中に畑ば持っとっても、腰の曲がって登るだけでおおごとやし、買《こ》うてくれらるなら有難かことですばい」

皺の多い手で急須の茶を二人の湯呑みに注ぎながら婦人がいった。数年前に夫を亡くし、今は一人暮らしである。

「ばってんもうちょこっと高う買うてくれんどうかい。先祖代々受け継いできた大事な土地じゃるけん」

「うーん、そがんですねえ。一応県のほうで査定して、こん値段でどげんじゃろかいっていうてきた値段ですもんね」

二人の職員は、悩ましげな表情。基本的には土地の提供に合意していても、金の話になると、欲得が絡んでくるケースが多い。

「ところで、奥さん、登記簿ば見たっですばってん、土地ん相続手続きばしとられんとでしょう？」

「相続て？　わしどもはもう五十年も六十年もこけー住んどるし、山にも時々行っとるばんってんね」

「じゃる、そがんじゃんな。ばってんおじいさんが亡くなったあと、相続の手続きばしとられんけん、山じゃろ畑じゃろは、まーだおじいさんが持っとることになっとっちゃんな」

「あらら、そげんかなん。死ないたしい〈注・死んだ人〉が畑ば持っとらるってなん」

婦人は驚くというより、おかしくて笑っているような顔である。

「親戚んしいはどこにおらっとかなん？」

「親戚っていえば、そら全国津々浦々におっとばなん」

二人の職員はますます悩ましげに頭を掻《か》いたりする。

田畑面積が狭く、子だくさんの天草では、長男以外は皆、島外に出て行く。高度成長期は、集団就職で多数の若者が大阪方面に出た。

「奥さん、土地ば売るとには、まずそん親戚んしいたちに書類にハンコばついてもろうて、相続ん手続きばせんばつまらんちゃんな」

「あら、すまんなん。俺家《おりげえ》はそげんとは、全部男がしとったけん。わしゃーなんも知らんとさな」

この老婦人は土地の権利証がどこにあるかも知らず、自分が実印を持っているのかいないのかも分からないという。

老婦人の家を辞すると、二人の職員は、徒歩で同じ集落の別の家に向かった。ゴルフ場に対して猛反対しているエコロジストの男性の家だった。三三ヘクタールの用地の約一割を保有している大口地権者だ。

「ごめんくださーい」

瓦屋根の二階建ての家の玄関の引き戸を開けて呼びかけると、中から足音が近づいてきた。

現れた男性の姿を見て、二人は軽い驚きにとらわれた。眼光が鋭く、細面に口髭をたくわえた風貌は、まるでナザレのイエスだった。

「世界は、もう今の日本の消費生活を続けていけるほど、豊かじゃなかってですよ」

来客用のソファーのある応接間で、エコロジストの男性は話し始めた。

「日本国民の大多数が土から離れて、消費過多の文明中毒症におかされとっとです。この文明中毒症を癒やした上で、世界に蔓延《まんえん》しつつあるこの病を防がんば、環境悪化と食料不足で世界は破局を迎えることになっとです」

二人の職員は口を挟むこともできず、話を聞く。

「今、天草でリゾート構想の旗を振る前に、環境の診断や保全、住民の生活態度の改善、情報通信手段の整備改善ばやらんばならんとです」

「あのう、リゾートっちゅうより、わたしらはむしろ空港のほうの用地の話に伺ったですばってん……」

エコロジストの男性は空港用地に山林を保有しているが、ゴルフ場用地に土地は持っていない。

「わたしは天草全体の開発ば考えとっと。空港とゴルフ場ば切り離すことはできん」

強い口調でいった。

「そもそもゴルフ場の計画があるから空港がでくっとであって、両者は表裏一体の関係じゃなかか」

「いや、必ずしもそういうわけじゃ……」

「あんたしも知っとってでしょう？　ゴルフ場は農薬づけにせんと成り立たんと。消毒剤、防虫剤も大量にまき散らす。そがんして生態系ば破壊する。見てきて下さいよ。ゴルフ場のそばに行けば、二本足の昆虫や四葉のクローバーがたくさん見つかっですよ」

「……」

「西武のゴルフ場は、過疎や経済の停滞に悩む天草の窮状につけ込んだ時代錯誤の計画だ。これば中止せん限り、わたしは土地を提供することはできん」

それから間もなく、エコロジストの男性は、知事、本渡市長と市議会議長、五和町長と町議会議長にあてて「意見と要望の具申並びに通告と提案の書」を郵送した。その中で、空港建設に関する同意の前提として、三つの条件を挙げた。①ゴルフ場建設計画の中止、②既取得分の土地は公有地とし、環境保全対策を十分に行なって活用する、③地下水の調査と保全対策の実施。これら条件が満たされるならば、保有している約三・三ヘクタールの土地を無償で提供するとした。

熊本県知事は、去る二月に細川護熙前知事の退任に伴う知事選で当選した福島譲二である。本籍が天草にある初めての知事で、福島の後援会「福友会」の会長は池田定行県議が務め、二人で強力に天草空港を推進し始めていた。

秋──

ヘルメットに作業服姿の男たちが、顔や首筋に汗をにじませ、鎌や鉈《なた》と地下水調査用の機材を手に、藪をかき分けながら、木漏れ日が降り注ぐ薄暗い林の中を進んでいた。

「……ふえーっ、また藪か。まったく熊か狸でも出るごたる場所ばい」

大人の背丈より高い藪があたり一帯にうっそうと茂っていた。

「まったく、こりゃあ大変な測量ばい。まっで北海道の屯田兵じゃなかか」

軍手をはめた手で鉈を握りしめ、バサッ、バサッと藪を薙《な》ぎ払いながら、別の男がいった。

「ヘビ、出らんですかねえ。僕、ヘビ、苦手にしとるとですよねえ」

若い男が心細そうにいった。

「もうちっと低うて平らかなところにしてくれたら、調査も楽だったとばってん」

「そりゃあ無理な話たい。付近に家が少なかとか、国道がなかとか、農地が少なかとか、そぎゃん条件で絞り込んでいったら、こぎゃんところになるちゅうことばい」

「うわっ、こぶ（注・蜘蛛《くも》）ばい、こぶ！」

若い男の目の前に蜘蛛の巣があり、赤や黄色の派手な原色の蜘蛛が獲物を待ち構えていた。

男たちは、県の土木部港湾課の職員と建設会社の社員たちだった。

前年から空港予定地の土質や地下水の調査が始まり、去る四月には、県の土木部港湾課の出先として天草空港建設事務所が現地に設置され、五人の職員が配置された。

空港建設予定地は、本渡市の北約四キロメートルの山地部である。下島の苓北《れいほく》町、五和町、本渡市、親和町、牛深市の十七の候補地の中から、①家屋等が集中していない、②急峻な地形でない、③埋め立て、護岸、河川の切り回し等の費用が少ない、④取得費用がかかる農用地が少ない、等の要因を考慮して決定された。北東側は小高い丘陵地帯が有明海に向かって延び、南東側は本渡市に向かって平地が開けている。西側から南側にかけては標高三〇〇～五〇〇メートル前後の山々が建設予定地を囲むように連なっている。尾根状の比較的急峻な山地部は雑木林や植林地、丘陵から台地にかけての傾斜地は果樹園、谷の下のほうの平地は田畑として利用されている。

4

二年後（平成五年）の八月――

本渡市役所の一室で、県の職員や、空港の用地買収を担当している市役所と五和町役場の職員、彼らと一緒に地権者の説得をして歩いている天草経済同友会のメンバーらが話し合いをしていた。

「……本渡市側のほうは、去年地権者協議会ができたですけん、そこが話し合いの窓口になってくれとらして、用地の取得はほぼ問題なかと思います」

本渡市役所の地域開発課で用地買収を担当している男性職員がいった。高校を出て入所後三十年近いベテランだ。

本渡市側の地権者のうち、空港建設に積極的な人々が中心になって、昨年、地権者協議会をつくり、六十一人いる地権者の取りまとめをするようになった。

「去年出された要望事項も、だいたい問題なく満たされるということで、間違いなかですね？」

細面に眼鏡をかけた壮年の男性が訊いた。本渡市で建築材料店を営む、天草経済同友会のメンバーである。

本渡市の地権者協議会は、昨年、空港建設工事にともなう農業・生活用水への影響に対する対策、周辺の道路の整備など、十六項目の要望を提出していた。

「はい。生活用水については事前対応、水道は空港ターミナルを建設する五和町側から給水して、場内処理ばして排水、道路の整備もだいたいすべてやることになっとります」

本渡市役所の職員の言葉に、一同がうなずく。

「ってなると、問題はやっぱり五和町側か……」

「そうがんですなあ」

五和町側には三十三人の地権者がいるが、例のエコロジストの男性が、西武のゴルフ場計画を中止しない限り、用地を提供しないと強硬で、地権者協議会も結成できていない。昨年（平成四年）十月には、男性は、「意見と要望の具申並びに通告と提案の書」に書いた三つの条件が守られていないとして、用地を無償で提供するという提案を撤回すると県などに通告していた。

「平成八年に開港するとしたら、もう本格的な造成工事に着工しとらんといかんとばってん」

県の職員が悩ましげにいった。

当初、平成六年の開港を目指していたが、用地買収が遅れているため、二年間延期することになった。現在は工事用道路や付替え道路（工事でなくなる道路の代替路）の建設や、盛り土工事のための土質の転圧試験などを行なっている。

「やっぱり強制収用っちゅうとは無理ですか？」

出席者の一人が訊いた。

強制収用は、公共の利益のために、土地収用法が定める手続きにしたがって、国や地方公共団体が補償費を支払い、土地や賃借権等を強制的に取得することだ。

「いや、それは……」

別の出席者がいった。「事態が泥沼化して、収拾がつかんごとなります。万々が一やるとしても、最後の手段です」

「うーん、そがんでしょうなあ。やっぱり説得ば続けるしかなかっでしょうねえ」

「まあ、あん人も根が悪かわけじゃなかし、ただ純粋な人ですけん、どっかで妥協してくれらすとじゃなかかって思うとばってんなあ」

　その言葉に、何人かがうなずく。

「ところで、滑走路ば一二〇〇メートルにするっちゅうとは、やっぱり無理ですか？」

　本田航空が運航する予定のＣＡＳＡ　Ｃ２１２型プロペラ機は二十六人乗りの小型機で、滑走路の長さは一〇〇〇メートルで足り、国の認可もそれが前提になっている。しかし同社は、もう少し大きな飛行機を、将来、大分、高松、岡山に飛ばすことも考えているため、滑走路を二〇〇メートル延ばしてほしいと要望し、地元も県や国に対して陳情していた。

「滑走路部分は標高一四〇メートルぐらいの山ば一〇〇メートルぐらいまで削って、元々一〇〇メートルなかところは盛り土ばして、ようやっと一〇〇〇メートルの滑走路が造らるる感じになるとです」

　県の職員がいった。

　建設予定地は場所によって高低差が大きく、地図上では北西方向から南東方向に斜めに建設される滑走路の土地は、真ん中あたりから南側が起伏のある山、北側がこれまた起伏のある沢になっている。沢の部分には最大で四〇メートルくらい盛り土をしなくてはならない。

「滑走路だけじゃのうて、周囲に着陸帯を設けんといかんですけん、相当大きか工事です」

幅三〇メートルの滑走路を取り囲む着陸帯は、長さ一一二〇メートル、幅一二〇メートル。万一飛行機が滑走路をそれた場合の安全確保のための施設だ。

「滑走路を一二〇〇にすっと、着陸帯ば含めた盛り土の量が激増しますし、場合によっちゃ山の斜面に杭打ちして、その上に滑走路ば乗せるなんかいうことも必要になるかもしれんばい。そぎゃんすっと（総工費が）七十五億どこるか、倍以上んなって、国が絶対に認めんたい」

「うーん、そがんですか……」

その時、会議室のドアがノックされ、本渡市役所の職員が入ってきた。

「ちょ、ちょっと皆さん、大変です！」

中年の男性職員の顔が青ざめていた。

「本田航空が、天草空港への就航ば撤回するっていうてきました」

「ええっ⁉」

全員が愕然となった。

「そりゃ、どがんこってすか⁉」

「まだ公にはしとらんそうですが、コミューター事業から全面撤退するらしかです。岡山県の計画も取り止めるそうです」

本田航空は、岡山空港にも進出する協定を結び、すでに駐機場や格納庫も確保し、岡山－熊本間など六路線を開設する準備を進めていた。

「なしてそげん急に……？」

「経営環境の悪化だそうです」

「経営環境の悪化？　うーん……」

この頃、日本のバブル経済は完全に崩壊し、平成元年十二月末に三万八九一五円の史上最高値を付けた日経平均株価は、今年に入って一万六千円台まで落ち込んだ。九州でも、鉄鋼や機械など基幹産業が軒並み減産を強いられ、百貨店や小売店では売り上げの前年割れが続いている。

本田航空は、去る六月にも、需要低迷を理由に、北九州ヘリポート（北九州市若松区）でのヘリコプター事業から撤退していた。

八ヶ月後（平成六年四月）――

天草諸島に明るい春の日差しが降り注いでいた。四月は一日の最高気温が二十度前後で、すごしやすい。天草四郎の像がある、本渡市街西の殉教（城山）公園では桜が咲き誇っていた。

公園から七キロメートルほど北西にある天草空港の建設予定地では、本格的な造成工事が始まっていた。チェーンソーの音が鳴り響き、めりめりという音を立てて木が切り倒されていた。

「……あのあたりまでじゃな、切ってよかとは」

ヘルメットに作業服姿の県の土木部港湾課の職員が遠くの林を指さしていった。

「そぎゃんですね。あのあたりですたい」

別の職員が図面を手にうなずく。

少し離れた場所で、ユンボと呼ばれる蟹の脚のような長いアームを持った重機が、ガガガガ、ガガガガと音を立てながら、切り倒された木を積み上げたり、トラックに載せたりしていた。

造成工事は、木や藪を伐採し、その上で山を切り崩したり、盛り土をしたりして、平らにしてゆく。長さ一〇〇〇メートルの滑走路の中央部の標高はTP（Tokyo Peil＝東京湾平均海面）プラス一〇三・五メートルと決められ、両末端はそこから〇・七パーセントの下り勾配に造られる。

「しかし参りますばい。地権者が納得せんで、手がつけられん場所があるちゅうとは」

用地の提供に同意していないエコロジストの男性の土地が、ターミナルビルの建設予定地と滑走路の場所を横切っており、そこに手をつけることができない。

「もうこれ以上開港を遅らせられんていうけん、工事ば始めたばってん、このままなら真ん中だけ残して『モヒカン刈り』になるとよ」

上役の男が悩ましげにいった。

「しかも、飛ぶ飛行機の機種が決まっとらんていうとだけん、ますます参りますばい」

本田航空が撤退を宣言したことは、空港建設に踏み切った前提が崩れるので、まだ公にはされていない。交通対策総室などが、別の航空会社を探すべく走り回っていた。

「機種が決まらんと、飛行機の重量なんかも分からんけん、滑走路の舗装厚も決められんし、工事の入札は、仕様が決められんけんでけんし」

結局、肝心ではない部分だけを、ばらばらに発注するしかなかった。

「とにかく地権者のほうだけでん何とかしてほしかとばい」

「ですねえ。残っとるのは三人で、そのうち二人は近々なんとかなるごたるけん、最後の一人ば市役所の人たちが、連日説得しとるそうです」

「すんまっせん！」

ヘルメット姿の別の職員が小走りでやって来た。伐採が終わった山の部分の切り崩し作業を見ている職員だった。

「また『埋もれ木』の出ましたばーい」

「えっ、また出たと？」

「はい、結構あるとです。ほぼ丸太の状態ですね」

「ほー、珍しかなあ。ちょっと見ぎゃ行こう」

　現場の山には第四紀更新世（約二百五十八万年前から約一万年前までの地質時代）の佐《さ》伊《い》津《つ》層があり、化石化していない樹木（埋もれ木）が存在している。鑑定の結果、約二百万年前の広葉樹と分かり、当時の植物の様子を知る貴重な学術資料なので、県が保存処理と展示を行うことになった。


三ヶ月後（七月）――

　夜、エコロジストの男性の家の応接間で、本渡市や五和町の職員や、空港建設を支援する地元の実業家の男性が話し合いをしていた。

「……あんたは、（天草考創）シンポジウムで、空港に賛成するってゆうたじゃなかですか」

　長時間の応酬で疲れた表情の市の職員の男性がなじるようにいった。

「空港はあくまで条件付きの賛成で、天草の開発が環境ば破壊せんことが前提だ」

　ナザレのイエスのような風貌のエコロジストの男性は、動じることなくいい放つ。

「農薬や防虫剤は地下水ば汚染すっとです。汚れた水は一万年はきれいにならん。空港だけでも心配だ」

「農薬は問題が起きんごと、国で色々な基準ば作っとるじゃなかですか」

「国の基準に従っとったけん、水俣病が起きたっですよ」

熊本県の水俣市にあるチッソ株式会社の工場が廃水と一緒に海にたれ流したメチル水銀が原因で昭和二十八年頃から発生した水俣病では、七万人以上が苦しみ、補償と患者認定を求める多数の訴訟が今も続いている。

「天草は、生活の島であるべきなんです。開発は、自然の生態系に逆らうゴルフ場のようなレジャー型じゃなく、環境と調和したものでなくてはならんとです」

ボーン、ボーンと柱時計が鳴った。

時刻は午前二時で、裏手が藪の繁る丘になっている家の周囲では物音一つしない。

「そもそも同意もしとらんとに、挟み撃ちんごと両側から工事ば進めるっちゅうのは卑《ひ》怯《きょう》なやり方だ」

「開港予定が決まっとりますけん、そげんするしかなかとでしょう」

五和町役場の男性が悩ましげにいった。

「あんたのやり方こそ卑怯だ」

それまで黙っていた壮年の地元実業家の男性が強い口調でいった。

「卑怯？　わたしんどこが卑怯かってですか？」

エコロジストの男性は、戸惑いと反発が入り混じった口調で訊き返す。

「自分が持っとるゴルフ場の用地ば売らんっていうとなら分かるばってん、みんなが賛成しとる空港の土地ば人質にとって、自分の主張ばとおそうとしとることが卑怯っていうとです」

「いや、それはだけん、天草の環境ば守るために……」

「あんたは空港建設には反対じゃなかっでしょ？」

「ええ、そげんです。だけんゴルフ場ば中止すれば、土地は提供するっていいよっとです」

それを聞きながら、実業家の男性は、とうの昔に冷めた湯呑みの茶をすする。

「あんた、町長選挙に立候補するつもりだそうだね？」

去る六月十日、ゴルフ場用地の買収が進まず、西武の進出協定も期限が切れたことに鑑み、熊本県が「冷却期間を置く」として、計画を二、三年凍結すると発表した。

その四日後、これまでゴルフ場用地買収のために町の予算約十億円を投じた責任をとり、五和町の町長が引責辞任し、近々、町長選挙が行われることになった。

「ええ、立候補するつもりですよ」

エコロジストの男性が答えた。

「あんたには立候補する資格がなかですよ」

「資格がなか？」

「あんたんようなやり方は民主主義に反するからですよ」

「……」

「ゴルフ場に反対なら反対で、それはよかっですよ。それは町長選挙で堂々と主張すればよかっです。ばってん空港用地ば人質にとっとは、民主主義に反する」

壮年の男性は、長年の商売で鍛えた厳しい眼光を相手に向ける。

「あんたが町長選挙に出っとなら、そん前に空港用地ば手放すべきじゃかっか」

「……」

言葉が胸に刺さったようで、エコロジストの男性は黙り込んだ。

七月十八日──

五和町の町長選挙を目前に控えた月曜日、エコロジストの男性が本渡市役所で記者会見し、空港用地の提供に関して、県との交渉に応じる用意があると表明し、「西武のゴルフ場建設はもはや不可能だと考えるので、空港用地の提供を拒む理由はなくなった」と述べた。

用地売却に同意していない三人の地権者（面積三・九六ヘクタール）のうち、滑走路やターミナルなど、空港の心臓部分を横切る約三・三ヘクタールを所有するエコロジストの男性が前向きな姿勢を示したことで、用地問題は解決に向けて大きな弾みがついた。

翌日、町長選挙が告示され、エコロジストの男性のほか、ゴルフ場推進派の二人が名乗りを上げた。五日間にわたる激しい選挙戦の末、池田定行県議も支援した同町二江《ふたえ》（漁業地区）出身で五和農協監事の伊藤山陽《さんよう》が三千七百二十二票を得て当選した。次点は、役場の企画開発課長だった男性で三千二百六票、エコロジストの男性は千百五十七票だった。

八月四日――

エコロジストの男性が、自分が所有する空港用地約三・三ヘクタールの売買契約を熊本県と結んだ。契約締結後の談話で、「契約にあたっては、空港完成後も、地下水を汚さないための対策を要望した。また採算がとれなくなったりして、マイナスが出た場合、住民に負担がかかってこないような仕組みも必要だ。土地の売却代金は、環境保護に役立つ、天草おこしのために使いたい」と述べた。

売却を拒否していた別の地権者一人もすでに売却に同意したので、残る地権者は一人で、所有面積は〇・五ヘクタールとなり、用地問題はほぼ解決した。

第二章　ダッシュ8《エイト》

1

翌年（平成七年）夏の終わり——

ヘルメットに作業服、長靴姿の男たちが、天草空港建設予定地で一番高い高尾山に登って、周囲の景色を眺めていた。工事を請け負っている本渡市の建設会社の社員たちだった。

「……うぉー、素晴らしか景色じゃねえ！」

「いやぁ、ほんと！　こりゃあ、滅多に見られん眺めですなあ！」

「さすがに雲仙岳は雄大なあ！」

北の方角に雲仙岳が巨大な屛風《びょうぶ》絵のような姿を海上に見せていた。距離にして三〇キロメートル強だが、天からたった今、降り立ったような、神々しく圧倒的な姿は、富士山も及ばない。

「こっからなら、本渡市街もきれいに見ゆるなあ！」

南南東の方角の、緑の山の斜面や、林や畑の先の下のほうに、家々の屋根が銀色の鱗を一面に撒いたような本渡の市街があり、その先で青い島原湾が陽光をきらきらと照り返していた。

西の方角に視線を転じると、奈久葉山（標高三七七メートル）や苓北町の先に、天草灘が広がっている。

「あっちは、角山《かどやま》なあ」

南の方角に、下島のほぼ中央に位置する角山が見えていた。

標高五二六メートルの、なだらかな山だ。江戸時代は福連木官山《ふくれぎかんざん》と呼ばれ、この山の樫の木が将軍家の槍の柄に使われていた。

「ここ、空港にするより、展望台にしたかですねえ」

「じゃる。三百六十度のパノラマやもんなあ」

高尾山は滑走路建設場所の南東寄りに位置している。山の周囲を除いた北西側の半分は造成がほぼ終わり、滑走路用地の半分ほどが、平らな土地になっていた。

一方、用地買収の遅れから、南東側の部分は山と丘陵地帯のままである。この日、ようやく樹木や藪の伐採が終わり、山頂まで登れるようになった。

「この景色が見らるっとも、今日で最後っちゅうのが寂しかねえ」

明日から、高尾山を滑走路の高さの標高一〇三・五メートルまで切り崩す作業が始まる。

作業は、バックホーと呼ばれるアームの先にショベルを備えた重機で行う。

「せっかくやっけん、こん景色ば写真に撮っとこうかい」

建設会社の社長がいった。

「そがんですね。パノラマにすれば、よかっじゃなかですか」

「おお、そりゃよか考えばい。誰かちょっとパノラマ用のカメラば借りてきてくれんか」

パノラマ撮影用カメラは、本渡市内の写真店などにある。

「分かりました」

若手社員が踵《きびす》を返し、駆け出した。

工事が始まる前、付近にはトラック一台がようやく通れるか通れないかという細い農道が山の途中まであるだけだったが、今は舗装された立派な道ができ、本渡市内までは車で十数分で行ける。


半年後（平成八年二月二十九日）――

天草空港の工事現場では、高尾山はすでに切り崩され、滑走路全体の形が現れた建設現場で、ブルドーザーや振動ローラーが、ガガガガ、ゴゴゴゴという重い騒音を立てながら、動き回っていた。

「……えーと、今、目ん前に見えておりますとおり、こっちの左手から右手の向こうのほうまで滑走路が延びることになります」

ヘルメットに作業服姿の中年男性が、茶色い造成地の端から端までを指で示していった。熊本県庁から天草空港建設事務所に派遣されている職員だった。

上空は灰色の雲に覆われ、時おり雨がぱらつく肌寒い日である。

「こん場所は、元々山や丘陵地帯でしたので、でこぼこがあります。それから、水田として使われていた場所は地層が軟弱なんで、斜面崩壊の危険性があります」

県庁職員の説明を、コートやジャンパー姿でヘルメットをかぶった十人ほどの男たちが聴いていた。阿蘇、菊池、玉名、上益城など県内に十ほどある県事務所の次長たちだった。年に一度、各事務所の持ち回りで、それぞれの管内が抱える課題について勉強会を開いており、今回は天草事務所の担当で、天草各地を視察していた。

「……従いまして、用地の造成は、高さが空港よりも高い場所の土を切り崩して、トラックで運び、ブルドーザーと振動ローラーで均《なら》していきます。使用する盛り土の量は、約一九〇万立法メートルで……」

（人口が十五万かそこらの地域が、八十五億円もかけて空港を造るかねえ……）

玉名事務所次長の松見辰彦は説明を聞きながら、山中に忽然《こつぜん》と現れたような工事現場に、なんとなく違和感を覚えた。天草諸島の人口は十五万人程度にすぎず、しかも減少傾向にあるのだ。

長崎大学経済学部を出て、昭和五十一年に県庁に入った松見は、商工畑が長く、中小企業の診断にも七年間携わり、民間的なセンスを持っている。

「あのう、開港はいつの予定でしたっけ？」

事務所の次長の一人が訊いた。

「はい、一応、二年後の平成十年を目処《めど》にしています」

現地に派遣されている県庁の職員が答えた。「工事のほうで申し上げますと、今年度中には空港本体の用地造成工事が終わり、来年度にはターミナルビルの建設や滑走路の舗装に入り、来年の今頃には、八五パーセントくらいの施設が完成します」

県事務所の次長たちはうなずいて、メモをとったりする。

「あのう、ちょっと……」

働き盛りで、引き締まった風貌の松見が手を挙げた。

「そもそもこがん場所に空港を造って、就航してくれる航空会社があるとでしょうか？本田航空が進出協定を結んだそうですけど、この頃は反応がいま一つだとか報じられてますよね」

熊本県も本田航空も、本田航空が撤退を表明したことを明かしていなかったが、「熊本日日新聞」などが、同社が就航計画を見直す可能性があり、県も他の航空会社と交渉していると報じていた。

「えっ？　ああ、あのう、航空会社につきましては……」

遠慮のない質問を浴びせられた県の職員は、言葉が続かず俯《うつむ》いてしまった。

しばらく気まずい沈黙が流れた。

（どうも今日は、冴えん日ばい……）

松見は、俯いた県職員を見ながら内心ぼやいた。ここに来る前に、新しい観光資源としてイルカ・ウォッチングも視察したが、イルカは一頭も現れず、「だいたい九割はイルカがずっと（注・出てくる）ばってん、あんたたちはハズレの一割に入ったなあ」といわれた。

（だけん、この空港、いったいどうなるとや？）

まさか一年後に、自分が天草空港プロジェクトのリーダーに任命されることになろうとは、このときは夢想だにしていなかった。

2

四月――
県庁の総務部広報課の田山洋二郎が、青天の霹靂《へきれき》で、交通対策総室の課長補佐に異動になり、天草空港を担当することになった。運輸省からは「オオカミ少年」と呼ばれ、行くたびに説教を食らいながら、航空会社探しと、依然として批判が多い県庁内の支持取り付けに奔走する日々が始まった。

田山は、日本エアシステムと長崎航空の二社と同時並行で交渉を進めた。二社のうちでは、長崎航空のほうが反応がよかったので、福島譲二知事の了承を得て、地元の二市十三町（本渡市、牛深市、大矢野町、松島町、有明町、姫戸町、龍ヶ岳町、御所浦町、倉岳町、栖本町、新和町、五和町、苓北町、天草町、河浦町）の各首長《しゅちょう》を訪れ、説得に乗り出した。


それから間もなく――

「……馬鹿もん！　きみらは何ば考えとっとか⁉　バスより小さか飛行機って、そがんとのあるか⁉」

田山と部下の福島純一から説明を聞いた首長の一人が、怒鳴った。

「いや、しかし……、現状では、JAS《ジャス》（日本エアシステム）さんも旗幟《きし》を鮮明にしとりませんし、長崎航空でいくしかなかとじゃなかかと」

応接室のソファーで向き合った田山が懸命の表情でいい、隣にすわった福島が神妙な顔つきをしていた。

「八十五億円もかけて、わざわざ空港ば造るとは、経済効果ば期待してのことじゃろう？　それやっとに、この十九人じゃろ九人じゃろしか乗れん、ツインオッタージゃろドルニエじゃ話にならんじゃろが⁉」

首長は、福島が作成した資料を手にかざし、激しい剣幕でまくし立てる。二市十三町の首長の中でも古株で、凄みも備わっている。

「お言葉ではありますが、そのう、天草空港の滑走路は一〇〇〇メーターしかなかので……。従いまして、飛べる機種はいずれにしてもこの程度の小型機しか……」

「だけん前々から、滑走路ば延ばせっていうとっじゃろうが！」

地元の市町村や天草経済同友会は、滑走路を一二〇〇メートルにするよう、再三にわたって県に陳情していた。

「いや、そりゃ、また予算が五十億とか百億とかかかってきますけん……。そもそもあそこは山を切り崩して造った空港で、あれが限界なんです。延ばすとしたら、あとはもう鉄板方式で、空母みたいに突き出すしかなかです」

「だけん、その空母方式でやったらよかっじゃなかか」

「いや、ばってん、予算が……」

これ以上、空港建設に予算が出ないことは、明々白々である。

「とにかくこがん小《こ》まんか飛行機じゃ話にならん。飛行機が小まんかけん、赤字幅も大きくなっとじゃなかか」

田山らは、毎年三億円弱の赤字が予想されるため、県を含めた地元で負担することが必要であると説明していた。

「もうあと五年かかろうが、十年かかろうが、よかけん。とにかく滑走路ば延ばして、ふとか（注・大きな）飛行機が飛ぶごとせろ！」


翌日——

熊本市に戻った田山は、上司である企画開発部長、交通対策総室長と一緒に福島譲二知事の執務室に出向き、前日の首長とのやり取りを報告した。

「……なるほど。まあ、理屈ではそうだろうけれど、飛んでくれそうな航空会社の選択肢は限られてるからねえ」

知事室の会議用のテーブルで、禿頭の福島譲二知事がいった。

天草に本籍があり、旧制第五高等学校（熊本大学の前身）を出ているが、生まれと育ちは東京なので、普段は標準語で話す。衆議院議員を六期務め、現在は六十九歳。大蔵省一の異名をとった麻雀の打ち手で、酒にも強いが、障害を持つ娘を育て、人情の機微も知っている。

「とにかく、飛行機を飛ばさんことには話にならん。再来年には空港が出来上がるんだから」

知事の言葉に田山らはうなずく。

「ところで、一〇〇〇メーターの滑走路で、もう少し大きい飛行機を飛ばせる可能性はないのかね?」

「はい、調べてみましたら、JAC《ジャック》が飛ばしているサーブ340B(スウェーデン製)という機種ならば、最大で三十七人くらいまで乗せることができるみたいです」

JAC(日本エアコミューター、本社・鹿児島県霧島市)は、昭和五十八年に東亜国内航空が六割出資し、名瀬市(現・奄美市)を始めとする鹿児島県奄美群島所在の自治体と共同で設立したコミューター航空会社だ。奄美大島を中心に、喜界島、徳之島、沖永良《おきのえら》部《ぶ》島、与論島などに飛行機を飛ばしている。二年前からは離島路線以外にも進出し、大阪・伊丹空港と兵庫県北部の但馬空港との間でも定期便を開設した。(なお東亜国内航空は、昭和六十三年に日本エアシステムに商号変更した。)

「JAS(日本エアシステム)が来てくれて、サーブ340Bを飛ばしてくるといいんだが……やっぱり難しいかね?」

「はい。JACと違って、天草のほうは離島補助金が出ませんけん」

「うむ」

「先方は、サーブ340Bの効率的運用とか、儲かるものならやりたいという気持ちは持っていますが、そもそもJAS自体、経営状態が厳しかようで、新規の事業にはなかなか踏み切れんごたるです」

日本エアシステムは昭和四十六年に、東急電鉄社長だった五島昇が、太平洋各地にリゾートを展開し、それを自前の航空会社で結ぶという壮大な野望の下、同グループの日本国内航空と不二サッシ工業系の東亜航空を合併して作った会社だ。現在も東急が筆頭株主（三〇・七パーセント）として実質的な経営権を握っている。しかし、採算の悪い地方路線を抱え、幹線では日本航空、全日空との厳しい競争にさらされ、長年業績が低迷し、累積損失を抱えている。バブル崩壊後の地価下落の直撃を受けた東急グループも、東急建設や東急ホテルチェーンなどのリストラに追われ、日本エアシステムの支援まで手が回らない。

「分かった。当面はやはり長崎航空と条件面を詰めながら、ＪＡＳにも打診を続けるしかないだろう」

福島知事が引き取った。

「はい。ＪＡＳのほうにも正式に就航要請したいと思います」

企画開発部長がいった。

「うむ。その天草の首長《くびちょう》さんには、僕から電話して、よくいっておくよ」

数時間後――

交通対策総室のデスクで仕事をしていた田山に電話がかかってきた。

った。

「……お前、いきなり知事に告げ口するとは、どげん了見か⁉」

電話の主は、昨日、「バスより小さか飛行機じゃ話にならん！」と怒った天草の首長だった。

「い、いえ、告げ口なんかしとりません！」

田山は慌てて反論した。

斜め前にすわった福島純一が、何事かといった顔で田山を見る。

「告げ口しとるじゃなかか！　さっき知事から、昨日の話に関して電話があったとぞ！」

「いや、ですから、それは報告であって……」

「報告も告げ口もおんなじじゃっか！」

「違うとです、違うとです。天草空港については、ほかの事業と違《ちご》て、すぐに知事のお耳に入れるようにしとるとです」

「ほかの事業と違う？」

「はい、知事は、本件には特段の思いを持っておられますけん」

「俺だって地元の首長として、特段の思い入れがあるよ」

相手は少し落ち着いてきた。

「ですから、情報を記録としてですね、ペーパーなり口頭なりですぐ知事に上げて、忙しい部長たちがすぐ集まって御前会議を開けるようにしとるとです」

「……」

「ですから、情報が早いというだけであって、決して特定の発言とか、やり取りを告げ口したりしてるわけじゃなかです。これは知事の天草に対する思いでやっとるとです」

「ふーん、そうか。分かった」

相手は何とか納得した口ぶり。

「ただ俺は、昨日もゆうたとおり、小さか飛行機は認めんぞ」

「……」

「経済効果ば地元にもたらすためには、十九人じゃろ九人乗りじゃろのマイクロバスんごたる飛行機じゃ話にならん。知恵ば絞って、もっと大きか飛行機を飛ばすごとしてくれ」


冬――

コート姿で書類鞄を提げた田山洋二郎は、虎ノ門三丁目付近をほぼ南北に走る桜田通りからホテルオークラ寄りに入った場所に建つ、地上十三階建てのビルを見上げていた。

薄茶の外壁の大きなビルは、「虎ノ門37森ビル」で、日本エアシステムの本社が入っている。

長崎航空との交渉は、年間三億円程度と見積もられる運航に伴う赤字負担の問題で暗礁に乗り上げ、日本エアシステムも相変わらず煮え切らない態度に終始していた。その一方で、空港の建設は着々と進み、滑走路の舗装も始まり、待ったなしの状態である。開港を疑問視する報道が頻繁になされ、田山も三人の娘たちから「お父さん、天草空港は、ほんなこつできるとね？」と訊かれ、人吉に住む年老いた両親からは、「空港がでくっとしても、赤字が山んごつできたら、あんたの責任はどがんなるとね？」と心配されていた。

（やはりもう、これしかない……）

意を決して、「虎ノ門37森ビル」に入って行った。

一階のエントランス・ホールは天井が高く、広々としていて、どこかの街角のようである。

日本エアシステムの本社オフィスで田山を迎えたのは、経営企画室の幹部たちだった。

「……そんな状況で、なかなか就航してくれる航空会社が見つかりません」

応接室で、田山は、長崎航空などとの話し合いの状況を説明した。

「それで折り入ってご相談がありまして……。これはまだ、わたしの一存なんですが」

意を決して切り出した。

「もし、我々が航空機を買って、自前で航空会社を立ち上げるとしたら、技術面なんかの支援をして頂けるでしょうか？」

「え？　自前で航空会社を立ち上げる!?」

　相手の男たちは、驚いた表情になった。

　これまで熊本県側は、既存の航空会社が飛行機を飛ばしてくれることを求めていて、自分で航空会社を立ち上げるなどという発想は一切なかった。

「そうです。我々が自前で航空会社を立ち上げるという前提で、支援をして頂けないかというお伺いです」

　上京する前に、こういう話をしてくるつもりであることは、交通対策総室の次長にだけは打ち明け、「わたしの独断でやることですから、次長の責任問題にならないよう、聞かなかったことにしておいて下さい」と伝えていた。

「要は、自分たちでエアラインを作って、飛行機を保有し、自ら飛ばすと？」

「そうです」

「冒険ですね」

「冒険です。しかし、もはやこれしかありません」

「うーん、そうですか……」

　相手側は、うなった。

「分かりました。率直にいって、我々が乗り入れるというのはやはり難しいですが、技術面での支援ということであれば、可能性はあると思います」

「そうですか？」

「はい。とにかく、トップに話して、方向性を決めたいと思います」

日本エアシステムの社長は、舩曳寛眞《ふなびきひろみ》で、年齢は六十六歳。大学卒業後、東急電鉄に入社し、三十代後半のとき、新設された東亜国内航空（日本エアシステムの前身）に出向し、以来、同社一筋で職業人生を送ってきた人物だ。


それから間もなく──

田山は、日本エアシステムの社長室で、舩曳社長に会った。

すでに福島譲二知事に、先日の日本エアシステム側の反応を説明した上で、同社の技術支援を受けて、自前で航空会社を立ち上げ、サーブ３４０Ｂを購入して飛ばすという可能性を探ってよいという了承をもらっていた。どこかの航空会社に就航してもらうという方針からの大転換である。

「……田山さん、お話は経営企画室の者たちから伺っています」

社長室のソファーで、仕立てのよい背広姿の舩曳がいった。白髪で、顔には苦労人らしい皺が刻み込まれている。

「地元のほうで経営リスクを全面的にとって、航空会社を立ち上げるというのでしたら、わたしどもで技術的な支援をすることは、やぶさかではありません」

船曳は、目に温かい光を湛《たた》えていった。

東急の総師だった五島昇に仕え、五島の航空事業に対する熱意を受け継いでいる人物である。

「そうですか。有難うございます！」

田山は頭を下げた。

「ただねえ田山さん、これ、経営的には厳しいんじゃないの？」

「それは覚悟の上です」

「サーブ３４０Ｂは、一応三十七人乗りだけど、ＡＣＬで、夏なんかだと、三十二人とか三十三人になるときがありますよ」

ＡＣＬ（allowable cabin load ＝許容搭載重量）は、機内に搭載できる重量（燃料を除く）のことで、大気中の酸素密度が希薄な夏場は、飛行機の揚力《ようりょく》やエンジンの出力が下がるため、乗客の数を減らし、機体を軽くしなければならない。

「それは分かっています。但馬空港のほうにも行って、話を聞いていますから」

船曳はうなずく。

「それからもう一つ。最近入ってきた情報なんだけれど、サーブは民間航空機の製造事業から撤退するらしいよ」

「ええっ⁉」

田山は愕然となった。

「まだ表向きには発表されていないけれど、間違いない情報です」

「本当ですか!?」

「うん。エンブラエルやボンバルディアなんかが、ターボプロップの分野に参入してきて、競争が激化したことが原因らしい」

ターボプロップは、ジェット排気で回転させる新型のプロペラを備えた飛行機で、エンブラエルはブラジル、ボンバルディアはカナダの航空機メーカーだ。

「ということは……？」

「将来、サーブ３４０Ｂの部品が入手しづらくなるってことだね」

「それは、しかし……」

田山は絶句した。大きな前提が崩れた。

3

翌年（平成九年）春——

玉名事務所次長の松見辰彦に、県庁の総務部人事課から電話がかかってきた。

「……松見さん、異動の内示です」

(ばっ？　なんか嫌な予感がすっなあ……)

上司である事務所の所長に対しては、人事課、財政課、交通対策総室の三つでなければどこでもいいと異動の希望を出していた。

「どこの部署ですか？」

受話器を耳にあて、松見は訊いた。

「交通対策総室です」

「うげっ……！」

不吉な予感が的中した。

以前、東京事務所にいたとき、九州新幹線など交通関係の仕事をしていたので、まさかとは思っていた。

「そうですか……。それで交通対策総室で何ば担当するとですか？」

相手は一瞬沈黙し、松見はますます嫌な予感がした。

「天草空港です」

松見は、後頭部を鈍器で殴られたような気がした。

四月一日——

松見が交通対策総室に初出勤すると、天草班に机が用意され、名刺の箱が置かれていた。

県庁職員は、自分の名刺は自分で注文するのが普通（費用は自腹）で、着任時に名刺が用意されていることはまずない。

（なんで名刺が？）

松見は訝りながら、青いプラスチック製の箱を手に取った。

そこには部署名、肩書、松見辰彦という名前のほかに、しっかりと担当内容が印刷されていた。


〈天草空港担当〉


（これは……！　もう逃げられんぞという意味か⁉）

背筋を冷たい汗が流れ落ちる。

松見のほかに、人吉土木事務所にいた成尾雅貴（昭和五十七年入庁）、熊本高等技術訓練校に出向していた手嶋章人（同五十九年入庁）という、三十代後半の活きのいい二人も加わり、田山、福島と合わせ、班員は一挙に五人になった。田山が人事課に増員をかけあい、福島知事が後押しした結果だった。

松見は天草班の中では一番上の審議員（課長級）で、この日からプロジェクト・リーダーとして東奔西走することになった。

それから間もなく――

松見は県庁内の廊下で、以前、交通対策総室で天草空港を担当していた先輩職員にばったり遭った。

「おう、松見。交通対策総室に異動になったてな」

「はい。天草空港を担当してます」

尊敬する先輩だったので、松見は折り目正しく返事をした。

「天草空港？　本当や⁉」

先輩は驚いた顔。

「じゅんな（注・お前）、本当にあがんところに大金かけて空港を造るつもりとや？」

「はあ、まあ、それが仕事ですけん」

造るも造らないも、すでに空港は八割以上出来上がっている。今年度の工事が終わると、進捗率は九九・七パーセントになり、残り〇・三パーセントは周辺の河川の調査くらいだ。

「やめとけ、やめとけ。あがんところに空港造ったっちゃ、赤字ば垂れ流すだけばい」

「はあ……」

返事をしながら、それならあなたが担当のときに、どうして中止しなかったのかと反論したい気分だった。

「お前、パプアニューギニアに行ったことあるや？」

「は？　パプアニューギニア？」

「そうたい。一回行ってみろ。あそこん空港は、ヤシの葉っぱで造っとっと。天草なんて、そんくらいで十分たい」


五月二十三日――

本渡警察署の隣にある、熊本県天草事務所四階の大会議室に、県議会の交通通信対策特別委員会の委員、天草選出の県議会議員、天草の二市十三町の首長、県庁の企画開発部や交通対策総室の職員らが詰めかけていた。

天草空港についての、交通通信対策特別委員会と地元の意見交換会だった。県議会では、まだ天草空港に懐疑的な意見が多く、議員たちを説得することが、地元にとって重要な課題である。

「……先ほど空港を見に行ったけれど、二百五十人も大挙して陳情に来られたんで、びっくりしました。てっきりこれは、池田（定行）・船田（直大）両先生の策謀かと思いました」

口の字形に並べられたテーブルの中央にすわった、恰幅のいい小早川宗一郎議員が苦笑を浮かべた。八代市が地元で、県議会副議長も経験し、交通通信対策特別委員会の委員長を務めている。

「しかも、こんなに立派な空港ができているなんて、思いもせんかった」

委員たちを乗せて空港に向かったバスの中では、天草選出の船田直大県議が「この事業に反対する奴の地元の事業は全部反対するけんね！」と息巻いて、車内が一瞬沈黙する一幕があった。

小早川県議の向かい側のテーブルの、白髪で痩身の男性が口を開いた。

「天草は、過去、球磨《くま》地区と同じように交通の便の悪い土地でした」

七十歳手前の男性は、天草の上島を地元とする杉森猛夫県議だった。昨年、県議会副議長を務めたベテランだ。

「球磨には、十年前に自動車道が開通しました。しかし、天草はいまだもって交通基盤の整備が遅れており、それゆえ島民は空港の開港を熱望しております。どうか、天草の活性化のために、前向きな決断をお願いしたいと思います」

決断というのは、主に、第三セクターの航空会社を作った場合に発生する、年間三億円程度の赤字の大半を県が負担することだ。

「天草空港の開港については、地域の期待は高まっておるところでございます。大事なのは、一日も早く、運航主体（航空会社）を決めることです」

久々山義人《くぐやまよしと》本渡市長が発言した。

農家の七人兄弟の三番目に生まれ、奉公しながら夜間の簿記学校で勉強した苦労人である。年齢は七十代前半で、市長になって四期目だ。

「運航主体については、県のほうでも頑張って頂いておりますが、地元としてもじっとしておられず、先般、五和町長と二人でJASの本社に行って、お願いをしてきました。その結果、地元で受け皿を作れば、全面的な支援を受けられるという感触を得ました」

長崎航空との交渉は打ち切られ、地元では、日本エアシステム（JAS）から航空会社設立の指南を受け、航空機は日本エアシステムが用意し、地元がその購入代金の一部または全額を補助し、会社の経営や運航も日本エアシステム主導で行うという形を望んでいた。

続いて発言したのは、伊藤山陽五和町長だった。

「今、市長の言葉にもあったようにですな、JASで色んな話をしてきました」

伊藤町長は小柄で日焼けし、漁師のように敏捷《びんしょう》そうな身体《からだ》つきで、話し方もざっくばらんである。

「滑走路が一二〇〇メーターないと、三十九席の飛行機は飛ばせないという話でしたが、『ダッシュ8』という機材なら、減員すれば一〇〇〇メーターでも可能性があるということも聞きました」

DASH8は、カナダのボンバルディア・エアロスペース社が製造する双発プロペラ機「デ・ハビランド・カナダDHC－8」の略称だ。同モデルには、三十七〜四十人乗りの

Ｑ１００とＱ２００（後者のほうがエンジン馬力が大きい）、五十～五十六人乗りのＱ３００、六十八～七十八人乗りのＱ４００があり、伊藤が話しているのは一番小さいＤＡＳＨ８‐Ｑ１００のことである。

なお「Ｑ」は、英語のｑｕｉｅｔ（静かな）の頭文字で、騒音・振動抑制装置が装備された点を強調するために付けられた。

「えーと、あのう、滑走路の延長につきましては、従来からご要望があるのですが、土木技術的な制約、補助申請内容との整合性等、色々な問題がございます」

県の企画開発部長として出向してきている大蔵省のキャリア官僚がいった。まだ二十代後半の酒太りした男である。

「ただ（五和）町長のお話にもありましたように、機材を上手く活用できれば、一〇〇〇メートルの滑走路でも、三十席クラスの機材が就航できる可能性もあるということで、県としてもＪＡＳに当っているところです。どういう機材、どういう運航であれば、可能なのかの検討に、力を貸してもらっています」

「とにかく運航会社を早く打ち出してほしいと思います。マスコミも安易に取り上げるから、地元も不安になるんですよ」

役人的な答弁に、伊藤五和町長が苛立ちをにじませる。

「今朝の朝日新聞の記事やら、滑走路の延長に四十億とか五十億円かかるといった記事、それから長崎航空と交渉している最中にも、赤字が四、五億円とかいう記事が出て、数字が一人歩きして、できるものもできなくなるわけです」

この日、「朝日新聞」の朝刊に〈採算合わず翼なく　天草空港、開港の見通し立たず〉という記事が出て、地元の人々に不安を与えた。

「今朝《けさ》ん朝日ん記事は、まこて馬鹿げとる！」

杉森猛夫県議が憤りもあらわにいった。

「天草はまだまだ交通網の整備が遅れてるんです。空港だけじゃなく、道路、第二天草五橋、できれば八代天草架橋なんかも必要です。こういったものができていかんと、地盤沈下してしまうんです。どうかこの点を理解して頂きたい」

その言葉を池田定行県議が引き取った。

「天草空港の具体的な状況をいいますとね、昭和五十七年に、沢田（一精）知事の時代に、高速交通体系の整備ということで始まったわけです。そこから十五年かけて、ようやく今年、平成九年度に完成ということで、地元の期待は非常に大きいものがあります」

池田は、一語一語区切りながら、嚙んで含めるように話す。

「空港ができて、果たして採算に乗るのか、どのような活用をすれば地元に貢献できるのか、これが課題で、地元としても真剣に考えておるところです。そうした中、今、一番心配されているのが、いつ空港が使用開始になるのか、運航会社はどこになるのかということとであります」

オールバックの池田県議は、リムの上の部分が黒い眼鏡ごしに、小早川議員ら委員会メンバーのほうを見る。この場でただ一人の県議会議長経験者であり、言葉には重みがある。

「運航会社につきましては、地元市町村のほうでも色々と働きかけをし、県のほうでも交通対策総室を中心に、ご努力頂いておりますが、県議会の先生方にも、是非バックアップして頂きたいと思います」

翌月――

交通対策総室天草班の松見辰彦と田山洋二郎は、虎ノ門にある日本エアシステム本社を訪問した。

熊本県側で第三セクターの航空会社を立ち上げた場合、どんな支援を受けられるか話し合うためだった。

「HAC《ハック》みたいにやってもらえたらいいんですけどねえ」

「そうたいねえ。これまでんところ、わりと友好的な姿勢だけん、結構、支援してくれると思うとだけどなあ」

松見と田山は言葉を交わしながら、虎ノ門37森ビルの自動ドアを入った。

熊本県側が期待していたのは、今年秋に、日本エアシステムが北海道と共同で設立するコミューター・エアライン、北海道エアシステム（ＨＡＣ）のような支援を受けることだった。

同社は札幌に本社を置き、来年春以降、札幌（新千歳）－函館、函館－旭川、旭川－釧路などの路線を開設する予定である。資本金四億九千万円のうち、日本エアシステムが五一パーセント、北海道が四九パーセントを出資する。

機材はサーブ３４０Ｂ三機で、うち二機分の購入費用やパイロットの養成費用を北海道が助成する（当面、年間二十億円程度）。

会社の設立、航空機を含む資機材の購入、運輸省との折衝、許認可の取得、管理・営業体制や販売システムの構築、地上職員や乗員の訓練などについて、日本エアシステムが全面的にリードし、地元はおんぶに抱っこの状態で準備が進められている。

「……どうも初めまして」

会議室に現れた経営企画室の幹部たちは、松見も田山も初対面の男たちばかりだった。

（あれ？　全員、替わったのか……？）

二人は、相手の態度にどこかよそよそしいものを感じながら、名刺を交換した。

「……それでまあ、ＪＡＳさんが独自に就航されるのは難しいと伺っておりますので、県と地元で第三セクターのエアラインを設立して、やっていこうと考えている次第です」

田山が、空港建設や地元での話し合いの現状などを説明していった。

「そのお話は、前任者から伺っています」

五十代と思しい経営企画室長が冷淡な口調でいった。最近まで、日本エアコミューター（JAC）に出向していた人物だという。

「それでJASさんから、どういった技術的な支援が受けられるか……もし可能であれば、出資を含めてですね、方向性みたいなものをお伺いできればと思いまして」

松見がいった。

「出資は無理ですね」

相手はにべもなくいった。

「あ、ああ、そうですか……」

「技術支援のほうですが、こちらは、フィー（手数料）・ベースの契約になります」

（フィー・ベース？　ずいぶんドライないい方たいなあ……）

二人は相手の態度が明らかにこれまでと違っているのを感じた。

「基本的には、そちらが主体的に会社設立なり、資機材購入なり、乗員の訓練なりをやって頂いて、我々はあくまで外部の助言者として、フィー・ベースでアドバイスをさせて頂くということです」

経営企画室の別の男がいった。相手を寄せ付けないような雰囲気だった。

「航空機の運航については、どうなんでしょうか？　御社からは、そのう、どんな技術的な支援をして頂くことが可能でしょうか？」

萎《な》えそうになる気持ちをこらえて、田山が訊いた。

「ですから運航についても、機材の決定とか、パイロットや整備士の採用・訓練なんかをそちらでやって頂いて、我々は必要に応じて、アドバイスさせて頂くということですね」

（パイロットや整備士の採用やら訓練やらをこちらでやる……？　ほんなこつや？）


数日後――

熊本県庁内の会議室で、交通対策総室天草班の松見、田山、成尾、福島、手嶋の五人が集まって、重苦しい表情で話し合いをしていた。

「……ＪＡＳは、ずいぶんと態度を変えたですねえ」

小柄な成尾が、驚きを込めていった。

「そぎゃん。今までは、ある程度、話に乗りましょうか、相談も受けましょうか、っていうスタンスだったとが、全部そっちでリスク取ってやってくれ、うちは有料でアドバイスだけするっていう、とにかく距離を置きたいっていう態度たいなあ」

田山が悩まし気な顔でいった。

「いったい、何があったとですか？」

「ＪＡＳも経営が相当苦しいんだろう。よっぽど儲かるものじゃない限り、新規事業はやらんて決めたつじゃなかかなあ」

タバコを吸いながら、松見がいった。明るく話し好きだが、この日は眉間に縦皺が寄っていた。

「社内のコスト削減で、本社を虎ノ門から羽田の整備場の中に移すって話も出とるらしい」

「本当ですか⁉」

松見がうなずく。

「それと、ＪＡＳは兵庫県の但馬空港にもサーブ（３４０Ｂ）を飛ばしとるだろ？　毎年、補助金の額をいくらにするかで、兵庫県ともめとるらしかとたい。そういう交渉に、嫌気がさしたとかもなあ」

日本エアシステムの子会社の日本エアコミューターが、兵庫県北部の但馬空港と大阪・伊丹空港との間を飛んでいるが、飛行機は県が購入して、日本エアコミューターに無償貸与し、毎年の運航経費の赤字部分も県が補助している。

「我々との話し合いに出てくる顔ぶれを全部取っ替えたのも、方針転換するためかもなあ」

松見が憂鬱そうな表情でタバコをふかす。

「それで、ＪＡＳはどがんしたら、できるっていいよらすとですか？」

「要は、金を払ってくれるんなら、それに応じた面倒を見ますよってわけたい。……しかし、十億も二十億も払えるような余裕はなかしなあ」

田山が何本目かのタバコに火を点《つ》ける。普段から渋みのある顔が一段と渋くなっていた。

「現実的な線としては、ＪＡＳから何人か来てもろて、給料を払ろて、その人たちを中心に会社を作っていくってことだろな」

「しかし、我々に航空会社を作るなんてこと、でくっとですかね？　飛行機も買って、パイロットやＣＡ（客室乗務員）や整備士も採用して、予約や発券のシステムも作って、航空会社を経営するっていうわけですよね？」

重苦しい沈黙が室内を支配した。

「それになあ、ダッシュ８なんだけどなあ、運輸省が、一三〇〇メーターの滑走路がないと駄目だっていいよるんだ」

タバコをふかし、田山がいった。

「え？　でも、一〇〇〇メートルで飛べるとですよね？」

「基本的には飛べる。だけど、ＲＡＣ《ラック》（琉球エアーコミューター）に就航を認めたとき、『最低一三〇〇メートルの滑走路を確保すること』となったてた。一〇〇〇メートルだと、前例を変更することになるから、認められんと、こういうわけだ」

「また、そんな……！」

一同はげんなりする。霞が関の官僚の硬直的対応は、全員が経験済みである。

「それにさ、ダッシュ8を使うには、滑走路の舗装もやり直さなんといけないんだよな」

タバコを灰皿でもみ消しながら、松見がいった。

滑走路の舗装工事は、主に前年（平成八年）度に行われたが、三十六人乗りのサーブ340Bの就航を前提としていた。しかし、三十九人乗りのダッシュ8‐Q100は、より厚い舗装を必要とする。

「これもう、中止したほうがいいんじゃやなかですか？」

成尾がいった。

「しかし、もう九割がた空港が出来上がっとるしなあ」

「しかし、無理して自前の飛行機会社を作って、失敗したら、出血がさらに大きくなるじゃやなかですか」

「そしたら、あの空港はどがんする？」

「それは、だから……小型機の練習場にするとか、何かの施設に造り変えるとか……」

「はあーっ……」

一同はため息をついて、天を仰いだ。

翌日から、企画開発部長、交通対策総室長をまじえて侃々諤々《かんかんがくがく》の議論が重ねられた。その結果、空港事業から撤退する方向で、まず県の三役の一人である出納長に伺いを立てることになった。

天草空港班には悲壮感が漂い、県庁内で最も雰囲気が暗い部署といわれるようになった。一方、サーブ340Bという選択肢がなくなったことを聞きつけ、色々な仲介業者が、大小様々な航空機を売り込みにやって来た。

この間、「朝日新聞」が再び〈85億円空港「離陸」に苦悩　採算不安、就航難色　天草（税の悲鳴）〉という、批判的な記事を掲載した。

それから間もなく――

交通対策総室長に出納長から電話が入った。

「……はい、はい……そうですか」

小柄で銀縁眼鏡をかけた総室長は、受話器を耳にあて、相手の話に相槌《あいづち》を打つ。運輸省から出向して来ている三十代半ばのキャリア官僚で、協調性に富み、腰の低い人物である。

「……ええ、なるほど。……はい」

北向きの大きな窓を背に、総室次長、審議員ら三人と並んですわっている総室長が電話で話しているのを、天草班の班員たちが、固唾《かたず》を呑んで聞き耳を立てていた。

「……分かりました。それでは、その方向で進めます」

総室長が丁寧に受話器を置くと、松見と田山が席から立ち上がった。

「どうでした？」

二人は総室長の前に立って、訊いた。

天草空港の方針に関する連絡であることは間違いない。

「結論からいうと、『撤退はしない。やる方向で進めてほしい』ということです」

総室長は、一語一語はっきりいった。

「本当ですか⁉」

てっきり撤退するものとばかり思っていた。

「要は自前で航空会社を作って、飛行機を買って、パイロットや整備士を自分で採用して、航空会社を経営しろってことですか？」

二人の問いに、総室長はうなずいた。

「知事のご決断だそうです」

「知事の……」

交通対策総室が撤退の伺いを立てた出納長は福島譲二知事の懐刀といわれる人物だ。話を知事に上げ、判断を仰いだということだ。

4

八月――

熊本県庁の正面玄関から続くイチョウ並木が夏の強い日差しを浴びて青々とした葉を繁らせ、上空には入道雲が力強く湧いていた。

交通対策総室天草班に再び活気が戻っていた。

本当に天草空港から飛行機を飛ばせるようになるかどうかは分からないが、今はとにかく前に進むだけだ。

「……これなあ、整備費がいくらかかるか分からんから、損益の予想がなかなか立てられんよなあ」

デスクのパソコンの画面のスプレッドシートを見ながら、松見がいった。中小企業の診断に七年間携わったので、エクセルを使っての収支予想はお手のものである。

作っていたのは、新たに設立する航空会社の収支予想表で、運輸省から各種の認可を得るために必要なものだった。

「RAC（琉球エアーコミューター）に訊くしかなかじゃなかですか？」

スクリーンをのぞき込みながら、七月に六人目のスタッフとして、県の東京事務所から天草班に加わった下村弘之がいった。いかにも真面目そうな細面で、贅肉のない身体つきである。

「それしかなかよなあ」

松見がうなずき、タバコに火を点ける。

日本エアシステム系の琉球エアーコミューターは、去る四月から那覇－与論島線でダッシュ8－Q100を運航している。

「運航ルートをどうするかも大きかですね」

「うん。全便福岡行きにできれば採算はかなりよくなるとだろうけど、そうもいかんし」

天草班では、地元の全ホテルを通じて飛行機利用に関するアンケート調査も行なったが、需要があるのは観光よりもビジネス客で、特に福岡方面から来ている人たちだった。一方、熊本方面の需要は強くなく、飛ばせば飛ばすほど赤字が膨らむと予想された。しかし、熊本県が出資する航空会社である以上、必ず熊本空港に飛ばすよう、県の上層部や地元から要請されている。

「どこでコストば落として、かつ六五パーセントまで持っていくかだなあ」

松見はタバコをくゆらせ、連日の作業で充血気味の目でスプレッドシートを見詰める。採算ラインに到達するには、搭乗率六五パーセントが必要である。

そばのデスクでは、田山が池田定行県議と電話で話していた。田山は前年四月に天草空港担当になって以来、池田議員としょっちゅう連絡を取り合っている。

「……ええ、ですから、搭乗率を上げるには、とにかく計器飛行が絶対必要です」

受話器を耳にあて、田山がいった。

当初の認可では、飛行機は有視界飛行という、目視で位置を判断できる、要は、天気のよい日の昼間だけ飛ばす計画だった。しかし、搭乗率を上げるには、視界が悪い時や夜間でも、計器によって飛ぶ計器飛行をしなくてはならない。

「その、計器飛行につきましては、四月に運輸省に変更を申請したんですが、その時は、『なに馬鹿なこといってんだ!』とけんもほろろで……ええ、はい。今、成尾が中心になって資料を作って、また説明に行くよう、準備してます」

別のデスクでは、福島、手嶋らが、空港の工事を担当する土木部港湾課の職員たちと、空港の仕様変更について話し合っていた。ダッシュ8を使う見込みになったため、滑走路の舗装厚を変更する工事のほか、計器飛行に必要な夜間照明やVOR《ボル》/DME《デメ》と呼ばれる超短波誘導施設も設置しなくてはならない。また飛行機の進入角度や制限区域も変わってくるので、空港の周囲の木などを切らなくてはならない。

「……それで、目下、一番大きな問題はですね、一〇〇〇メートルの滑走路で、ダッシュ8の運航を運輸省に認めてもらうことでして……はい」

池田県議と電話で話している田山がいった。

「先般、運輸省で話してきたんですが、これまた向こうは大激怒で、大激論になりまして、はい」

田山はため息まじり。

「CAB（運輸省航空局）の計画課がいうには、『ダッシュ8は一三〇〇メーターで飛ぶことになってるのに、なんであんたは短くするんだ？』と、『一五〇〇とか二〇〇〇だったらできるが、そんなことは、できん』とこういうわけです。『なんでできんのですか？』と訊くと、『それはもう基準で、内規で決めたんだ』と。『じゃあ、それを変えてくれ』と、『人がやったことなんだから、人が変えられるでしょう？』と申しました」

「すべては人」が田山の信条である。

「すると向こうは、『そんなにいうんだったら、俺を納得させてくれ』というわけです。『資料を作って、説明して、俺を納得させてくれ。その代わり、よほどのことがないと納得しないぞ』と、こうです。……はい。ええ」

電話の向こうの池田県議は、運輸省ん担当者たちは、自分たちの先輩が決めた基準ば緩めて、事故でも起きれば、責任問題になるって思っとっちゃろなあ、という。

「はい、たぶん。……ただもうこちらにはダッシュ8しか選択肢がありませんから、もう正面突破で行くしかないと。……はい、もちろんRACには支援してもらうつもりです」

それから間もなく——

沖縄県那覇市に、南国らしい明るい陽光が降り注いでいた。

田山洋二郎は、沖縄県那覇市にある日本トランスオーシャン航空（略称・JTA、旧南西航空）の本社を訪れた。「沖縄の翼」と呼ばれる日本航空系の航空会社で、ダッシュ8を運航している琉球エアーコミューターの親会社だ。

本社ビルは青い窓ガラスの五階建てで、敷地にヤシの木が植えられている。場所は、那覇空港から一キロメートル半ほど東にある住宅地だ。目の前を、沖縄を縦断する大動脈、国道58号と、空港に通じる高架道路が走っている。その向こうは那覇軍港で、一般の立ち入りは禁止されている。

「……そういうわけで、我々としては、もうダッシュ8しかなくて、しかも滑走路は一〇〇〇メーターでいくしかないという状況なんです」

日本トランスオーシャン航空の応接室で、担当課長や係長たちに、田山は現状を説明した。

「ですから、御社のほうで、今、一三〇〇メーターになっているけれど、一〇〇〇メーターでも飛べるということを説明して頂ければ、運輸省も納得すると思うんです」

田山の言葉に相手の男たちは表情を曇らせた。

「田山さん、それはちょっと、難しいですよ」

半袖のワイシャツにネクタイ姿の中年の課長が、いいづらそうにいった。

「え、どうしてなんですか？」

「実は、我々のほうでダッシュ８（Ｑ１００）の認可をもらったとき、一三〇〇メートル必要だと、運輸省に説明してるんですよ。それを今さら、一〇〇〇メートルでいけますなんて、とてもいえません」

「そんなことないでしょう。実際、一〇〇〇メーターでも飛べるわけですから」

「いや、ちょっとそれは……」

「ＪＡＳさんのほうからも、一〇〇〇でいいっていう解析結果をもらってるんですけどね」

「まあ、それはそうかもしれないですけど……。申請の経緯からいって、我々のほうからいい出すのはちょっと……」

「だからそれは、どうしてなんです？」

「ですからそれは、一三〇〇メートル必要だと、我々が運輸省のほうに説明してますから……」

（ははあ、そういうことか……）

田山はようやく事情が呑み込めた。

日本トランスオーシャン航空側は、将来、別の機種に替えたときのためにも、なるべく長い滑走路を確保できるよう、長い距離が必要だと力説したらしい。

(しかし、彼らが助けてくれんことには……)

田山はため息をつきたい気分。

「申請のご事情が色々あるのは分かりました。しかし、うちはもうこれしかない、崖っぷちに立たされてるんです。何とか助けてもらえんでしょうか?」

再び必死の思いを込めて迫る。

「申し訳ありません! これぱっかりは、口が裂けても……」

相手は、困惑顔で首を横に振るばかりだった。


同じ頃――

熊本県庁の知事室で、知事、副知事、出納長が顔を揃《そろ》え、第三セクター設立に関する、御前会議が開かれていた。

資本金は、四億五千万円程度にする予定である。これは、資本金が五億円以上の場合、常任監査役の設置などが必要になり、費用がかさむからだ。

「……うーん、五〇・五〇というのは、やはり無理なのかね?」

会議用のテーブル中央にワイシャツ姿ですわった福島譲二知事が、腕組みをして訊いた。酒に強く、禿頭で、顔は色つやがよい。

「久々山《くぐやま》本渡市長と伊藤五和町長が窓口になって、首長さんたちの説得に動いてくれていますが、五〇・五〇はかなり厳しい情勢です」

丸い童顔に眼鏡の男が説明した。

先月、企画開発部長になった大蔵省（現・財務省）のキャリア官僚であった。県北西部の炭鉱町、荒尾市出身の熊本県人だ。

「かなり交渉はしたんですが……」

新たに設立される第三セクターの出資割合について、県と地元自治体の間で激しい交渉が行われているところだった。

県側は、他の地方エアラインの例などを参考に、県と地元自治体が折半出資することを提案したが、地元側は、少しでもリスクを減らしたいと抵抗していた。

「ばってん、五〇・五〇というのが普通だと思うとですけれどねえ」

県の財布の紐《ひも》を預かる財政課長が、渋い表情になる。

「松見君、どうなんだね？　難しいのかね？」

知事が訊いた。

「これはもう平行線です。どうしようもありません。五〇・五〇だと、合意の目処が立ちません」

松見らは地元の首長たちからもしょっちゅう叱られ、説得の難しさを痛感していた。

「それだけじゃなくて、上島の自治体と下島の自治体の間で温度差がありますから、地元負担分を上島、下島でどう分けるかという問題もあります」

空港が位置し、利用客が多く見込まれる下島の自治体は空港事業に前向きだが、上島の自治体はそれほどではない。

「なるほど……」

福島が考え込む。

「じゃあ、県が三分の二で、地元が三分の一なら、地元は呑むんだな？」

「はい。呑むと思います」

「そうか。分かった。仕方がない、県が三分の二で、地元が三分の一ということにしよう」

八月二十六日――

「毎日新聞」が、〈天草空港三セクで〝離陸〟 2000年開港へ 熊本県などが運航会社〉という四段の記事を掲載した。

〈建設工事が中断している天草空港（熊本県・天草）について、地元自治体が第三セクターの運航会社を設立し、2000年4月の開港を目指す方針が25日までに固まった。天草

ー熊本、福岡両空港間に小型旅客機を就航させる計画で、地元の利便性向上のほか観光客誘致にも利用したい考え。〉

〈運輸省などによると、運航会社は熊本県と本渡市、牛深市、天草町、五和町など2市13町が出資する第三セクターで、資本金4億5000万円。県が約40人乗りの小型旅客機1機を15億円で購入し、1日に熊本便と福岡便を各2便を運航させる。操縦士訓練や航空機整備を含めた技術的なノウハウは日本エアシステム（JAS）の支援を受け、同社の元パイロットを雇用するという。〉

九月二日――

本渡市にある県の天草事務所で、天草二市十三町の首長会が開かれ、交通対策総室から も次長、松見、手嶋が出席した。

県側から機材選定や日本エアシステムとの話し合いの現状について説明したあと、新会社の出資金や損失負担の話し合いになった。

県と地元自治体の負担割合については、すんなり合意できたが、地元負担分を各自治体にどう割り振るかについて、上島の自治体と下島の自治体の間で激しい議論が交わされた。なかなか話がまとまらず、いったん上島の八町の首長が退出し、別室で協議した上で、最終的に下島側の提案を受け入れ、かろうじて合意が成立した。

内容は、資本金のうち二割程度を民間から募り、残り八割程度のうち県が三分の二を負担、三分の一を天草の二市十三町で負担するというものだった。また天草負担分の内訳は、二割が上島の八町、八割が下島の二市五町が出すことになった。欠損金が出た場合の負担も同様の割合となったが、上島の八町については、各町百二十万円までという限度額が設けられた。

同じ頃――

田山洋二郎は、何度目かの那覇訪問の最中だった。

この日、田山は日本トランスオーシャン航空（JTA）の社長である巖祥夫《いわおよしお》に面会した。ダッシュ8が一〇〇〇メートルの滑走路でも使用できることを運輸省に納得させるために、琉球エアーコミューターとその親会社の日本トランスオーシャン航空に何度も助力を頼んだが、担当者レベルでは埒《らち》が明かなかった。

その一方、日本トランスオーシャン航空の課長と係長が「田山さん、お話は分かりました。ただ、これはトップの判断になります。話は上げておきますから、社長に会って、話して下さい」と、巖と会えるように手筈《てはず》を整えてくれた。

その課長と係長は、熊本マリスト学園の卒業生で、熊本びいきだった。同校は熊本市内にあるカトリック系の中高一貫の私立校で、かつて沖縄に有力な進学校がなかった時代、生徒の半分ほどが沖縄出身者だった。

「初めまして。巌です」

目の前に現れた巌は六十代前半で、小柄だが、顔も身体も引き締まっており、機長の雰囲気を漂わせていた。

東京商船大学航海科を昭和三十一年に卒業し、日本航空に入社し、パイロットになった人物である。日本航空では、現役機長のまま取締役になり、総飛行時間は一万四千九百七十二時間（うち機長として一万七百八十一時間）。御巣鷹山のジャンボ機事故のときは、ボーイング747運航乗員部長だったため、亡くなった副操縦士や航空機関士はすべて部下で、遺族の面倒をみた。日航で専務まで務め、去る六月、債務超過寸前で乗員組合によるストライキも多発していた日本トランスオーシャン航空の経営を立て直すため、社長として那覇にやって来た。

「お話は、部下たちから伺っています」

頭髪は短く、鋭さを感じさせる細い目の巌は、単刀直入にいった。

課長や係長によると、無駄口やお愛想とは無縁の人物だという。

「この事業に関して、熊本県さんは利益のためではなく、地域振興の切り札として一生懸命やっておられる。そのことは、よく分かっています」

巌の言葉に田山はうなずく。

「それに沖縄は、歴史的にも熊本県さんにお世話になっています」

江戸時代初期から薩摩藩の侵略を受けていた沖縄は、鹿児島よりも熊本と関係が強い。戦争中も鹿児島ではなく、熊本に疎開した人々が多く、田山の実家の近所にも琉球王朝に繋りのある人が住んでいた。

「ですから、今般、熊本県さんが設立される第三セクターのエアラインに関しては、経営面ではなかなかお手伝いできませんが、技術面では協力させて頂こうと思います」

「本当ですか⁉」

「はい。わたしどものほうで、一〇〇〇メートルの滑走路でも問題がないという資料を作らせてもらいます。必要があれば担当者が運輸省に出向いて、説明も致しましょう」

離着陸に必要な滑走路の距離（必要滑走路長）は、滑走路の状態、機体重量、天候・風速・風向き、進入高度・角度・速度などによって変わるので、航空機メーカーからケース別の性能データをもらい、それをもとに申請する。

「有難うございます！　よろしくお願いします」


それから間もなく――

熊本県議会の交通通信対策特別委員会で、天草空港のための補正予算案が審議された。

会議室は議会棟の三階にあり、木製の壁の落ち着いた雰囲気である。窓を背にして十数人の委員たちが着席し、それに向き合って、執行部である県庁の部長クラスがすわった。

薄いレースのカーテンが引かれた窓からは、木漏れ日がきらきらと入ってくる。

「……今回、天草空港の無線施設や夜間照明施設の調査や設計のために、一億四千二百万円の補正予算が計上され、県と地元市町を中心に、第三セクターの運航会社を設立し、空港を開港する方針が県執行部のほうから示されておりますが、わたくしはこれに関して、いくつかの疑念と心配を抱いております」

野党（非自民党）の県議が、手元の資料を見ながら話していた。委員席の名札は立派な木製で、それぞれマイクが備え付けられている。

「第一に採算の問題であります。県が示す採算ラインは、搭乗率六五パーセントということでありますが、この採算というのは、第三セクターの年間運営費約四億五千七百万円に対する収支であり、県が事実上負担する飛行機や部品の購入代金約二十億円の減価償却費や第三セクターの設立資金などは含まれておりません。第二に、地元天草郡市二市十三町の財政状態の問題があります……」

（こら、相当厳しかな……）

執行部側の部長席の後ろに横一列になってすわった交通対策総室長らのさらにその後ろの関係職員席の松見辰彦は、顔をしかめたい気分だった。議会では相変わらず天草空港に対する風当たりが強い。

委員会室の外の廊下には、天草の主だった首長たちが並び、会議室に入る議員たちに頭を下げ、支持を頼んでいた。

次の発言者も反対派の議員だった。

「天草に航空会社を第三セクターで設立するということでありますが、先日、第三セクターである秋田県木造住宅株式会社が巨額の負債を抱えて、近々破産に追い込まれるという新聞記事を目に致しました。県内でも荒尾市がアジアパーク救済のために十六億円の緊急支援をするとか、お隣の福岡県の大牟田市ではネイブルランドの経営再建のために、十八億円の損失補償をするといった話が出ており、第三セクターを取り巻く環境は、非常に厳しいものがあります」

アジアパークもネイブルランドも、地域おこしのために作られた「箱物」のテーマパークだ。

「本県におきましても、三セクではありませんが、住宅供給公社ですとか、林業公社のような外郭団体に問題点が多いという状況でございまして、県からの出資金、委託金、補助金などが急増しております。こういった状況の中、県営天草空港のような、新たな三セクの設立計画が出てくるのは、いかがなものかと思う次第であります」

近くにすわった天草選出の船田直大県議が、怒りに燃えた目で、発言者の議員を睨みつけていた。

次の発言者は熊本県北部選出の自民党議員だった。

「えー、わたしの選挙区には、高速道路や新幹線、空港といったプロジェクトの恩恵は何もありません。知事も天草の家の出でありますし、わたしのような地区では何でも天草に行ってしまうんじゃないかという不安が募りまして……」

船田直大議員が業を煮やした表情で立ち上がった。

(どけ行くとや……?)

執行部席の県職員らは、無言で部屋を出て行く船田議員を怪訝な気分で見送った。

しばらくすると、数人の議会事務局の職員が船田議員に監督されながら、机と椅子を運び込んで来た。

いったい何事かと思って全員が見ていると、職員らは、部屋の一方の端の、ちょうど委員席と執行部席の間に机と椅子を置いた。

(あら、池田先生!　なんでまた、こけ来なはったと⁉)

天草出身で県議会議長経験者の池田定行県議が現れ、どかりと椅子にすわった。

池田は交通通信対策特別委員会のメンバーではない。別の委員会に出席していたのを、船田県議が引っ張って来たようだ。

池田は、レンズの上の部分が黒縁の眼鏡ごしに、鋭い眼光で委員たちを端から端まで見渡した。

その顔には、天草空港に反対するもんは全部憶えとって、そやつの地元の事業は全部反対してやるけんね、と書いてあるようだった。

「……ええー、ですから、わたしとしましては、天草にばかりプロジェクトが行ってしまうのではないかという懸念がなきにしもあらずなのですが……、やはりこの、天草の持つ観光資源を考えますと、飛行機が乗り入れることには、大きな意味があるのかもしれないと……」

先ほどまで批判的なトーンで話していた自民党の県議は、しどろもどろになった。

（こがんとありかよ……⁉）

執行部側の天草空港担当の職員らは、呆れて苦笑した。

それ以降の発言者たちも池田の顔色を窺《うかが》い、反対派は総崩れになった。

やがて船田県議が、意気揚々と口を開いた。

「実は先だって、わたしと西岡先生と坂本先生で、今度天草空港ができたら飛ぶであろう飛行機に乗ってきました」

西岡勝成は天草下島の牛深市を、坂本哲志は阿蘇に近い菊池郡を、それぞれ地元とする自民党議員だ。坂本は熊本日日新聞の元記者で、牛深支局長の経験があるが、天草空港に対しては中立の姿勢をとっている。

「こういう飛行機です」

船田は、ダッシュ8-Q100のパネル写真を掲げる。

「こん中には、乗った人はあんまりおらんでしょうが、これがダッシュ8というんです。わたしみたいに恰好いい。客室はこんな感じです」

船田は別のパネル写真を示す。

「三十九人乗りです。ほとんど揺れません。びくともしません。この飛行機が就航すれば、天草空港は絶対に赤字になりません。自民党の先生方はもちろんのこと、野党の先生方も、ご協力して頂いて、わたしの地元の天草がグレードアップして、皆さん方の地域と肩を並べることができるように、お手伝いをお願いしたい。あんまり色々いわんごて」

頭髪が豊かで押し出しもよい船田県議は、懇願するようにいう。

「皆さんの選挙区にも天草出身者がたくさんおります。熊本市には三万人おります。八代市には五千人。ねえ、皆さんが頑張ってくれれば、選挙のお願いもできるようになりますから。一つそういうことで、皆さん方のご理解とご努力とご協力をお願い申し上げたいと思います」

最後は生臭い話をして締め括った。

結局、池田定行議員の睨みと、船田直大議員の力説が効いて、補正予算案は委員会を通過した。

第三章　七人のサムライ

1

日本トランスオーシャン航空や日本エアシステムが、ダッシュ8－Q100は一〇〇〇メートルの滑走路でも使用可能であるという資料を作り、運輸省にも同行して説明してくれたおかげで、運航が許可される目処がついた。

しかし、交通対策総室天草班のメンバーの運輸省通いは続いた。

空港開設や航空会社の設立に関しては、無数といっていいほどの許認可を受けなくてはならない。

滑走路に関しては航空局計画課から、計器飛行や無線設備に関しては管制保安部無線課や管制課から、飛行機の騒音に関しては環境整備課から、航空会社の設立と事業計画に関しては航空事業課から、それぞれ承認をもらわなくてはならない。それ以外にも、パイロット、客室乗務員、整備士、運航（安全）体制など、様々な事柄に関して許認可が必要である。

　天草班の職員たちは頻繁に東京に出張し、叱られたり、呆れられたり、喧嘩《けんか》したりしながら、手続きを進めた。飛行機で毎週月曜日に上京し、火曜日に熊本に戻り、その週末までに出された宿題を片付け、再び月曜日に上京するという繰り返しだった。東京での宿泊先はマロウドイン赤坂という安いビジネスホテルや、麻布警察署の裏手にある熊本会館だった。

「……ちょっと、そのう、それはこないだ課長補佐の方から聞いたお話とは違うんですけどねえ」

　運輸省航空局計画課の面談用のテーブルで、田山洋二郎が困惑顔になった。

「課長補佐が何といったか知りませんけど、わたしとしては認められないということですよ」

　ノンキャリアの係長がにべもなくいった。

「しかし……、うちのコンサルも、これで何の問題もないと請け合ってくれているんですけどねえ」

　田山は湧き上ってくる怒りをこらえる。このところ、課長や課長補佐がいうことと、係長がいうことが真っ向から食い違っていて、振り回されっぱなしだ。

「それじゃあ、そのコンサルさんと、もう一回ご相談されるんですな」

相手は、もはや話すことはないとばかりに立ち上がった。

「おい、あんた。ちょっと待ってくれ」

田山はむっとしていった。さすがに堪忍袋の緒が切れた。

「これについては、確かにおたくの課長と課長補佐から、この内容で問題ないと聞いてるんだ。それをなんで認められないというんだ？」

手にした資料を示しながらいった。

「だいたい、あんたがた、何を考えてるんだ？　上のいうことと下のいうことが違うんじゃ、混乱を招くだけじゃないか」

相手は立ち上がったまま、苦々しげな顔つきで田山を見る。

「こっちは熊本から出て来て、必死でやってるんですよ。県民の血税を使ってるんですよ。外部に対して意思統一するのは、組織として、基本中の基本じゃないですか？　わたしのいうこと、違ってますか？」

「ふん、そんなこたあ、知ったこっちゃないね」

相手はいい放った。

「俺は俺の判断でやる。係長の俺が判断して、それから課長補佐、課長と上がっていくのが、役所じゃないか」

「何だとー!?」

田山の顔が怒りで紅潮した。

そのとき、かたわらから呼びかける者がいた。

「熊本県さん、熊本県さん」

声がしたほうを見ると、室内の隅のほうで中肉中背の男性が手招きしていた。航空局の職員らしく、何度か見かけた顔だった。

「田山さん、わたし、熊本出身なんです」

いかにも仕事のできそうな、きりっとした風貌の男性はいった。

「ずーっとあなたの交渉見てましたけど、大したもんだと思います。ただ、やっぱ、こういうことは人なんで、人っていうのは感情の動物なんで、ボタンのかけ違いがあると、上手くいかないんです」

「といいますと?」

「田山さんたちが使ってるコンサルが問題なんです」

「え、コンサルが!?」

思ってもいなかった指摘に驚く。

「ええ。あのコンサルは大手ですけれど、上のほうばっかり見てますよね。局長とか課長とか課長補佐には挨拶したけど、係長には挨拶もしていませんよね」

「うーん、そういわれるとそうかなあ……」

田山は懸命に記憶を辿《たど》る。

「係長は、田山さんや熊本県が嫌いなわけじゃないんです。あのコンサルが嫌いなんです」

「……」

「霞が関のお役所はどこもそうですけど、各班のノンキャリアの係長がすごく力を持ってるんです。決めるのは彼らなんです」

「うーん……」

「ですから、今後は、コンサルにいって、係長にちゃんと挨拶や説明をさせるか、あるいは、コンサル自体を替えたほうがいいと思います」

「そうですか……」

田山は驚きから醒《さ》めやらない。

「これからは、何かありましたら、いつでも遠慮なくわたしに相談して下さい。内々で根回ししておきますから」

温かみのある言葉に、田山の胸に熱いものがこみ上げてきた。

それから間もなく――

田山は、大阪航空局を訪れた。

空港を開港し、航空会社を設立・就航させるには、西日本を管轄する運輸省の大阪航空局からも様々な許認可を得なくてはならない。空港の具体的工事内容・発注・補助金、路線の開設、就航前の検査、就航後の日常的な監督・検査などは大阪航空局の所管である。

大阪航空局は、大阪市中央区大手前の官庁街にある。大阪城がすぐそばにあり、皇居と霞が関の位置関係によく似ている。建物は、地下鉄谷町四丁目駅を出てすぐの、実用一点張りの箱型の大きなビルである。大阪航空局、大阪管区気象台、近畿運輸局、同財務局、外務省、大阪税関などが入居している合同庁舎だ。

イチョウ並木の歩道から石段を六段上がると正面玄関で、ロビーには来客用の青い椅子が並べられ、奥のエレベーターホールに通じる通路の左右の壁には、夏の大阪城などを切り絵ふうにした抽象画が描かれている。

その日、田山が十五階にある大阪航空局飛行場部で打ち合わせを終えて、帰ろうとしていると、声をかけられた。

「田山さん、田山さん」

声がしたほうを見ると、職員と思《おぼ》しい小柄な男性が立っていた。

「熊本県庁からいらしたんですよね？」

四十七歳の田山より四、五歳下と思しい男性は、明るい笑顔で訊いた。

「はい、そうですが」

「わたしも熊本出身なんです。甲佐町《こうさまち》の豆腐屋の息子です」

「えっ、そがんですか⁉」

甲佐町は、県中央部の上益城《かみましき》郡の小さな町だ。

「県庁の皆さんが、天草空港のことで来られていると聞きました。これからは、来られるとき、わたしに連絡して下さい。根回ししておきますから」

係長だという男性は、田山を勇気づけるように微笑《ほほえ》んだ。

2

晩秋――

天草の空気は澄み渡っていた。下島南西部の漁港に面した﨑津《さきつ》の集落は、いつもどおり海や漁船とともにしっとりとしたグリーンの風景をつくり、そばの山の紅葉が季節を告げていた。

﨑津天主堂は、木造の漁家に周囲を護《まも》られるかのように、静謐《せいひつ》さに満ちた佇まいを見せていた。素朴なゴシック建築の教会内部では、青、薄紫、黄色など淡い色のステンドグラスを通し、柔らかな日の光が、白壁やマリア像や掃き清められた畳の床の上に降り注いでいた。

本渡市役所の企画課の職員たちは、設立される第三セクターの航空会社への出資を求め、地元企業を訪ね歩いていた。

新会社の資本金は四億五千万円程度の予定だが、このうち四億円は県（二億六千六百万円）と天草の二市十三町（一億三千四百万円）が出すので、残り五千万円程度を民間企業から集めようという計画だ。

日本エアシステム、肥後銀行、九州電力など非地元企業への依頼は県が担当し、天草の企業は、本渡市役所など地元の役所が担当するという役割分担になっている。

「……こん収支計画書ば見れば、黒字になるごととなっとるばってん、こげん上手くいくとですか？」

天草の建設会社の応接室で、市役所の企画課長と部下が持参した、第三セクターの収支計画書を手に社長が疑り深そうに訊いた。

計画書は、「天草コミューター（仮称）収支計画」という表題のA４判の資料で、松見辰彦がエクセルで作ったものだった。

それによると天草‐福岡線が年間四百三十五万円の黒字、天草‐熊本線が同三百二十九万円の赤字で、会社としては年間百六万円の利益が出ることになっていた。

「はあ、これはまあ、あくまで色々な仮定ば前提にした試算で……」

計画書は、天草－福岡線と天草－熊本線の二路線とも就航率（飛行機が計画どおり飛ぶ比率）は九〇パーセント、搭乗率は前者が七〇パーセント、後者は六〇パーセントと仮定して採算を弾いていた。

「赤字になれば、出資者が追加の負担ば強いられるってことは、なかっですよね？」

襟付きの作業服姿の社長が訊いた。

「それは決してありません。この点は安心して下さい。追加資金が必要になったときは、県と地元市町で出すことになっとりますけん」

五十歳すぎの企画課長がいった。地元の高校を出て市役所に就職し、空港の用地買収にも携わった男性だった。

「そがんですか。……逆に、配当ばもらえる可能性もあっとですか？」

「いや、配当は……。とにかく飛行機が一機しかなかですけん、採算的には相当厳しくなるって思うとりまして……」

計画書の数字は一応黒字にしてはあるが、飛行機が一機だけの体制では、赤字は不可避である。

この点は、長崎航空との交渉や運輸省の認可申請でも常に問題とされてきた。

「配当も期待でけんとに、なして出資せんばいかんとですかね？」

「いや、ですけん、これはまあ、地元振興のためのご協力っちゅうことで、お願いでけんかと……」

二人の市の職員は、辞を低くして頼む。

この建設会社には、百万円以上の出資を打診していた。

一方、九州電力、肥後銀行、熊本ファミリー銀行、日本エアシステムなどに対しては、一千万円から二千万円、天草信用金庫、熊本空港ビルディング、九州産交などには三百万円から五百万円の出資を依頼している。

「あとどげん会社が出さっとですか？」

「地元の企業では、建設関係、船（海上輸送）関係、パチンコ屋さんとか、色々ですばい」

パチンコは天草では大きな産業だ。

「なんか噂によれば、金ば出さんば、今後の空港工事から閉め出されるって聞くとですばってん、本当じゃろかい？」

「いや、それはとんでもない、とんでもない！　決してそがんことはありません！」

企画課長は驚いて否定する。

「ばってん市長派の建設会社から回られたってでしょうけんな？」

天草では久々山《くぐやま》市長派と反市長派があり、前者は空港に賛成、後者は反対である。

「いや、それはですけん、市長派っちゅうより、出資してくれそうなところば先に回って、地元支援の流れば作ろうちゅうことで」

「わたしどももねえ、今後、工事から閉め出されるようなことがあれば困るけん、まあ出資は致し方ないかと考えとっとですばってん」

建設会社の社長は、なおも信じていない顔つき。

熊本のゴシップ雑誌には、市長派が第三セクターへの出資を契機に反市長派を切り崩そうと目論んでいるというような記事まで飛び出し、様々な憶測を呼んでいた。

「とにかく、出資に関しては、空港の工事なんかにはまったく関係ありません。あくまで地元振興のために、是非ご協力ばお願いします！」

二人の職員は深々と頭を下げた。


同じ頃——

県庁の交通対策総室の松見辰彦と田山洋二郎は、運輸省での打ち合わせを終え、霞が関二丁目の庁舎を出たところだった。

目の前の六本木通りの緩やかな坂道を車が行き交い、右手には赤、茶、黄色など、皇居の杜《もり》の紅葉が見える。

「まだちょっと時間がありますから、日商岩井にでも行ってみますか？」

りゅうとしたコート姿の松見が、腕時計を見ていった。

ダッシュ8を製造しているカナダのボンバルディア社の日本での代理店は、準大手総合商社の日商岩井である。

「そぎゃんたいねえ。そろそろ飛行機を買う話もせんといかんし、いっぺん挨拶しとくか」

「こっからなら、歩けるぐらいの距離ですよ」

日商岩井の本社は、運輸省からは一キロメートルほどのところにある。

「そういえば、前に、担当者の名前だけは聞いとったなあ」

田山は手帖を取り出し、担当者の名前と電話番号を確かめる。

携帯電話を取り出して、日商岩井本社に電話をかけ、「十分後に行くから」と伝えた。

二人が、交通量の多い、港区の溜池交差点の近くの住所に行くと、メタリックなデザインの十九階建てのビルが聳《そび》えていた。

「なかなかよかビルじゃなかかね」

幅の広い外堀通りに面して聳えるバベルの塔のような銀色のビルを見上げて、田山がいった。

日商岩井は、鈴木商店（神戸市）と岩井商店（大阪市）を源流とし、明治時代に歴史を遡《さかのぼ》る総合商社である。他の関西系商社同様、繊維の商売に強かったが、昭和五十四年まで副社長を務めた海部八郎が「海部軍団」を率い、なりふり構わぬ商法で船舶・航空機部門を育て上げた。その海部は、昭和五十三年十二月に発覚したダグラス・グラマン事件で失脚し、翌五十四年二月には、この本社ビルから航空機部門担当常務島田三敬が飛び降り自殺した。

ガラスの自動ドアを入ると、灰色の御影石の床は磨き上げられ、商社らしく、外国人ビジネスマンたちの姿があった。

受付は、中央奥のエレベーターホールのそばにあった。

「ええと、熊本県庁の田山と申しますけどね、ボンバルディアの航空機の営業を担当されているこちらの方に、ちょっとお目にかかりたいんですけれど」

田山は手帖の担当者の名前を見せる。

「お約束でございますか？」

受付嬢の一人が丁寧に訊いた。

「一応、さっき『十分後に行く』って電話したんですけどね。ダッシュ８を買いたいと思っているので」

「あ、ああ、そうでございますか……。少々お待ち下さい」

若い受付嬢は面食らったような様子で、受話器を取り上げた。

ダッシュ８‐Ｑ１００は予備のエンジンや部品を加えると二十億円は下らない飛行機で、魚や野菜を買うのとはわけが違う。

「こちら一階の受付でございますが、飛行機を買いたいという熊本県庁の方がお二人いらっしゃってるんですが……。はい、一応先ほどお電話されたそうなんですが。はい、ええ、はい……。ちょっとお待ちください」

　受付嬢は受話器を耳から離す。

「田山様、お買いになりたいという飛行機の名前は何でしたでしょうか？」

「ボンバルディアのダッシュ8です」

「弊社の者とは、これまで何かコンタクト等はおありでしょうか？」

「たぶんこの手帖のお名前の方に、一度お目にかかったんだろうと思います」

　田山も確たる記憶はない。恐らく一度売り込みがあったのだろうが、そのときダッシュ8は頭になかった。

「そうでございますか。少々お待ち下さい」

　再び受話器を耳に当て、田山とのやり取りを航空機の営業担当者と思しい相手に伝える。

　二人がしばらくロビーで待っていると、エレベーターからスーツ姿の若い男性社員があたふたと降りて来た。

「どうぞ、こちらへ」

　洒落たボストン・タイプの眼鏡をかけた若い社員は、挨拶もそこそこに、二人をエレベーターへと案内した。

　二人は、宇宙航空機本部がある六階の応接室に通され、ダッシュ8の営業を担当している民間航空機部の部長ら三人と名刺交換をした。ダッシュ8選定に至った経緯などについて訊かれたあと、今度は、同じフロアーにある常務室に案内された。

「……熊本県さんで第三セクターのエアラインを作って、ダッシュ8を買われるというんですか？」

　常務室のソファーで、宇宙航空機本部担当常務が顔に驚きを浮かべて訊いた。

　中背の引き締まった体形で、商社マンらしく抜け目がなく、反応も素早そうである。

「そうです。もう空港のほうも来年秋ぐらいに完成しますので」

　田山がいった。

「空港から造っておられるんですか⁉」

　相手は目を丸くする。

「それでその、第三セクターの航空会社は、できるのは間違いないんですか？」

「これはもう県と地元市町で出資割合も決まっておりまして、来年秋には設立の予定です」

「どこを飛ばすんですか？」

「天草と福岡、熊本の間ですね。一日、八便の予定です」

「そうすると一機で足りますね？」

「はい、一機です」

「ボンバルディアとは、何かコンタクトはあるんですか？」

「いえ、まだです。御社が日本の代理店だと伺っておりますので、こうしてやって来た次第で」

「おっしゃるとおり、弊社が代理店をやらせてもらっております。是非、本件にご協力させて頂ければと存じます」

半信半疑ながら、降って湧いたような商談を逃すまいという気持ちがこもっていた。常務の脇には部長と若い担当者が控え、熱心にメモをとっている。

「飛行機はいつ頃必要になりますか？」

「だいたい二年後ぐらいかと思っています」

「飛行機も第三セクターで買うんですか？」

「はい。県が全額補助金を出す予定です」

「運航はどこかのエアラインにやってもらうんですね？」

「いえ、我々でパイロットやＣＡ（客室乗務員）を採用して、自前で運航します」

「本当ですか⁉」

商社マンたちは、のけぞりそうになる。

「一応、技術面については、ＪＡＳさんの支援を受ける予定になっています」

「なるほど……」

その後も日商岩井側は熊本県の二人を質問攻めにした。

後日、日商岩井は日本エアシステム（ＪＡＳ）に連絡し、熊本県側の真意を確認したようだった。

松見らがその後、日本エアシステムを訪問すると、その話が出て、「飛行機を買うのは、そんな簡単なものじゃありませんよ」といわれたので、「別に簡単だとは思っていません」と答えた。日本エアシステムは、ずぶの素人がいきなり航空機を買うのは無理だと考え、橋渡しをしようと思っていたようだった。

3

翌年（平成十年）四月――

県の林務水産部林政課政策調整審議員の村上賢昭《けんしょう》が、交通対策総室次長に任命され、天草空港の担当は七人になった。

五十四歳の村上は、県立菊池農蚕高校を卒業し、二年間農業に従事した後、県庁職員となり、県畜産試験場、東京事務所、企画開発部企画課、阿蘇事務所税務課などに勤務した。

昭和六十三年四月から務めた企画開発部交通計画課主幹（のち課長補佐）時代には、新し物好きで、ニュース性の高い話を好んだ細川護煕知事と本田航空の坂田守社長との東京プリンスホテルでの夕食をセットし、本田航空進出のきっかけを作った。また熊本空港における本田航空の駐機場や誘導路（滑走路と格納庫間の道路）の設計なども担当した。これによって熊本県が天草空港設置の許可申請に踏み切ることができたので、いわば天草空港の生みの親の一人である。交通対策総室への異動は、秋に設立される第三セクターの航空会社の専務含みだった。

また日本エアシステムとの契約にもとづき、同社のＯＢ社員三人が相談役として派遣されて来た。それぞれ経営、運航、整備の分野の専門家である。

天草班は総勢十人になったため、県庁三階の交通対策総室と廊下を挟んで斜め向かいの、衛生部長室だった部屋へと移動した。

五月十八日――

夜、村上賢昭は、熊本市内の料理店で知人たちと夕食をともにした。店の一角にテレビが置いてあり、食事が一段落した頃、『ニュースステーション』が始まった。久米宏がメインキャスターを務めるテレビ朝日の報道番組だ。

村上が茶を飲みながら何気なく見ていると、どこかで見たような風景が映し出された。

「……橋本（龍太郎）首相のリーダーシップのもと、政府は公共工事のコスト削減に取り組み、無駄な公共事業に対する世論も日に日に厳しくなっています。しかし、今もなお日本各地で疑問符の付く大型公共工事が行われているのが実情です」

頭髪をきちんと撫《な》で付け、銀縁眼鏡をかけた久米宏が舌鋒鋭く語りかける。

（あれは……天草空港じゃなかか⁉）

滑走路のそばから撮影された天草空港が映し出されていた。

去る二月に飛行機を誘導するＶＯＲ《ボル》／ＤＭＥ《デメ》（超短波誘導施設）のテストも実施され、来年の完成に向け、着々と工事が進んでいた。

「これは熊本県で進められている天草空港の工事現場です」

久米宏がいった。

「渡辺さん、天草という土地はご存知ですか？」

「あの、天草四郎の天草ですよね？」

三十歳の渡辺真理は、去る三月にＴＢＳを退社し、小宮悦子の後任としてサブキャスターを務めている。

「そうです。その天草です。この人口十五万人ほどの島に、今、百億円近くという莫大な税金を投じて空港が建設されているんです。しかも、どこの航空会社が就航するかも決まっていないんです」

「えっ、そうなんですか⁉」

「そもそも天草から九州本土まではちゃんと道路があって、二時間くらいで熊本市に行けるんですよ」

画面の中で、滑走路のそばの雑草がローアングルで映し出される。寂れた場所であると印象付けようとするかのような演出だ。

「村上さん、これ、あんたがやっとらるる空港じゃなかですか？」

村上のそばにすわった知人が訊いた。

「ええ、まあ……」

村上は気まずい思いでうなずく。

村上の思いをよそに、画面の中の久米宏はますますトーンを上げる。

「こんな空港に、仮に就航する航空会社があったとしても、飛行機代はバス代より当然高いですから、どれくらいの人が利用するか、はなはだ疑問です。地元の人たちに訊いても、使うという人はほとんどいません。まさに無謀、無駄な公共事業の典型です」

五十三歳の久米宏は、両肘を広げた独特のスタイルでアジるように喋《しゃべ》り続ける。

「ご覧下さい、陽炎が立ち昇っています」

雑草の中から陽炎が立ち昇り、ほぼ完成した滑走路がその向こうで揺らめいていた。

「これはまさに陽炎空港です！　誰も乗らない、陽炎しか立ち昇らない陽炎空港です！

こういう無駄な公共事業は直ちに中止すべきです！」

（くそーっ、いうに事欠いて、何が陽炎空港か！）

機関銃のように喋り続ける久米宏を、村上は睨みつけた。


翌朝――

村上は、熊本市東区月出の自宅で朝食をとった。県庁までは50ccのバイクで十分ほどの場所である。

朝食はいつもどおり、妻、大学二年の次男、高校一年の長女と一緒で、ご飯、味噌汁、魚の干物、卵焼きなどがテーブルに並べられていた。

「お父さん、ゆうべの『ニュースステーション』見とったね？」

熊本高校一年生の娘が訊いた。

「うん？　何かあったと？」

村上は料理店で番組を見たことはいわず、素知らぬ顔で訊いた。

「久米宏が、天草空港は陽炎しか飛ばん空港で、飛行機ば飛ばしても誰も乗らんけん、止《や》めたほうがよかっていいよったよ」

制服の白いブラウスに赤いネクタイ姿の娘は眉間に縦皺を寄せていった。

「ふーん、そがんね」

父親として動揺した様子を見せるわけにいかないので淡々と答え、卵焼きを口に運ぶ。

「天草空港のことは、クラスでも時々話題になっとってね。友達が、あがん無駄な空港は止めたほうがよかと話しよるときは、わたしは黙って下を向いとっとよ」

娘は切なさそうな表情でいった。

「そ、そぎゃんね……！」

村上は胸が締め付けられ、食べていたご飯が喉を通らなくなった。

学校で黙って下を向いている娘を思うと、不憫《ふびん》でならなかった。

「お父さんは、航空会社ば作ろうてしよるけど、久米宏もあがんいいよらすし、今からでも遅くなかけん、止めた方がよかよ。失敗したら取り返しがつかんけん」

娘は心底心配している顔で村上を見る。

村上は、茶碗と箸を手に曖昧にうなずきながら、逆に肥後もっこすの意地に火が点いた。

（こがんなったら、絶対負けんばい！）

悔しさを噛みしめながら、心の中で誓った。


初夏——

天草班では、秋の航空会社設立に向けて準備が本格化していた。

田山洋二郎は、本田航空が熊本空港の敷地内に造った二階建ての事務所、飛行機の格納庫、整備用の機材などを無償で譲り受けるべく、何度も埼玉県の本社を訪ねて交渉をし、成尾雅貴らは、計器飛行に必要な通信設備や、その他の空港の設備や予算、パイロットの採用について折衝や準備を重ね、松見らは会社設立のための定款や各種手続きの準備をしていた。運輸省や日本エアシステムとの話し合いのため、相変わらず毎週のように誰かが東京や大阪に出張していた。

「……この『労働争議が起きた場合は、飛行機の納期が遅れる』っていう規定は、ちょっと僕らとしては受け入れられないんですけどねえ」

下村弘之が自席で、夥《おびただ》しい数の付箋を付けた分厚い英文の書類を前に、電話をしていた。

相手は日商岩井の民間航空機部の担当者だ。

「労働争議というのは、あくまでボンバルディア側の事情ですから、ええ……」

ダッシュ8の購入契約交渉が佳境に入っていた。

分厚い英文の契約書は、県庁の国際交流室に頼んで日本語で要約を作ってもらったり、分からない箇所は、日本エアシステムからの相談役や保険会社や日本トランスオーシャン航空などに、この解釈で間違いないかと確認したりしながら、四苦八苦して進めていた。

もちろん仲介者である日商岩井とは毎日のように連絡を取り合っている。

「……労働争議による納期遅れの免責については、とりあえずこちらは拒否ということで、先方に球を投げてもらえますか。それと、機体の仕様と部品に関してなんですが……」

下村は、先方から照会があった機体の仕様の詳細と部品の件についての回答を、手元のメモを見ながら一つ一つ説明する。

さすがに二十数億円に上る航空機の購入は、魚や野菜を買うのとはわけが違っていた。仕様や予備エンジンや何万とある部品などについて、山のようなやり取りをしなくてはならない。

価格については、田山がカナダのモントリールにあるボンバルディア社に乗り込んで、一定の値引きをしてもらうよう話をつけていた。先方の副社長に対し、「今般の我々の購入は一機だけで、十機も二十機も買う大手航空会社とは違う。しかし、日本の州政府である熊本県が買うということは、貴社にとっても宣伝になるはずだ。使ってみて、素晴らしいということになれば、日本の他のエアラインからも引き合いがあるだろう。それに我々はACL（許容搭載重量）に関して厳しい日本の運輸省に一〇〇〇メートルの滑走路での使用を認めさせた。これも将来、あなたがたのセールスの武器になるはずだ。だから値段については考慮してほしい」と交渉した。

「……じゃあ、今日のところは、以上をボンバルディアのほうに申し入れて下さい」

下村は、日商岩井の担当者にいって、受話器を置く。ケベック州は日本と十三時間の時差があり（日本が先）、こちらから質問や要望を送っておくと、翌日の朝に返答が返ってきているというパターンで、連日交渉が続けられていた。

「おーう、ここにゃ熊本県の三大無駄遣いが二つも揃っとるたい！」

突然廊下のほうから大きな声が聞こえた。

天草班の職員たちが視線をやると、共産党の沢田一郎県議が、斜め向かいの交通対策総室の入り口のところでにやにやしていた。

沢田県議は、天草空港、九州新幹線、川辺川ダムの三つを熊本県の三大無駄遣いとして、議会で厳しく追及していた。

九州新幹線は、巨額の建設費がかかるため、九州各県が一部を負担しているが、域内人口が少ないため、採算がとれないと批判されている。一方、川辺川ダムは、球磨郡相良村の球磨川水系川辺川において、国の事業として建設が進められている治水目的のダムで、総工費二千六百五十億円のうち二割強を熊本県が負担する。これに対し共産党などが、治水目的であるならば、公共投資の重点をダムから河川改修に移し、保水力強化のために、森林の保全整備を進めるべきだと反対していた。

「こら、きみらなあ、あんまり県民の税金を無駄遣いしちゃいかんばい」

沢田県議が天草班の部屋を覗いて冷やかし、班員たちは苦笑しながら仕事を続けた。

去る三月の定例県議会では、県側が提出した第三セクター航空会社の概要、出資金、航空機購入のための補助金、ターミナル設計費等について審議されたが、沢田県議は税金の無駄遣いであると厳しく批判した。しかし保守王国の熊本県議会では自民党が多数派で、沢田議員の質問に県の企画開発部長が答えていると、「共産党の質問になんか丁寧に答えるな！」とか、「共産党が反対すっとなら、俺は賛成すっぞ！」といった野次が飛び交い、結局、議会の流れは天草空港を後押しする方向へとまとまっていった。

七月——

熊本県庁で、第三セクター設立に関する三役（知事、副知事、出納長）会議が開かれた。関係する部署（企画開発部、総務部等）の部長や交通対策総室長なども出席し、交通対策総室天草班が、航空会社の設立と経営に関するリスクをすべて列挙した。たとえば、パイロットは飛行機の機種ごとに免許をとらなくてはならないが、ダッシュ8の免許を持っているパイロットは、日本では琉球エアーコミューターにしかおらず、引き抜いたりするのは不可能なので、新たにパイロットを採用し、訓練しないといけないが、これができないと飛行機を飛ばせない。それ以外にも、これまで深く検討されていなかったリスクがいくつもあり、今後、航空機購入契約をしたりすると、あと戻りできなくなるので、このまま進むかどうかの話し合いが行われた。そして延期論も含めた激しい議論の末、三役会議は、このまま進むと決定し、熊本県は「ポイント・オブ・ノー・リターン」をついに超えた。

十月九日——

本渡市は風もあまりなく、十月という暦にもかかわらず、日中の最高気温が二十五・七度を記録する夏日だった。

青々とした島原湾沿いに建つホテル、アレグリアガーデンズ天草（本渡市本渡町広瀬）で、第三セクターの航空会社の設立総会と第一回の取締役会が開かれた。総会には県や地元の首長たち、民間の出資者ら約四十人が出席し、定款を承認し、十三人の役員を選任した。

新会社の社名は、事前の議論で、天草エアライン、ドルフィン・エアー、ラピュタ航空（これは成尾の提案）の三つが候補に挙がったが、天草エアライン株式会社に決まった。

資本金は、民間企業二十七社から九千九百万円の出資が集まったので、県と地元二市十三町が出す四億円と合わせて四億九千九百万円となった。

社長には、熊本県副知事の魚住汎輝《ひろき》、専務には交通対策総室次長の村上賢昭が選ばれ、久々山義人本渡市長、古田正秋肥後銀行副頭取らが非常勤の取締役に就いた。

メディアの風当たりは相変わらず強く、「読売新聞」は〈視界不良の〝離陸〟採算面で不安抱え〉、「朝日新聞」は〈採算面など問題山積〉という見出しで報じた。総会後に記者会見した村上賢昭は「採算が厳しいとの見通しを心配する声は承知しているが、利用増のための支援対策は地元と一体となってやる。空港開設の波及効果は多方面に及ぶはずなので、『木を見て森を見ず』の議論ではなく、全体的な議論をしてもらいたい」と述べた。

これに対して、「西日本新聞」が「くまもと春秋」という欄で、〈真剣な取り組み示せ〉という、天草支局の角谷という記者が書いた四段のコラムを掲載して批判した。

〈先日あった、県営天草空港に就航する第三セクターの航空会社「天草エアライン」創立総会後の記者会見で、腹が立ってしかたがなかった。原因は、この会社の採算性についての認識の違いだ▼県幹部が兼任する同社幹部は、全国的にコミューターが厳しい経営状況におかれているのに「島民の利便性が増す。（採算性ばかりで）木を見て、森を見ない論議はどうか」と発言。確かに便利にはなるが、島民の利用だけでは、予想の採算ラインには達せないのは明らか▼「資本金の約八割の四億円」と懸念される毎年の赤字分は税金で補てんされる。採算は、空港の利活用にかかっているというのに、幹部は「具体策は今後、検討する」と言うばかり。しかし、同社幹部は地元首長と役人。就航の段階で、まだその職に就いているかどうかも分からず、責任問題がはぐらかされる可能性だってある。開港まで二年をきった。関係者の真剣な取り組みをこの目で見たい。（角）〉

こうした逆風に対し、天草エアラインの関係者や交通対策総室の職員たちは、「こぎゃん叩かれたら、男の意地があるけんな」と、逆に奮起した。

十月二十六日――

天草エアラインが、カナダのボンバルディア社との間で航空機購入契約を締結した。価格は予備エンジン、部品を含め、約千九百二十万ドルである。調印式はモントリオールのボンバルディア社で行われ、村上賢昭が出席した。購入代金は、業界慣行に従って、契約時に六分の一を支払い、その後、キール（胴体底部中央の骨組み）組み上げ時や耐空証明書取得時に、それぞれ六分の一を支払い、残額（二分の一）を航空機の引き渡し時に支払う。県からは訓練費なども含めた二千万ドルを、一ドル百三十円で計算し、二十六億円の予算措置が講じられた。

それから間もなく――

天草エアライン専務の村上賢昭は、東京都港区六本木の麻布警察署の裏手にある県の共済施設「熊本会館」のティールームで、ある大手航空会社の機長に会った。

パイロットの採用活動が半年ほど前から始まっていた。

日本エアシステムに、定年になったパイロットの斡旋《あっせん》を依頼する一方、同社から運航部門担当の相談役として派遣されてきた高橋力《ちから》を中心に、ありとあらゆるツテを頼って、見込みのありそうなパイロットに声をかけていた。

熊本会館はレンガ風の洒落《しゃれ》た外壁を持つ四階建てで、一階に受付とティールーム兼レストランがある。

「……そういう次第で、第三セクター方式で天草エアラインという会社を作りまして、熊本空港と福岡空港に飛行機を飛ばすことになりました」

繊細さと優しさを感じさせる細面に、銀のフレームの眼鏡をかけた村上が、身を乗り出すようにしていった。

「航空会社との共同出資じゃなく、県や市町村が自力で航空会社を作って経営しようというのですか？」

あと数ヶ月で六十歳の定年を迎える大手航空会社の機長は驚いた表情。

いわゆるラインパイロット（定期運送事業のパイロット）の定年は六十歳だが、一定の条件が揃えば三年を限度として延長ができる。大手航空会社は六十歳定年制なので、天草エアラインはこれら「加齢乗員」を採用しようとしていた。

「基本的には自力です。ただ、ＪＡＳ（日本エアシステム）さんから一千万円の出資をして頂いて、経営、運航、整備の各部門にＯＢの方々を相談役として派遣してもらっています」

「そうですか……。機材（飛行機）は、ダッシュ８のＱ１００なんですね？」

「そうです」

「プロペラ機はＹＳ11以来、二十何年ぶりですなあ」

年輩の機長は微笑した。

「訓練はカナダで受けるわけですか?」

「はい、カナダのトロントで受けて頂きます」

機長であれば定期運送用操縦士免許、副操縦士であれば事業用操縦士免許が必要だが、このほかに、機種ごとの免許を取得しなくてはならない。

この機長は、現在、ジャンボ機を操縦しているが、ダッシュ8を操縦するためには、新たにカナダのボンバルディア社の訓練施設で座学やシミュレーター、実機による訓練を受け、カナダと日本で日本の運輸省の試験を受けて、ダッシュ8の免許を取らなくてはならない。当然のことながら、教科書も講義も訓練もすべて英語である。

「うーん、また一から勉強し直しですか……。定年になったら、好きなだけ酒を飲んで、のんびり暮らそうと思っていたんですけどねえ」

パイロットは、半年に一度厳しい身体検査が課され、それに合格して、航空身体検査証を維持しなくてはならない。そのため常に節制した生活を強いられる。

「大変だとは思いますが、故郷の熊本を助けると思って、ひと肌脱いでもらえないでしょうか? 我々もできる限りの支援はしますので」

この機長は熊本県の出身で、その点からも可能性があると思って、村上は声をかけた。

「ただ、県と地元自治体が支える第三セクターなので、それほどお給料は出せませんけれど」

村上は申し訳なさそうにいった。

天草エアラインのパイロットの給料は、大手航空会社の半分ないしはそれ以下である。

「そうですか。まあ、どんなに小さい飛行機であれ、新しい機種に乗るのは、パイロットとしては興味がありますし、まだまだ若い者には負けたくないという気持ちもあります」

だんだんと受ける方向に気持ちが傾いてきた様子である。

「天草は、食事も美味《おい》しくて、人情もあるところです。島民のためにも、是非、お力を貸して下さい」

十二月——

天草エアラインが、自社に対する認知度を高め、利用を促進する狙いも兼ね、ダッシュ8の機体の外装デザインの公募を開始した。応募は、設計図面、画用紙、葉書などに四色以内で全体のデザインが把握できる内容で描き、翌年一月十一日が締め切り日とされた。

同社は、飛行機の形が印刷された専用の用紙を地元の小学校などに配り、図工の時間に児童たちに描いてもらうなどして宣伝に努めた。

4

翌年（平成十一年）一月——

熊本市の冬空は青く澄み渡り、朝の空気は冷たかったが、日差しには春の気配が感じられた。

「お早うございまーす」

「おお、お早う。今日は寒かねぇ」

本田航空から無償で譲り受けた二階建ての事務所に、天草エアラインの社員や、県庁の交通対策総室の職員、日本エアシステムから派遣された三人の相談役などが自家用車で出勤して来ていた。

場所は熊本空港の南東約八〇〇メートルのところである。空港ビルとの間には、職員用駐車場、客室乗務員などの訓練用のＹＳ11型プロペラ機、日本航空と全日空の貨物センター、航空機の格納庫などがある。付近はキャベツ畑で、ちょうど収穫時期である。遠くには林が黒い屏風のように連なり、彼方に、阿蘇の山々の灰青色の姿が見える。付近には商店もレストランもない不便な場所だ。会社設立直後の昨年十月十三日に事務所開きが行われ、天草エアラインはこの場所を当面の本社とした。

事務所の前の門には、黒字に白抜きした「天草エアライン株式会社」の表札がはめ込まれ、そばに本田航空が造った大きな航空機の格納庫がある。

一階は、田山、下村、手嶋の後任の島田保信ら県庁の交通対策総室の職員たちや総務部門のデスクがあり、二階は、専務、運航部門、整備部門などの部屋がある。社長の魚住は副知事なので、普段は県庁にいる。

社員の採用も始まり、事務所は少しずつ人が増え始めていた。

「お早うございます」

「あっ、倉橋さん、お早うございます」

日本トランスオーシャン航空から最近天草エアラインに派遣されて来た倉橋綾子は、事務所の二階にある運航部門の灰色のスチール・デスクでパソコンを立ち上げ、出勤して来る社員と朝の挨拶を交わす。

倉橋は中背で二十代後半の女性である。父親が南西航空（現・日本トランスオーシャン航空）の機長で、小学生まで沖縄ですごした。その後、県外で学生生活を送り、再び沖縄に戻って、日本トランスオーシャン航空の客室乗務員になった。昨年、天草エアラインから同社に協力要請があり、社内募集を見て、手を挙げてやって来た。仕事は、客室乗務員用の規定集の作成で、任期は一年あまりの予定である。

「ええと、昨日は、確かここまで……」

倉橋はデスクの上に積み上げたファイルの一つを開き、記述内容を確認する。ファイルは、日本トランスオーシャン航空、琉球エアーコミューター、日本エアコミューターなどから借りてきた客室乗務員マニュアルや訓練規定だった。倉橋はそれらを参考に、必要な修正を加えながら、天草エアラインのものを作っていた。運輸省から認可を得るために必要な書類だった。

開業が来年春と決まっているため、仕事は連日夜遅くまで続いていた。数少ない息抜きは、タイプ打ちの仕事に採用された熊本出身の女性などに案内されて、熊本市内を見て歩いたり、食事に出かけたりすることだった。

室内の窓からは、冬枯れの木々や、本田航空が造った灰色の波型トタン壁の体育館のように大きな格納庫が見える。

「どう、進み具合は？」

キーボードを叩いて、マニュアルを作成していると、日本エアシステムから運航部門担当の相談役として派遣されて来た高橋力に声をかけられた。

高橋は五十九歳で、頭には白いものが多く、好々爺《こうこうや》のようににこにこしているが、運航全般や運輸省との折衝に幅広い知識を持つ、頼れる存在だ。元々は日本エアシステムのヘリコプターのパイロットで、防衛大学校で学んだ関係もあり、航空業界での人脈も豊富である。

「ああ、高橋さん。……ええと今、QM（qualification manual＝訓練規定）のほうを優先してやっています」

倉橋は顔を上げてかたわらの高橋を見上げる。

「そうか。QMは認可項目に変わったんだったなあ」

最近の法改正で、客室乗務員の訓練規定は運輸省の認可を得なくてはならなくなった。

「そうなんですよ。前は届け出だけで済んだんですけど」

「きっと審査でCAB（運輸省航空局）がこまごまとしたことをいってくるだろうから、一通りでき上がったら、見せてくれるかな」

訓練規定については、大阪の航空局の審査を受け、認可を得なくてはならない。

「もちろんです。……結構、手直しとかさせられるんですか？」

「そりゃ、色々あるだろうなあ。お役所だからねえ」

「そうですか……」

「大阪（の航空局）には一緒について行くから、まあ心配しなくていいよ」

そういって高橋は、運航部門全体を見渡すことのできる奥のデスクに戻り、書類に目を通し始める。

「高橋さん、ちょっとご相談があるんですけど」

交通対策総室の松見辰彦がやって来た。

松見は成尾らとともに、引き続き県庁の執務室で働いているが、必要に応じて天草エアラインの事務所を訪れていた。

「実は、ＡＯＭの件で、ＪＴＡ（日本トランスオーシャン航空）とだいぶ前から交渉してるんですが……」

　高橋のデスクのそばに椅子を引っ張ってきてすわった松見は、背中を丸め気味にしていった。

　ＡＯＭ（aircraft operating manual ＝航空機運用規定）は、機種ごとに定められる運用や操作に関するマニュアルである。当該航空機の運用限界（それを超えて操作や運用をしてはいけない限度）、通常操作、緊急・故障時操作、諸系統操作、特殊運航、運用許容基準等、各種の操作や性能について規定し、パイロットは操縦にあたって熟知していなくてはならない。航空運送事業を営むためには、航空法にもとづいてＡＯＭを作成し、運輸大臣の許可を得る必要がある。量はＡ４サイズで厚さ数十センチである。

「ああ、ＲＡＣ《ラック》（琉球エアーコミューター）が持ってる（ダッシュ８‐Ｑ１００の）ＡＯＭを買う件ね？」

　高橋が訊いた。

　ＡＯＭを持っているのは琉球エアーコミューターだが、交渉相手は同社の親会社の日本トランスオーシャン航空だった。

「そうです。それで向こうの言い値がですね、三億円なんですよ」

「えっ、そんなに高いの⁉」

「そうなんですよ。JASが何かのときにJTAに対して三億円って提示したことがあるらしいんです。その数字でもって、こっちにもいってきてるんです」

「ふーん、そうなの。どの機種のだろうなあ……？」

　高橋は首をかしげる。

「いずれにしても、うちは三億円なんてお金はとても出せませんし、『それはJASとJTAの常識でしょう？　地方の第三セクターのエアラインが出せる金額じゃないです』って交渉してるんですが、なかなか折れてくれなくて……」

　松見は悩ましげな表情。

「それ、自社開発しようと思えばできるんじゃないかなあ」

「えっ、自社開発⁉」

「うん。ボンバルディアのマニュアルは当然あるし、JASのサーブ（340B）のAOMくらいは見せてもらえるだろうから、そんなのを使えば、自社開発できるんじゃないかなあ」

　熊本県は昨年九月に、日本エアシステムとの間で、天草エアラインに対する同社の支援についての覚書を結んでいるので、三人の相談役の派遣以外にも支援を期待することができる。ただし、フィーの支払いは必要である。

「JASは色んな機材のAOMを作ってるから、経験者に頼むこともできるだろうし……。僕もヘリコプターのAOMを作ったことがあるよ」

「いくらぐらいでできます？」

「うーん、いくらぐらいかなあ……四千万円もあればできるかなあ……うーん、まあ最大でも七千万円くらいかなあ」

「七千万円ですか……」

翌月——

天草エアラインは、機体の外装デザインの一般公募に応募があった千三百三十四点の中から、五和町二江小学校六年生の野崎静香さんの作品を最優秀賞に選び、表彰状と賞金を贈った。

デザインは、「イルカと一緒に未来へ向かって前進しよう」という意味を込め、白い機体に天草の海をイメージした波と飛び跳ねるイルカの群れを青や水色で描き、海に映える夕日を表す赤い文字で社名を入れる、ファンタジー感あふれるものだった。

天草エアラインはこのデザインにもとづき、早速、ボンバルディア社に外装を発注した。

一方、天草空港は滑走路の整備も終わり、ターミナルビルの建設が着々と進んでいた。

それから間もなく――

県庁天草班のチーム・リーダー（審議員）の松見辰彦と課長補佐の田山洋二郎は、夜、熊本市内の居酒屋「竹ちゃん」で、日本トランスオーシャン航空の課長と夕食を交えながら、商談をした。

「竹ちゃん」は、県道36号を挟んで、県庁正門の真ん前にある小さな居酒屋である。提灯《ちょうちん》が五つ下がった軒下の戸を開けて入ると、通路を挟んで左右が板敷の小上がりになっており、座卓と座布団が並べられている。壁には「くまもと四季の魚」のポスター、キリンビールのポスター、魚へんの漢字一覧の手ぬぐいなどがべたべたと貼られている。店内は喫煙自由で、天井は長年の煙で黒ずみ、中央の大きな換気口には、油と埃《ほこり》がこびり付いた招き猫の風鈴が一年中ぶら下がっている。職場に近すぎるせいか、県庁職員の利用は少なく、客は出張者が多い。

「……それで、例のＡＯＭ（航空機運用規定）の件なんですけどねえ」

食べかけの一本百円の焼き鳥や、この店自慢の手作り豆腐による揚げ出し豆腐の皿と、半分以上減ったビールのジョッキを前に、松見がタバコをくゆらせながらいった。

「やっぱり三億円っていうのは、我々にはとても出せないという結論になりまして」

「えっ、そうなんですか⁉」

座卓を挟んですわった日本トランスオーシャン航空の課長が、驚いた顔つきになった。

これまで天草エアライン側が喉から手が出るほど琉球エアーコミューターのダッシュ8のAOMをほしがっていたので、最終的には、三億円かそれに近い金額で手を打てるだろうと踏んでいた。

「じゃあ、AOMはどうされるんですか？」

沖縄県人だが、熊本のマリスト学園の卒業生で、熊本びいきの課長が訊いた。

「もう自主開発するしかないだろうという結論になりました」

田山がタバコをくゆらせながら、ポーカーフェイスでいった。

実は、いったん自主開発を検討したが、二月十七日の社内会議で、自社で作るのはかなり大変で、安全面なども考慮すれば、琉球エアーコミューターのAOMを買ったほうがいいという結論になっていた。しかし、そのことは、おくびにも出さない。

「じ、自主開発⁉　本当ですか⁉」

三億円の臨時収入が入ってきて、自社の再建にも大いに寄与すると期待し、社内の予算にも入れていたのに、突然状況が変わって相手は動揺した。

「そうなんです。自主開発であれば、まあ四千万円か、多く見積もっても七千万円くらいで済みますから」

その言葉に、日本トランスオーシャン航空の課長の顔は青ざめる。

「ですから、申し訳ないんですが、このお話はなかったことにさせて頂きたいと思います」

そういって松見はタバコを灰皿でもみ消す。

相手は呆然として、言葉も出ない。

「ただうちとしても、新たに作るのは結構大変ですし、安全性の観点からも、ＲＡＣさんから買えるものなら買いたいという気持ちは、今も持ってるんですけどね」

田山が独りごちるようにいった。

「す、すいません、ちょっと待って頂けますか」

相手は慌てて携帯電話を摑み、店の外に出て行った。

（のるかそるかばいなあ……）

松見は揚げ出し豆腐を口に運び、田山は無言でタバコを吸う。

五分ほどで、相手は店内に戻って来た。

「あのう、そうしますと、いくらだったらいいでしょうか？」

座卓の向かい側にすわると、日本トランスオーシャン航空の課長は単刀直入に訊いた。

「うーん、ですから七千万円なら」

松見は逸《はや》る気持ちを抑えていった。

「いや、七千万円というのは、ちょっと……」

そういって相手は、それより少し高い金額を提示してきた。

もちろん三億円よりは、はるかに低い金額である。

「そうですか。分かりました。じゃあ、それでいきましょうか」

松見はうなずいていった。「その金額なら、県やエアラインを説得できると思います」

「本当ですか⁉」

松見と田山がにっこりうなずくと、相手は一挙に安堵《あんど》した表情になった。

しかし次の瞬間、上手くしてやられたのかなという疑念らしき気配が、一瞬顔をよぎった。


三月下旬――

霞が関二丁目の運輸省を、高橋力、成尾雅貴、日本エアシステムの機長で、五月に天草エアラインに入社する予定の渡利斎水《わたりよしみ》が訪問した。

「……これが、機長、副操縦士として採用が決まったパイロットの経歴書です」

高橋が六枚の経歴書を差し出した。

三人の機長は、日本エアシステムを定年退職する、いわゆる「加齢乗員」で、副操縦士
三人は、応募者十四人の中から海上自衛隊の四十代のパイロットと民間の小さな航空会社でチャーター便や遊覧飛行機の操縦をしている二十代後半の二人を採用するほか、高橋が

航空大学校（宮崎県宮崎市）で教頭を務めている友人に頼んで、同校の卒業生を一人採用することになった。

「この方々の訓練スケジュールは、先般、ご報告頂いたとおりですね？」

会議室で向き合った航空局の三人の担当官の一人が訊いた。

この日の会議のテーマは、主に、パイロットの訓練と、運輸省による試験に関してである。

「はい、先般の報告どおりで、変更はありません。副操縦士たちのほうは、すでに委託先の日本エアシステムで、訓練を始めています」

高橋の言葉に相手がうなずく。

「そうすると（運輸省の）試験は、秋口からということになりますか？」

担当官の一人が、スケジュール表に視線を落としていった。

「はい。十月頃になろうかと思います」

「そうですか。カナダで行われる試験については、受験日の二ヶ月前の十五日前後までに申請して下さい」

試験は、運輸省の元パイロットの試験官がカナダのトロントに出向き、ダッシュ8のシミュレーターを使って行う。

「それからシミュレーターでの試験については、一日二人までということでお願いします」

　担当官の一人がいった。

「一人につき約三時間かかりますのでね」

「承知しました」

「試験官の交通費は、実費を負担して頂きます。受験手数料は規定に従って、申請書に収入印紙を貼って、支払って下さい」

　天草エアライン側の三人はうなずく。

　そのほか、この日は、ダッシュ8用の実機訓練実施時のクルー編成（機長と副操縦士の組み合わせ）、国内で行われる試験の要領と申し込み方法、カナダでの試験時の庶務事項、乗員（パイロット）部門の責任者などについて、確認や話し合いが行われた。


　翌週——

　高橋力は再び上京し、天草エアラインとの窓口になっている日本エアシステムの社員と一緒に運輸省を訪問した。

　この日は、機長の資格認定についての質疑応答、パイロットの飛行時間の管理方法のほか、運航開始前の実証試験飛行、運航開始後の定期審査などについての打ち合わせだった。

「……規定では、運航開始前に、実証試験飛行が五十時間必要ということになっていますよね。ただうちはショートレッグ（三十分くらいの路線）なので、五十時間もやるのは、かなり大変だと思うんですが、この点いかがですか？」

灰色の背広姿の高橋が訊いた。

「確かにねえ……」

担当官は思案顔になる。

「この点についてどうするかは、ちょっとこちらで検討させて下さい」

相手の言葉に高橋らはうなずく。

「それから、運航開始後の定期審査ですが、今般の法改正で、キャプテン（機長）については年三回、コーパイ（副操縦士）については年二回必要になってきます」

審査は、運輸省の検査官による口述審査のほか、シミュレーターや実機を使って、様々な条件下における操縦や、緊急事態への対処方法などが試される。副操縦士については、社内の教官資格を持つ機長が審査する。

「うーん、うちは一機しか飛行機がないんで、これは結構、運航に影響しますねえ」

高橋が悩ましげにいった。

場合によっては、便を欠航させなくてはならない。

「まあ、法律なので、こちらとしては致し方ないですね」

相手は、何ともしようがないという表情。

（こりゃ、ダイヤ設定は一工夫要るなあ……）

高橋は思考を巡らせる。

（それと、悪天候で審査が中止にならないように、空港も三つ四つ考えて、事前に使用許可をとっておいたほうがいいな……）


その晩、高橋は東京で一泊し、翌日の午前の新幹線で、日本エアシステムの担当者とともに大阪に向かった。

大阪は、この季節としては寒い日で、夕方から雨になりそうな曇り空だった。大阪城公園の桜を見物している人の数も少なかった。

午後、高橋ら二人は、熊本からやって来た県職員の成尾雅貴と一緒に大阪航空局を訪れた。

「……それで、『スリーレター』の件は、どうなっていますか？」

打ち合わせ室のテーブルで、大阪航空局の中年の係官が訊いた。丸顔で早口の係長で、細かいことにも気が回る実務家肌である。

スリーレター（直訳は「三文字」）は、ＩＣＡＯ（International Civil Aviation Organization＝国際民間航空機関）に登録する航空会社の識別コード（例・日本航空のＪＡＬ、スカンジナビア航空のＳＡＳ、ルフトハンザのＤＬＨ等）である。

「色々考えたんですが、ほとんどすでに使われてるものばかりで……」

高橋が悩ましげにいった。

「ただＡＭＸというのは、メキシコの航空会社が使ってはいますが、日本には乗り入れていません」

メキシコのフラッグキャリアであるアエロメヒコ航空（Aeroméxico）が、ＡＭＸという識別コードを使っていた。

「日本に乗り入れていないのなら、何の問題もありませんから、それにされたらどうですか？」

細いフレームの眼鏡をかけた丸顔の担当官がいった。厳しい反面、常に問題の解決方法を示唆してくれる親切さを持ち合わせている。

「ただ、アエロメヒコが日本に乗り入れを開始したら、譲らなくちゃならなくなるかもしれませんよ。向こうが先に使ってるわけですし」

「そのときは変更すればいいんですね？」

「そうです」

天草エアライン側の三人はうなずく。

「コールサインはどうされますか？」

コールサインは、管制官とのやり取りなどに使う航空無線用の呼び出し名称のことで、たとえば日本航空は「ジャパンエアー」、全日空は「オールニッポン」である。航空無線では、便名も付けて交信するので、全日空212便なら「オールニッポン0212」となる。

「コールサインは、アマクサエアー（Amakusa Air）にしようと思います」

高橋がいった。

「分かりました。電監《でんかん》（電気通信監理局＝現・総務省総合通信局）に申請する前に、福岡のACC（航空交通管制部）なんかへの根回しが必要になりますから、夏ぐらいから根回しを始めて、年内に認可を受けるようにしたらいいんじゃないでしょうか」

「有難うございます。そのようにします」

この日はそのほか、以前、大阪航空局から宿題として出されていた機長の資格認定に関する諸事項に関して、天草エアライン側が報告した。また、現在天草エアラインが作成中の各種の規定類についての詳細な話し合いが行われ、午後一時半に始まった打ち合わせは、夕方の五時半まで続いた。

5

五月下旬——

天草エアラインでは、営業や総務などの社員の採用も進み、熊本空港の近くの事務所には新たな顔ぶれが増えてきていた。打ち合わせや売り込みのための訪問者も多くなり、活気が出てきた。

その日、肥後銀行の県庁支店の支店長と本店の外国為替課長がやって来て、専務の村上賢昭《けんしょう》と面談した。

肥後銀行の県庁支店は、県庁の一階に入っており、県の公金や県職員の個人取引を扱っている。

「……そろそろドルの予約をされたらいいのではないかと思うのですが、いかがでしょうか？」

ソファーにすわった外国為替課長がいった。

中肉中背の折り目正しい人物で、村上とはお互いの東京勤務時代からの付き合いだ。

「うーん、わたしはもうちょっと待ったほうがいいと思うんですけどねえ」

広い額の下に大きめのフレームの眼鏡をかけ、痩身をグレーのスーツで包んだ村上が微笑を湛《たた》えていった。

ダッシュ8の代金支払いのために、円をドルに替える為替予約が必要だった。契約代金の千九百二十万ドルは、すでに六分の一（三百二十万ドル）ずつ三回支払い、残りの九百六十万ドルを航空機の引き渡し時に支払うことになっている。

「しかし、九ヶ月前に比べると、もう二十円以上円高になっていますし、十分利益が出る水準だと思うのですが」

肥後銀行の外国為替課長がいった。

ドル円の為替レートは、現在仲値で百二十四円程度で、円をドルに替えるためのＴＴＳ（電信売り相場）はそれより一円高い百二十五円ほどである。

九百六十万ドルの為替予約は肥後銀行にとっても大きな商売なので、外国為替課長は毎朝十時頃、村上に電話をかけてきて、その日の相場を連絡していた。

「支店長さんは、どう思われますか？」

村上が県庁支店長に訊いた。

「そうですねえ。わたしも仲値で百二十四円というのは悪くない水準だと思います。このへんでいかがでしょうか？」

大柄で押し出しがよく、政治家の亀井静香を思わせる風貌の支店長がいった。

村上とは、息子同士が熊本高校と大学の同期生で昵懇《じっこん》の間柄である。

「そうですか……。しかし、わたしはもうちょっと円高にいくと思うんですよね。日本経済はかなり強いと思っていますので」

村上は長年株式投資をやっていることもあり、毎朝「日本経済新聞」を隅から隅まで読んでいて、相場観には自信を持っている。

「とにかく五円違っただけで、四千八百万円違ってきますから、一番いいところで予約したいと思ってるんです」

県からは一ドル百三十円で予算をもらっているので、今でも十分利益が出る水準だ。しかし、会社のために少しでも儲けておきたかった。

「ところで支店長、運転資金を貸してもらうわけにはいかないでしょうか？」

「運転資金を？　どれくらいお入り用なんですか？」

「まあ、最大で一億円程度かなと思っているんですが」

「一億円⁉　結構な額ですね」

肥後銀行の二人は驚いた表情。

「これが、資金繰り予想なんですが……」

村上が資料を差し出し、肥後銀行の支店長が受け取って、視線を落とす。

「年間の売上予想がだいたい五億五千万円で、月でいうと四千六百万円前後といったところです」

「ふーむ、そぎゃんですか」

肥後銀行の二人は資金繰り表の数字を追う。

「それで、旅行代理店経由の売り上げは毎月末締めで、金が入ってくるのは翌々月なんです」

思うんです」

「もちろんエアラインが直接売る分もありますが、やはり旅行代理店経由が大半だろうと

「なるほど」

　支店長が資金繰り表を見ながらうなずく。

「もし全部が代理店経由だと、売り上げの二ヶ月分、つまり九千二百万円の運転資金が必要になります」

「何か担保とか、あるいは県の保証とかは、頂けるんでしょうか？」

「いや、それはちょっと……」

「飛行機は？」

「飛行機は県の補助金で買いますから、国の補助金適正化法で処分が制限されます」

同法は、補助金で買った資産は一定期間処分できないと定めている。したがって、仮に担保権を設定したとしても、銀行がそれを実行して資産を処分できないので、実質的に担保になり得ない。

「となると、信用貸しということですか？」

　支店長の顔が緊張する。

「はい。担保に入れられるようなものは何もありませんので」

「うーん、それはかなり難しか話ですねえ……」

約一ヶ月後——

村上賢昭は、天草エアラインの社長室のソファーで、社長の魚住汎輝と話をした。

六十代前半の魚住は元県職員で、去る三月に一期四年間務めた副知事を退任し、現在は天草エアラインの社長と財団法人グランメッセ熊本（上益城《かみましき》郡益城町）の理事長を兼務している。

「……えっ、個人保証？」

白髪で、黒々とした太い眉の魚住が驚いた顔になった。県庁時代は環境公害部長として長年水俣病問題に取り組んだ苦労人である。

「はい。肥後銀行と散々やり合《お》うたんですが、やっぱり無担保だと融資はできんと。連帯保証人ば二人出してほしいということなんです」

五十五歳の村上がいった。

「魚住さん、いっちょ二人で連帯保証人になりまっしょか」

「えっ、いや、ちょっと待ってよ」

魚住が慌てた。「村上君、あんた本当に保証人になるつもりなの？」

「だってもう、しょんなかじゃなかですか。運転資金は必要だし、銀行は連帯保証人が二人いないと貸してくれないっていうし。わたしはもう天草エアラインの人間だけん、保証人になるつもりです」

大きなフレームの眼鏡をかけた村上の両目に強い光が宿っていた。専務になったからには、何としてでも事業を成功させせなくてはならないと決意していた。

「しかし、村上君、きみだって県の課長級だからエアラインの専務になったんだけん、いずれ県に帰るとだろう？　そぎゃん無理すること、なかじゃなかかね」

「いえ、わたしはやります」

決意を持つきっかけの一つが、昨年放送された「テレビ朝日」の報道番組『ニュースステーション』だった。久米宏にこき下ろされ、高校一年の娘にも心配されたが、逆に「何が陽炎空港か。負けんばい！」という意地に火が点いた。

「いやしかし、僕が保証人になるのはねえ……」

魚住はなおもためらう。「副知事として社長になったわけだから、僕が連帯保証人になったら、次の社長も保証人にならなきゃいけなくなるだろうし」

「しかしもう、これしか手がなかとですよ」

「いや、そぎゃんかもしれんけど」

しばらく話し合ったが、魚住は納得せず、やむなく村上一人の連帯保証でどうかと、肥後銀行に打診してみることになった。

数日後――

村上賢昭が自分の席で仕事をしていると、松見と田山がやって来た。

「……村上さん、もうそろそろ為替の予約をしたほうがいいんじゃないですか？」

村上の席の前に立った松見がいった。

「そぎゃんですよ。一ヶ月前から比べたら、もう五円も下がってますから。もうよかじゃなかですか？」

田山がいった。

ドル円レートは、百二十円を切るところまで円高が進んだ。

「うーん、肥後銀行にもそろそろっていわれているけどねえ」

村上はまだ気乗り薄である。

相変わらず本店の外国為替課長が毎日午前十時に電話をしてくるほか、県庁支店長もしょっちゅう電話をかけてきて、そろそろ予約しましょうと勧めてくるが、村上は、もう少し円高になってもおかしくないと考えていた。

「村上さん、正直ゆうて、僕らももう、相場をウォッチするのに疲れてきました」

ここのところ松見らは、毎日相場を見ては、一喜一憂していた。

「一ドル百三十円の予算から比べたら、もう一億円近く利益が出る水準ですけんね。僕らは公務員で、儲けても大して褒められもせんですけど、損出したら怒られます。無理して失敗したら馬鹿らしかですよ」

田山がいった。万一、予算が足りなくなれば、補正予算を組まなくてはならない。

「うーん、俺はまだ円は強いと思うとだけどなあ……。じゃあ、社長に訊いてみるか」

村上は受話器を取り上げ、魚住に電話をかける。この日、魚住は理事長を務めるグランメッセ熊本にいた。

「……あのう、村上ですけど、ちょっと為替のことでお話が……。ええ、今、百二十円を切ってきて、まあ利益は十分出るんですけど、どうしようかってところで……はい」

松見と田山は、村上の机の前に立ったまま、電話をする村上を眺める。

「……うーん、福島知事にね。よかじゃなかですか。……はい、分かりました。ではお電話を待っとります」

そういって村上は受話器を置く。

「魚住さんが、知事にご決断を仰ぐとですか?」

田山が訊いた。

「うん。魚住さんは、俺は為替のことは分からんから、電話で知事に訊いてみるてたい」

「なるほど。知事は大蔵省におんなったから、相場観をお持ちかもしれませんね」

福島譲二知事は、四十五歳まで大蔵省に勤め、主計局主計官、佐藤栄作総理大臣秘書官、大臣官房審議官といった要職を歴任した。財政に通暁しており、環境政務次官時代には、水俣病患者への補償で経営危機に陥ったチッソを救済するため、熊本県債融資を軸とする公的支援策を編み出したりした。

三人がしばらく待っていると、魚住から電話がかかってきた。

「はい、村上です……はい、ああ、そぎゃんですか。……はー、分かりました。はいそれでは」

手短に話を終え、村上は受話器を置く。

「知事がご決断されたとですか？」

松見と田山が期待を込めて訊く。

「いや、知事も『俺は為替は分からんから、きみらで決めてくれ』ってことだそうだ」

「えーっ!?」

松見と田山はがっかりした。

結局、まだ円は強くなるはずだという村上の考えにしたがって、もう少し待ってみることになり、松見らはなおしばらくの間、為替の動向に一喜一憂する日々を送ることになった。

6

七月二十三日金曜日――

熊本市は午前中雨がぱらつき、この季節にしては比較的気温が低かったが、蒸し蒸ししていた。

正午すぎ、熊本空港の近くにある天草エアラインの事務所一階で、テレビの前に社員や県庁の職員たちが詰めかけ、緊迫した表情で画面を見詰めていた。

この日、午前十一時二十五分、乗客乗員五百十七人を乗せた羽田発新千歳空港行きの全日空のジャンボ機が千葉県の上空で包丁を持った男にハイジャックされた。

「……全日空六十一便・ジャンボ機が離陸後間もなく千葉県の上空を飛行中、パイロットから『ハイジャックされた』との連絡が、羽田空港の管制官にありました」

テレビ画面の中で、NHKの男性アナウンサーが記事を読み上げていた。

「犯人は男一人で、客室乗務員に刃渡り一九センチの包丁を突き付けて、『命が惜しければ操縦室を開けろ』などと脅し、副操縦士を操縦室から出したあと、機長に対し、東京のアメリカ軍横田基地まで行くよう要求したということです」

男性アナウンサーが深刻な顔でニュースを読むのを、全員が固唾《かたず》を呑んで聞く。

「しかし、刃渡り一九センチの包丁をどぎゃんして機内に持ちこんだつや……？」

社員の一人が訝《いぶか》った。

ハイジャックは、天草エアラインにとっても他人事《ひとごと》ではない。

「コミューター事業だけんて、緩《ゆる》い規制に安住しとったら、大変なことになるかもなあ」

県庁の職員が青ざめた顔でいった。

コミューター事業は、ハイジャック防止策などのセキュリティに関しては、一般の航空業よりも規制が緩い。

「金属探知機入れんといかんですね」

「うん、予算がなかとかいってる場合じゃなかばい」

「ばってん、今回の事件は、金属探知機をどぎゃんやってすり抜けたっだろか？」

テレビの前で社員や職員たちが囁《ささや》き交わす間も、男性アナウンサーはニュースを読み続ける。

「……その後、副操縦士や乗り合わせていた全日空の別の機長が、操縦室に入ったところ、機長が包丁で刺されていたため、男を取り押さえるとともに、別の機長が操縦かんを握り、午前〇時十四分、羽田空港に着陸させたということです。男に刺された機長は、首などを刺されていて間もなく死亡しました」

男性アナウンサーは、沈痛な表情でニュースを読み続ける。

「……逮捕されたのは東京・江戸川区に住む無職の二十八歳の男で、警察の取り調べに対して『飛行機でレインボーブリッジの下をくぐったり、ダッチロールをしたりしてみたいと思い、前から計画を立てていた』などと供述しているということです」

第四章　機体到着

1

翌月（平成十一年八月）——

トロントは、オンタリオ湖を挟んで米国ニューヨーク州の対岸にあるカナダ最大の都市で、人口は約二百四十万人。同国最大の金融センターで、市街中心部にはトロント・ドミニオン銀行本店やＣＩＢＣ（カナディアン・インペリアル・バンク・オブ・コマース）本店などの摩天楼がひしめいている。十八世紀前半まではフランス領で、その後英国領になった歴史があり、古い煉瓦造りの建築物も多い。第二次大戦後はアジア、中南米、アフリカからの移民が増えた。

同市の北の郊外にあるボンバルディア社の訓練施設で、天草エアラインの六人のパイロットたちの訓練が始まっていた。

ボンバルディア社は、一九四二年にＪ・アルマンド・ボンバルディアがモントリオールで興《おこ》したスノーモービルの製造会社だ。第二次大戦中に軍用雪上車両、一九七〇年に鉄道車両の製造に乗り出し、一九八六年にモントリオールの民間・軍用機メーカー、カナデア(Canadair Ltd.)を買収して航空機製造分野に進出した。

一方、ダッシュ8は元々トロントのデ・ハビランド・カナダ社が製造していた。同社が経営不振に陥り、一九八六年にボーイング社が買収したが、激しい組合運動に手を焼き、一九九二年にボンバルディア社に売却した。こうした経緯のため、ボンバルディアの本社はモントリオールにあるが、ダッシュ8の工場や訓練施設は今もトロントにある。

天草エアラインのパイロットたちが受けていた訓練は、座学とフライト・シミュレーターによるもので、これを終えると、実機訓練に入る。訓練はすべて英語で、一日が終わるとホテルの部屋やティーラウンジに集まって、その日の復習や翌日の予習をするハードな毎日である。

その日、天草エアラインの機長と副操縦士が二人一組でシミュレーター訓練に臨んだ。シミュレーターは前後左右に動く支柱に支えられた台に載った月面着陸船のような白い箱である。

鉄製の階段を上ってドアを開け、中に入ると、照明の中に無数の計器やレバー、スイッチ、つまみなどが浮かび上がるコクピットになっており、頭上にも計器類や警報灯が黄色やオレンジ色の光を発している。

目の前のフロントグラスの先には、灰色の滑走路が延びている青っぽい映像が映し出されており、まるで本物の操縦室にいるようだ。

左側の席に六十歳すぎの機長、右側の席に二十代後半の副操縦士がすわり、マニュアルに従ってつまみをひねったり、計器の数字を確かめたりしながら、出発の準備を始める。

この日は、トロントからモントリオールまでの飛行という想定だ。

「エアロプレーン・ドックス（機体関係書類）、ログズ（飛行記録）、マップス（地図）？」

「チェックト（確認済み）」

白い半袖シャツ姿の副操縦士が小型のバインダーに挟んだメモを見ながら、「フライト・デック（操縦室）・チェックリスト」の項目を一つ一つオーダーし（読み上げ）、機長が各項目が正常であることを確認する。

正面パネルにいくつかあるモニタースクリーンに、緑、白、黄色の数字やグラフが浮び上がっていた。

「メイン・アンド・オックス・バッテリー（主および補助電源）？」

「オン」

「エマージェンシー・ライツ（非常灯）？」

「アームド（正常）」

「ハイドロウリック・クオンティティ（油圧系統の作動油の量）？」

「チェックト」

「パーク・ブレーキ（駐機用ブレーキ）？」

「オン」

背後の席で、壮年のカナダ人教官が二人の様子をじっと見守っている。

フライト・デック・チェックが終わると二人のパイロットはリップマイク付きのヘッドセットを頭に装着する。

副操縦士が頭上のパネルのＡＰＵ（auxiliary power unit ＝補助エンジン）ボタンを押すと、ＡＰＵが起動し、コクピットは本物の飛行機そっくりのシャーッという騒音に包まれる。

「エンジン・スタート・プリパレイション（エンジンのスタート準備）」

二人のパイロットは「エンジン・スタート・チェックリスト」で操縦室全般、デパーチャー・ブリーフ（出発のためのブリーフィング）、電源スイッチ、気圧セット、燃料の量など十一項目が正しい状態であることを確認し、いくつかのスイッチを捻《ひね》る。

「アマクサエアー０１０１（天草エアライン１０１便）レディ（準備完了）」

機長がリップマイクで管制塔に呼びかけた。

「アマクサエアー０１０１、スタート・アップ・エンジン・イズ・アプルーヴド（エンジンのスタートを許可する）」

背後の席にすわったカナダ人の教官が管制官役になって答える。

正面パネルの「CAUTION（注意）」の四角いオレンジ色のランプが点滅し、頭上のパネルを見るように促す。原子力発電所の運転パネルなどにも付いている、飛行機（原発）の各部位の状態を一覧で示すパネルだ。

「スタート・エンジン・ナンバーツー」

機長がコールし、頭上のパネルのエンジン・スタート・ボタンを押す。

右のエンジンが始動し、ウォーンというエンジン音がコクピット内に響き渡り、シミュレーターが小刻みに振動する。

「タイム・チェック」

副操縦士がコールし、グリニッジ標準時とカナダ東部標準時を示す二つの時計のストップウォッチ機能をスタートさせる。

「フュエル・オープン」

数秒後、エンジンの回転数が上がってきたのを計器で確認し、機長が席の右脇にあるコンディション・レバーをオンの位置まで押し上げ、電動のスターター（モーター）で回転していたエンジンに燃料を送り込む。

右のプロペラが回転し始め、ブロオオォという轟音がコクピット内に響き渡る。

機長は、続いて左エンジンも同様の手順で始動させた。

一番（左エンジン）と二番（右エンジン）のスラスト・レバーはアイドルの位置にセットされている。コンディション・レバーの横に並んでいるスラスト・レバーは「パワー・レバー」、「スロットル・レバー」とも呼ばれ、自動車でいえばアクセルだ。

両翼のプロペラの回転速度が増し、ブーンという音に変わったとき、副操縦士が不要になったＡＰＵ（補助エンジン）のスイッチを切った。

機長が黒と黄色の縞の駐機ブレーキ・レバーを前に倒して解除すると、飛行機がゆっくりと動き出し、フロントグラスの先の風景が本物そっくりに変化する。

機長は、自分の右脇にあるダイヤルを時計回りにカチカチとひねり、ＴＣＡＳ《ティーキャス》（空中衝突防止装置）を起動する。

前方と左右の窓外に、数字が白で書かれた灰色の滑走路、芝、赤に白抜き文字の標識などが後方に移動していく映像が展開する。

「コントロール、チェック」

「チェック、ノーマル」

機は滑走路に入り、離陸方向に向きを変え、いったんぴたりと停止。

機長が右手で二つのスラスト・レバーをぐっと前に倒すと滑走が始まり、計器盤のエンジン回転数などが急速に上昇。コクピットはブォーンというプロペラの大きな回転音に包まれる。

二人のパイロットは緊急事態で離陸を中止する場合に備え、一番奥まで倒したスラスト・レバーにそれぞれの片手を添え、いつでも手前に引いて減速できるようにしている。

滑走路風景が早送りのように後ろに流れ、まるで本当に滑走しているようにシミュレーターも揺れ、目の前の黒い操縦かんが小刻みに震える。

「Ｖ１《ヴィワン》（離陸決定速度）！」

計器を確認し、副操縦士がコールアウト（数字の読み上げ）した。

機の速度があらかじめ設定したＶ１に達した。

二人のパイロットは、スラスト・レバーから手を離す。Ｖ１をすぎると、たとえエンジンが故障しても離陸したほうが安全なので、離陸の決心をした証《あかし》として手を離すのだ。

「ＶＲ《ヴィアール》（ローテーション速度）！」

続けざまに副操縦士がコールアウトする。

機首上げを行う速度だ。

風景がすごい速さで流れ去り、機長は操縦かんを引いて機首を上げる。副操縦上の目の前の操縦かんも同じように動く。

「Ｖ２《ヴィツー》（安全離陸速度）！」

機は安全に上昇できる速度、Ｖ２に達した。

ふわりと上昇した飛行機が高度を上げ、シミュレーター内部も本物そっくりに後ろに傾く。

フロントグラスいっぱいに青空が広がり、地上の風景が徐々に小さくなっていく。

機はしばらく斜めになって旋回し、フロントグラスで切り取られる風景も斜めに流れ去る。

「フラップ・ゼロ」

高度が四〇〇フィートに達したところで、正面パネルの四つのレバーの右端を押し上げ、主翼に付いたフラップ（高揚力装置）を格納した。

右手には、トロント中心街の摩天楼群や高さ五五三メートルのＣＮタワー、その先のモスグリーンのオンタリオ湖の風景まで再現されている。

「オートパイロット（自動操縦装置）、オン」

「ナヴ（自動誘導機能）、オン」

副操縦士が手元のレバーを引き、クライム（上昇）モードにする。

正面パネルの丸い高度計の数字が目まぐるしく回転し、機がぐんぐん上昇していることを示す。

離陸後、二、三分で高度四六〇〇フィートに達した。自動操縦装置の高度は一万二〇〇〇フィートにセットされているので、機はさらに上昇を続ける。

ここからが訓練の本番だ。

背後の教官がそばの壁面パネルを操作し、上昇中に燃料タンクの一つが突然空になったという状況を作り出した。

二人のパイロットは燃料の残量を示す計器の数字を確認し、必要な操作をする。

「フュエル（燃料）・ポンプ・スイッチ、オフ」

副操縦士が、正面パネルのスイッチをオフにすると、そばで点灯していた緑のランプが消える。

「タンク・ツー・ポンプ・スイッチ、オン」

二人で声をかけ合いながら、前日に予習した手順を実行し、状況に対処する。

背後の教官がそれを確認し、バインダーに挟んだチェックリストに書き込みをする。

次のトラブルは、飛行中に燃料が漏れ、安全のために右側のエンジンを停止させるものだった。

機体が右に流されないよう、天草エアラインの二人のパイロットは、声に出して手順を確認しながら、スイッチやレバーを操作する。

「エンジン・フェイリュア（エンジン停止）・アンド・シャットダウン・チェックリスト、コンプリート」

副操縦士が手順を一通り踏んだことを告げる。

窓外で揺れていた雲海も安定し、眼下にオンタリオ湖の鈍い緑色の映像が再現されている。左手は黒っぽい森林地帯だ。

機は、セント・ローレンス川をなぞるように飛行を続ける。

「リスタート・ジ・エンジン（エンジンを再スタートさせなさい）」

普通の状態に戻ったコクピットの中で、背後の教官が指示した。

二人のパイロットは高度を下げ、スイッチ類を操作し、右エンジンを再スタートさせる。

計器盤のモニターが青や緑に揺れながら、刻々と機の状況を伝える。

この間も、二人のパイロットは声をかけ合い、指で計器類をさして確認し合う。

「グッド（よくできている）」

二人の操作を見て、教官がいった。

その後もいくつかの非常事態への対処を試され、時には「その操作をやるには、高度が高すぎ」といった注意も受けながら、何とかこなし、機は着陸のためにモントリオールのピエール・エリオット・トルドー空港へと向かう。

「トップ・オブ・ディセント（降下開始前）」のチェックリストで、空港の滑走路への進入情報、着陸基準速度、シートベルト・サインの点灯などを確認したあと、機長がスラスト・レバーを手前に引いて、エンジンの出力を落とし、機は降下を始める。

眼下に、青緑色のセント・ローレンス川や緑の丘陵地帯、空港付近の住宅地などが徐々に近づいてくる映像が展開する。彼方の摩天楼群は、トロントよりはゆったりとした空間を空けて聳《そび》えている。モントリオールはカナダで二番目に大きく、フランス語圏の都市としてはパリに次いで世界第二位である。

機長が英文のマニュアルを開き、ピエール・エリオット・トルドー空港へのアプローチ方法を読み上げ、副操縦士と確認する。

やがて真正面に滑走路の映像が現れ、真っすぐに延びた灰色の帯を目指して、機は順調に高度を下げてゆく。

「ランディング・チェック」

機長が副操縦士にいい、小型バインダーに挟んだチェックリストを手に取る。

「ランディング・ギアー（車輪）？」

「スリー・グリーン」

機長のオーダー（読み上げ）に対し、副操縦士が答える。

正面パネルの黒い車輪操作用ノブの上にある三つのランプが緑色に点灯し、前輪一つと後輪二つが正常に出ていることを示していた。

「フラップス？」

「ワン・ファイブ（十五度）」

モントリオール空港は滑走路が長いので、フラップは少なめに出し、速い速度でアプローチする。

「シンクロフェーズ（両プロペラの回転数合わせ機能）？」

「オフ（停止）」

「コンディション・レバーズ（燃料・プロペラ回転数調整レバー）？」

「マックス（最大にセット）」

「ブリーズ（エンジンの圧縮空気の空調システムへの再循環）？」

「ミニマム（最小限）」

機はさらに高度を下げ、滑走路の数百メートル手前まで来た。最終着陸態勢だ。

「ゴー・アラウンド（引き返せ）」

突然、教官がいった。

二人は指示にしたがって機を上昇させる。

「チェック・スピード、フラップ・ワン」

「チェック・スピード、フラップ・ワン」

復唱しながら機を上昇させていると、教官がパネルを操作し、今度は左エンジンを停止させた。

操縦室ががくんと傾き、二人は、計器類の表示を声に出して読み上げ、問題を特定した上で、パチン、パチンとスイッチを入れたり切ったり、つまみをひねったりし、必要な操作をする。

何とか左エンジン停止に対処し、再び最終着陸態勢に入ったところで、今度は右側のエンジンが火を噴いた状況にされた。

この教官は最後まで楽をさせてくれない。

フライト・シミュレーターはよくできていて、事故そっくりの傾きや振動だけでなく、煙の臭いまで作り出す。

「エンジン・ファイヤー・チェック・リスト」

二人のパイロットは、火が他の箇所に回っていかないよう、途中のバルブを閉め、素早くレバーやスイッチを操作して、事態に対処する。

「ギア・ダウン」

車輪を出し、フラップを再び十五度にセットする。

機は再び滑走路へ向けて降下を開始する。

「ファイブ・ハンドレッド」

高度五〇〇フィートまで降下すると、コクピット内に、高度を告げる大きな自動音声が響く。

「ワン・ハンドレッド」

目の前に灰色の滑走路がまっすぐに延びる。

「フィフティー」

機は滑走路の端（スレッショールド）を通過し、世界共通の三度の角度のグライドパス（着陸進入経路）を描いて地上に接近する。

「サーティー」

「ゼロ」

ズシンという衝撃とともに着陸した。

機が停止すると、機長は機内アナウンスを行い、非常脱出を指示する。

ようやく着陸まで辿り着けた。

約一時間半だったが、二人のパイロットはへとへとになった。

しかし、ここで訓練は終わりではない。

すぐに教官の講評が行われるので、疲れ切った頭と身体に鞭打ち、必死にメモを取らなくてはならない。

八月十六日——
専務の村上賢昭が為替の予約を決断し、天草エアラインは一ドル百十四円八十銭で、最後の支払い分九百六十万ドルの為替予約をした。県からは一ドル百三十円で予算をもらっていたので、一億四千五百九十二万円の節約になった。

2

熊本空港近くの天草エアラインの事務所では、機体の受領や来春の開業に向け、全員が目の回るような忙しさに突入していた。すべて初めて経験することなので、話し合いをしながら、手探りで進めるしかないことも少なくない。地元の支援者から依頼を受けた県議会議員や地元の首長や役所の幹部などから、この人間を何とか採用してくれという話も多くなり、幹部らはそれへの対応にも時間と気を遣《つか》わなくてはならなかった。

この頃の関係者の動きは、次のような感じだった。

九月一日――

専務の村上賢昭は、天草エアラインに常駐し、県財政課との予算交渉や職員の採用を担当している交通対策総室の島田保信と、職員の採用について打ち合わせをした。その後、ダッシュ8の機体登録手続きに必要な自分の印鑑証明書をとりに、自宅のある菊池郡七城町（現・菊池市）の役場まで出向いた。

同二日――

田山洋二郎と島田は運転資金調達の件で、村上、下村弘之と打ち合わせたあと、事業免許の件で大阪航空局を訪れるため大阪に出張。村上は融資の件で、肥後銀行県庁支店長に電話。事務所には東京海上の熊本支店長ら三人が会社と職員の自動車保険の勧誘のために来訪した。

同三日——

雨の中、村上は県庁を訪問し、天草エアラインが旅行代理店の免許を取得すべきかどうかといった問題や、議会の交通対策特別委員会に提出する運航計画などの内容について、交通対策総室の松見らと打ち合わせをした。

午後、大阪に出張している田山から、航空局が天草エアラインの事業認可を航空法が改正される来年二月一日に合わせて出す意向であるという連絡が入った。そうなると営業開始が予定している三月より一、二ヶ月遅れ、赤字がかさむことになるため、村上らは頭を抱えた。

同六日——

日本エアシステムのOBで整備部門の相談役として派遣されてきている池田貴彦《よしひこ》がボンバルディア社との打ち合わせのためにトロントに到着した。会社では村上、高橋力、田山らが、日本エアシステムに委託する業務内容や六人のパイロットの費用について打ち合わせをした。魚住汎輝社長と村上は、就航先である福岡空港長、同ターミナルビル社長を訪問して打ち合わせ。高橋と日本エアシステム出身の運航管理部長恩田守は、買い取ったA

ＯＭの改訂について日本トランスオーシャン航空と話し合うために、那覇に出張した。

同七日――

イルカの商標使用について、すでに使っている全日空の近距離路線子会社エアーニッポンから覚書を取り交わしたいという連絡が入り、グッズなどの展開はできないが、使用すること自体には同意してもらえることになった。

この日、村上は業務に必要な保険の初級資格試験を受験した。ボンバルディア機購入のお礼に、カナダ大使が十一月一日に熊本県知事を訪問すると連絡が入る。夕方、松見らは、議会に提出する収支計画に関する想定問答集を作成。

同十日――

村上が、運輸省のキャリア官僚で、熊本県に出向してきている交通対策総室長に、運輸省が事業認可を二月に遅らせる意向であると報告すると、総室長は激怒し、運輸省にかけ合ってくれることになった。

同十二日――

雷雨の中、七月に採用募集の新聞広告を出し、全国から六百人以上の応募があった客室乗務員の第一次選考試験が熊本県立大学で実施された。県議会議員などを通じた推薦も数多く持ち込まれていたが、人物本位で採用することになった。

同十三日――

暑さがぶり返した真夏日の朝、村上はグランメッセ熊本（益城町）に出向いて魚住社長に会い、県議会に提出する収支計画と路線変更について報告した。後者は、当初一日二便の予定だった熊本便を一便に減らし、採算がよく需要も高い福岡便を三便に増やすというものだった。

その後、村上は天草に向かい、本渡市役所の企画課長山本良成に案内され、天草エアラインの取締役や監査役になっている本渡市、牛深市、松島町、有明町、五和町の首長や助役を訪問し、議会提出内容について根回しをした。また将来天草エアラインの主要取引金融機関になる見込みの天草信用金庫を訪問し、常務に挨拶した。

同十六日――

魚住社長、交通対策総室長ら四人が福岡空港長を訪問し、正式に一日三便の乗り入れを申し入れた。その後、福岡空港ビルディング社を訪問し、空港ビルの使用について打ち合わせをした。

同十七日――

熊本、大阪ともに最高気温が三十三度の真夏日だった。県企画開発部長、交通対策総室長、村上、高橋は大阪に出張し、大阪航空局長と面談。早期の事業認可を要望するとともに、客室乗務員の採用などについて大阪航空局の考えを聞いた。航空局は必ずしもベテランの客室乗務員の採用にはこだわらず、就業前検査で力量を見て判断するという考えを示した。先方の運用課長からは、規定類の整備がまだ不十分であると指摘された。航空運送事業を行うためには、運航規程、運航業務実施規則、航空機運用規定（ＡＯＭ）、運航乗員訓練審査規定、訓練シラバス（学習計画）、地上運航従事者訓練審査規則、客室乗務員業務実施規則など、数多くの規定を作らなくてはならず、高橋が統括する運航部門が中心になって、毎晩夜遅くまで作業が進められていた。

同二十日――

客室乗務員採用試験の第一次合格者十名を決定し、各人に通知したあと、男女比率をどうするか等につき社内で議論。日本気象協会の熊本支部長が、機器の設置や操作を指導するために来訪した。

同二十三日――

最高気温が三十二度という猛暑の日、地上職員採用の第一次試験が二つの会場で実施され、天草で六十三人、熊本県立大学で八十四人が受験した。

同二十四日――

朝、最大風速四五メートルという強い台風十八号が熊本県北部に上陸し、大分県を縦断したあと、三時間後に山口県に移動した。天草エアラインの事務所でも二、三ヶ所の水漏れがあり、周囲に倒れた木々などが散乱したため、社員総出で片づけをした。

3

十月二十一日——

午前五時、日本エアシステムから相談役として天草エアラインに派遣され、去る六月の株主総会で運航部門担当常務に選任された高橋力の住まいの電話が突然鳴った。県庁から近く、熊本マリスト学園などがある健軍町《けんぐんまち》の三階建てのマンションだった。

布団のそばの電気スタンドを点け、固定電話のディスプレイを見ると、カナダの国コードである1で始まる電話番号が表示されていた。

（悪い報《しら》せだな……）

高橋は布団のそばにあぐらをかいて、受話器を耳に当てた。

窓の外はまだ真っ暗である。

この日、カナダのボンバルディア社のフライト・シミュレーターで、天草エアラインの機長になる予定の元日本エアシステムのパイロット二人が運輸省の「限定変更試験」（ダッシュ8-Q100を操縦するための技能試験）を受けていた。

パイロットは操縦できる飛行機が一機種に限定されており（航空法第二十五条）、新たな機種を操縦するための技能試験は限定変更試験と呼ばれる。

「もしもし、高橋です」

「高橋さん、ちょっと面倒なことになりました」

電話をかけてきたのは日本エアシステム出身で、天草エアラインの運航管理部長恩田守だった。コーディネーターとして二人のパイロットとともにトロントに出張していた。

十三時間の時差があるトロントは、まだ午後四時すぎだ。

「試験に落ちたんだな？　一人？　二人？」

高橋は単刀直入に訊いた。

「二人です」

「二人ともか⁉　うーん……」

高橋は宙を仰ぐ。

「何が悪かったの？」

「いや、試験官ははっきりとはいってくれません」

試験は、二時間くらいシミュレーターで操縦技能を審査され、その後、約一時間の口述試験が行われる。口述試験では、たとえば油圧系統に関する知識を訊かれたり、天候が悪い中、離陸直後に片方のエンジンが停止し、目的地外の空港に緊急着陸しようとしているとき、乗客の中に急病人が出た場合、機長として何を優先し、どういう判断をするかといった質問をされる。なお試験官《チェッカー》は元パイロットである。

「ダッシュ8の操縦に慣れ切っていなかったのかなあ……」

試験に落ちた二人の機長は日本エアシステムでエアバスA300（大型ジェット機）を操縦していたので、四階くらいの高さから滑走路を見下ろす感覚を持っており、着陸時に早めに機首を起こしそうになったりする。また滑走路も三〇〇〇メートル級ばかりだったので、一〇〇〇メートルの滑走路での離着陸はなかなか要領を得ない。

「とにかくすぐに再試験を受けられるようこっちで動くから、明日以降も予定どおり試験を続けてくれ」

カナダには六人のパイロット全員が行っており、明日は、別の機長と副操縦士、明後日は二人の副操縦士が試験を受ける。

高橋は恩田との電話を終えると、専務の村上賢昭に電話を入れた。

報せを聞いて村上は愕然とし、田山洋二郎とともに午前六時すぎに出社して来た。

村上、高橋、田山の三人は、まだ戸外が真っ暗な中、村上の執務室のソファーで向き合った。

「……それで、再試験は、いつ受けられるんですか？」

背広姿の村上が、緊張した面持ちで訊いた。

「普通にいきますと、海外の試験の場合は、受験の二ヶ月前の十五日くらいまでに申し込む必要がありますので……」

高橋がいった。

「今日が十月二十一日ですから、十一月十五日までに申し込むということですね？」

油断のないまなざしで田山が訊いた。

「そうです」

「で、試験を受けられるのが、来年一月だと？」

「ただ、ＪＡＬやＡＮＡその他のエアラインのパイロットの試験も目白押しですから、二月という可能性もあります」

「二月⁉　それで仮に二月に合格したら、どうなりますか？」

「そのあと実機試験と機長認定審査がありますから、これに二ヶ月かかります」

「二ヶ月……。そうすると、もし再試験が二月になったら、三月の開業には間に合わないですね？」

「一月の再試験でも、かなり厳しいと思います」

答えながら高橋は密かに期すものがあった。

懇意にしている運輸省の係官から同省の試験担当官を紹介してもらい、八月頃から万一の場合に備え、根回しをしていた。パイロットの試験は合格率が七～八割なので、六人受けて、全員が一度で合格するとも思っていなかった。

「とにかく県に報告して、判断を仰がないと」

高橋の思いを知る由もない村上がいった。


同日、正午すぎ——

県庁新館四階の知事室の大きな執務机にすわった福島譲二知事は部下から報告を受けた。

机上の右側には大きなタッチパネルの付いた電話機が置かれ、書類や雑誌が積み上げられていた。

壁には、明後日から六日間の日程で秋季大会が開催される熊本未来国体のポスターが貼られている。昨日、天皇陛下が熊本入りし、福島知事も空港で出迎えたところだった。

「……え、天草のパイロット二人が試験に落ちた⁉」

禿頭で色艶のよい知事の顔に緊張感が走った。

「はい、今朝、トロントから連絡が入りました」

執務机の前に立った企画開発部長がいった。

色白で細面の大蔵官僚で、去る七月に前任者と交代した。

かたわらに今朝出張先からＪＡＬ便で熊本に戻って来た交通対策総室長が立っていた。

「そうすると、どういうことになるのかね？」

「再試験ということになりますが、日程からいって、開港が半月から一ヶ月遅れるのが不可避の状況です」

　企画開発部長は、交通対策総室の松見らから説明を受けた再試験や実機試験などについての見通しを説明する。

「なるほど……」

　福島知事は一つため息をついて、思案顔になった。

「もうどうにもやりようがないのかね？」

「残念ながら、どうしようもありません。運輸省が定めた試験日程や、試験官のスケジュールがありますから」

　企画開発部長が重苦しい表情でいった。

「仮に残り四人のパイロット（機長一人、副操縦士三人）が一発で試験に合格して、彼らが三月の開港予定に間に合ったとしても、機長一人だけだと、初便くらいは飛ばせますが、それ以降のローテーションが組めません」

　運輸省のキャリア官僚の交通対策総室長がいった。

「分かった。半月から一ヶ月開港を遅らせるということで、進めてくれ。もうそれしかないだろう」

　福島が厳しい表情でいった。

「ただ、それ以上は、絶対に遅れないよう、万全の手を打ってくれよ。開港が遅れれば遅れるほど、赤字がかさむんだから」

その直後――

熊本空港の近くの天草エアラインの事務所の社長室に、社長の魚住汎輝、専務の村上賢昭、常務の高橋力、交通対策総室課長補佐の田山洋二郎らが集まった。

「……高橋さん、今しがた企画開発部長から連絡があって、知事が半月から一ヶ月、開港を遅らせるのを了承されたそうです」

白髪で、黒々とした太い眉の魚住がいった。

「えっ、それどういうことですか⁉」

高橋は驚いた表情。

「機長が二人試験に落ちたんじゃ、もう三月の開港には間に合わないでしょう？　先ほど知事にご説明して、了解を頂いたんです」

村上や田山は知事の決断を得て、ほっと一安心した表情だった。

「いや、ちょっと待って下さい」

高橋が気色ばんだ。

普段はいつもにこにことした温顔《おんがん》なので、魚住らは意外に思う。

「県で決めたから、開港を延ばすっていうんですか？」

「高橋さん、だからそれは、知事がご決断して……」

村上がいいかける。

「わたしはね、運航担当ということで、JAS（日本エアシステム）から来てるんです。そのわたしに何の相談もなしに、開港延期を決めるんですか？」

魚住らはぽかんとした表情。

「でも機長が二人試験に落ちたんじゃ、もう間に合わないでしょう？」

田山がいった。

「高橋さん、立ち上げる（開業する）こと、できるんですか？」

村上が訊いた。

「立ち上げられるか、立ち上げられないかは、分かりません。これからまだ山のような手続きが残っていますから」

高橋がいった。「しかし、パイロットが試験に落ちたために立ち上がらないということは、絶対にありません」

強い口調でいって、一同を見回した。

八月以来、高橋が腐心して運輸省に根回ししてきたのは、パイロットが試験に落ちたとき、それに対処する手立てだった。

「高橋さん、何か隠し玉でも……？」

魚住が訊いた。

「とにかく、わたしは夕方の便で東京に行って、明日運輸省にかけ合ってきます。開港延期の件は、しばらく棚上げにして下さい」

魚住の問いには答えず、高橋がいった。

翌日——

高橋力は、霞が関二丁目にある運輸省七階の航空局を訪れた。

パイロットの資格認定をするのは乗員課（現在は安全部運航安全課）の乗員資格係である。

「……いや、もう二十二日で、海外の試験の受付はもう終わっていますからねえ。天草さんの受付をするのは、ちょっと無理ですねえ」

乗員課の入り口に近い、四人がけの面談用テーブルで高橋と向き合った庶務担当の係長がいった。

「あ、そうですか。しかし困ったなあ。十二月に試験を受けられないと、三月の開港に間に合わないんですよねえ」

高橋はいかにも困った表情でいった。

「いや、そういわれましても、規則は規則なんでねえ」

「それは分かりますが、来年三月に開港したいというのが、県民一同の願いでして……。何とかならないものか、ご担当の方に相談して頂けないでしょうかねえ」

「うーん、そういわれてもねえ……」

そのとき、少し離れた、執務机が固まっているあたりから呼びかける声がした。

「係長、係長……」

声がした方を見ると、高橋が八月から根回しをしていた試験の調整をする担当官だった。

(よし、しめた！)

高橋は心の中で快哉を叫んだ。

限定変更試験では、全員が一度で合格することはないだろうと踏んで、天草エアラインの試験申込書は、しばらく正式に受け付けたことにしないように頼んであった。運輸省に対する申し込みの締め切りは毎月十五日だが、高橋は、それは海外出張の予算を握っている大蔵省などとの調整をするためで、事務処理をするのは月末だと睨んだ。その上で、試験調整の担当官に、一人や二人落ちる可能性があるから、その時、何とかできるよう、月末まで申し込みの受付処理をしないでほしいと依頼していた。

「いやあ、高橋さん、ご苦労さまです。今日は、どうされましたか？」

試験の調整担当官は、何食わぬ顔で、庶務担当の係長と入れ替わった。

「いやあ、ちょっと、限定変更試験の申し込みに来たんですが」

高橋もとぼけて応じた。

「ああ、こないだのね。あれ、でも、もう受け付けて、出しちゃったと思いますよ」

「ああ、そうなんですか。弱ったなあ、十二月には試験を受けられないと、開港予定日に間に合わなくなるもんで……」

高橋はいかにも困ったように頭を掻く。

「あっ、あー、あの申込書は、もしかしたら……」

担当官が思い出したようにいって、立ち上がり、自分の席に戻る。

「あ、あった、あった！」

担当官が自分の席の引き出しの中をかき回して、声を出した。

「いやあ、高橋さん、この申込書、引き出しの中に入れてて、処理するの忘れてましたわ」

面談用のテーブルに戻って来た担当官は、にやりとした。もちろん忘れたのではなく、高橋の依頼に応じて、そうしていたのだった。

「ああ、そうですか。それはちょうどよかった！」

高橋は嬉しそうにいった。

「そうすると、試験は十二月くらいに受けられますかねえ？」

「そうですねえ、ちょっと待って下さい」

担当官は再び自分の席に戻り、試験日程のファイルを取って来た。

「ああ、ちょうど十一月二十日前後にチェッカー（試験官）の日程がたまたま空いていますよ。ここでどうですか？」

たまたまではなく、再試験があることを見越し、スケジュールを空けてくれていたのだった。

「有難うございます。是非それでやらせて下さい」

高橋が頭を下げ、担当官はにっこりした。


その日、トロントに出張している天草エアラインの恩田運航管理部長から、別の機長一名と副機長が限定変更試験に合格したと連絡が入り、残る二人の副操縦士も翌日、試験に合格した。


社員や関係者たちは、引き続き開業に向けての膨大な作業に追われた。

各地の空港でのカウンター設置や運送手続きをどうするかの協議、福岡の警備会社と保安検査業務の打ち合わせ、客室乗務員の教官探し、東京と大阪の航空局との打ち合わせ、運賃の認可申請、宣伝計画の立案、地上職員の採用面接、消防体制の策定と消防署との打ち合わせ、早くも退職を申し出た総務担当者の後任探し、客室乗務員三名の採用決定と訓練計画の準備、将来の人事計画について交通対策総室と打ち合わせ、整備士の採用、運転資金枠のための肥後銀行との交渉、クレジットカード取り扱いのためのJCBやVISAとの話し合い、新聞社やテレビ局からの取材申し込みへの対応、来年一月の本社の天草移転後の職員の宿舎探し、航空機エンジンの燃料調達のための出光興産や日本鉱業との交渉など、やることは無数にあった。

相変わらず持ち込まれる県や地元の議員からのコネ入社案件への対応では、場合によっては、議員の事務所まで出向いて、社長の断りの手紙を届けたりした。

目下の最大の課題は、十一月十九日に予定されている機体受領の準備だ。トロントでの受領手続きの準備、通関をする那覇税関への挨拶と根回し、支援をしてくれる日本トランスオーシャン航空との打ち合わせなどが進められた。

4

十一月初旬——

天草エアラインの事務所の村上賢昭の部屋を田山洋二郎が訪れた。

すでにダッシュ8は完成し、魚住社長や島田保信らが出席して、トロントで引き渡しセレモニーが十月二十八日に行われた。魚住からは、ダッシュ8は素晴しく美しく仕上っていた。

それと前後し、天草エアラインによる機体の検査が一週間以上のスケジュールで続いていると連絡があった。

「……えっ、ウェザー・レーダー（気象レーダー）の型式証明がとれてないんですか⁉」

村上から話を聞いた田山の顔に緊張が走った。

航空機に搭載する気象レーダーは、電波法の規定にもとづいて郵政大臣（現在は総務大臣）の型式証明を取得しなくてはならない。これは機器が法律で定められた安全性等の基準に合致していることの証明である。

「どうも購入交渉のときに、整備（部門）が見落としたらしいんだ」

村上の顔に、忸怩《じくじ》たる思いがにじむ。

「トロントの点検作業で分かったわけですか？」

トロントのボンバルディア社には、取締役整備部長の濱田脩《おさむ》以下、整備スタッフが出張し、点検作業をしている。濱田は、日本エアシステムの機体工場の主席整備統制者などを経て、天草エアラインに移籍した五十九歳の男である。

「ダッシュ8を発注するときに、ほとんどRAC（琉球エアーコミューター）と同じ仕様で発注したんで、型式証明まで気が回ってなかったらしい」

「それでレーダーだけ違ってたってわけですか？」

「ボンバルディアから、新しくて性能のいいレーダーがあるから、そっちにしようっていわれて決めたとき、チェックを忘れてしまったようなんだ」

村上の言葉に、田山が重苦しい表情でうなずく。

「しかし、こりゃ、たいぎゃ（注・非常に）まずかっちゃなかとや？」

「まずかです。相当まずかです」

田山の重苦しい声を聞きながら、村上の全身がじっとり汗ばむ。あと一週間ほどでダッシュ8はトロントを飛び立ち、大西洋とインド洋を越えて日本に向かう。

二人はただちに整備部門の相談役池田貴彦《よしひこ》、交通対策総室の松見辰彦、下村弘之らを呼んで、善後策を話し合った。

「……池田さん、新たに型式証明をとるとなると、どれくらいの時間がかかりますか？」

村上が池田に訊いた。

五十代前半の池田は、日本エアシステムで主に路線の整備管理に従事し、天草エアラインでは整備関係に関する航空局との窓口になっている。トロントの濱田から最初に連絡を受けたのも池田だった。

「うーん、これは、普通だと数ヶ月から半年くらいかかると思いますけど」

温厚な人柄の池田が悩ましげにいった。

「半年⁉　何とかならんですか？」

「気象レーダーを取り換えるわけにもいかんですしねえ……」

「とにかく電監《でんかん》（電気通信監理局）に何とかならないか訊いてみるのが一番だと思います」

田山がいった。

相手の本丸に乗り込んでぐいぐい交渉するのが田山流だ。

翌日、田山は池田とともに熊本駅の近くにある九州電気通信監理局に赴いた。県庁広報課時代に電波監理局と付き合いもあったので、何とかしてくれるよう頼み込んだ。

トロントから帰国して間もない魚住社長も同局を訪問し、幹部に挨拶を兼ねて事態の取り計らいを依頼した。

高橋力も、天草エアラインが県から委託を受ける見込みの防災ヘリ事業の部長に内定している日本エアシステムOBで、電監の幹部と親しい古川勝美とともに先方を訪問した。日商岩井、無線機メーカーのハネウェル、輸入元の丸紅商事にも手分けしてコンタクトし、打開策を探った。

トロントの濱田はボンバルディア社から何か支援を引き出せないか話し合いを続けた。

一方、ダッシュ8は、型式証明のない気象レーダーを搭載したまま、十一月二日にトロンドを飛び立った。航続距離が一八八九キロメートルしかないため、九日間かけてアイスランド、マンチェスター（英国）、エジプト、バーレーン、ムンバイ（インド）、広州（中国）など十四の空港を経由し、十一月十日に那覇空港に到着する予定である。

十一月十日――

沖縄県那覇市は、最高気温が二十五・一度の夏日で、終日快晴だった。

夕暮れの那覇空港で、天草エアラインの整備部門相談役の池田や田山らは、滑走路から少し離れた格納庫の前で、天草エアラインの整備士らとともにダッシュ8の到着を待っていた。彼らを手助けする日本トランスオーシャン航空の整備士や社員約二十人が一緒だった。

那覇空港は市街西端の海際にあり、三〇〇〇メートルの滑走路一本を有する。那覇市中心部までは車で十五分ほどの距離だ。

グォオオオーン……。

強烈な衝撃波で、敷地内の空気と建物すべてを震わせ、轟音とともに灰色のF15J戦闘機が滑走路から飛び立って行く。機体後部の二基の推力可変ノズルから真っ赤な炎を吐き出し、急角度で大空へ上昇してゆくさまは、平時用の民間航空機にはない異形の姿である。

「やっぱ、ここは、沖縄たいねえ……」

両耳を手でおさえ、戦闘機の姿に圧倒されたように誰かがため息まじりにいった。

那覇空港には、自衛隊、県警航空隊、海上保安庁航空基地が置かれており、滑走路は民間と政府機関の共用になっている。尖閣諸島や先島諸島守備のための戦闘機や哨戒機もここから飛び立って行く。

あたりにはそろそろ夕闇が迫り、滑走路の左右を縁どる滑走路灯やその手前の進入灯が無数の鬼火のように瞬《またた》いていた。

「……ちょっと遅れとるごたるけど、どがんかしたつかなあ？」

背広姿の田山洋二郎が、腕時計を見て呟いた。

この日、最後の経由地台北を飛び立った天草エアラインのダッシュ8が那覇に到着する予定だった。

気象レーダーの型式証明のほうは、この日までに電監に日参し、平謝りに謝り、必死で頼み込んだ結果、二度とこのような不祥事がないようにとの厳重注意を受け、理由書、顚《てん》末《まつ》書、機器のデータ等を提出することで、型式証明がとれる見込みになった。

「そろそろ暗《くろ》うなりますけん、無理だと判断して、引き返したりしたっじゃなかとですかねえ？」

天草エアラインの整備士の一人がいった。

まだ当局から計器飛行の最終認可を得ていないので、ダッシュ8は明るいうちにだけ飛べる有視界飛行である。

やがて暗くなってきた空の彼方に、オレンジ色の小さな光が見えた。

光は風でちらちらしながら、徐々に大きさを増してゆく。

まぎれもなく飛行機の翼付近に付いている着陸灯だ。

「あ、あれじゃなかですか？」

「うん。確かに、小さか飛行機んごたるねえ」

全員が固唾を呑んで空を見上げる。

「プロペラ付いとります！　プロペラ！」

暗くなりつつある空で徐々に機は姿を現した。

白く細長い機体にイルカと波を青と水色で描いた天草エアラインのダッシュ8だった。

「おおーっ、来たぞ！　来たぞ！」

「うわーっ！」

約三十人の人々から歓声が上がった。

空港のオレンジ色の照明の中に、翼を広げたダッシュ8が大きく浮かび上がった。

真新しいぴかぴかの機体は、田山洋二郎にとっても、初めて見る雄姿だ。

（とうとう来たとか……！）

田山の両目から熱い涙がこぼれた。

青天の霹靂で天草空港担当になってから、三年七ヶ月あまりが矢のようにすぎた。

（待ちに待った、天草の飛行機ばい……！）

白い機体の上で飛び跳ねる水色のイルカが涙で霞んだ。


同じ頃――

滑走路の西側にある那覇空港ビル一階にある琉球エアーコミューターの訓練室で、天草エアラインのＣＡ（客室乗務員）三人が、訓練を受けていた。

熊本県球磨郡錦町出身の圓《つぶら》久美子、新潟出身の野上奈緒、そして天草出身の寺崎純子で、野上と寺崎は大学四年生である。

窓の外は暗くなりつつあった。

「……救命胴衣は座席の下にあります。乗務員の指示があった場合に取り出して下さい」

室内のビデオ再生機から、安全設備の説明のアナウンスが流れていた。

「頭からかぶり、紐を前に回して、金具をかけ、強く締めます」

三人のＣＡたちは、黄色い救命胴衣を頭からかぶり、後ろを向いて紐の場所を示し、再び乗客のほうを向いて、紐を腰の左右から回す。

「……（救命胴衣を）膨らませるのは、脱出の直前です。引き手を強く引くと膨らみます」

訓練は、琉球エアーコミューターの新人客室乗務員、翁長秋陽《おながあきよ》も一緒である。

同社が他社の訓練生を受け入れるのは初めてだったが、自社の訓練生と同じ扱いとし、日本航空系らしい質の高い訓練を受けさせていた。

「はい、今ので、だいたいいいと思います」

チェックリストを手にした二十代後半の女性教官がいった。

「非常用設備のデモンストレーションは、一つ間違うと流れが飛んだりしますから、繰り返し練習して下さい」

訓練では、飛行原理や航空運送業から始まって、こまごまとした規則や様々な事態への対処方法を学んでいく。酸素ボンベ、消火器、マグライトなど機内の装備品の場所と使い方、髭剃り用の安全カミソリの場合、どういう形状で何センチまでなら機内に持ち込めるか、身体障がい者の定義や対応方法、倒れた人への蘇生術、確認した乗客数と地上係員が持って来た乗客数が違った場合の対処方法など、覚えることは山ほどあり、宿泊先の琉球サンロイヤルホテルに戻ってからも、テキストをラインマーカーで真っ赤にして勉強していた。

座学が終わると実技訓練が始まる。モックアップ（実物大の飛行機の模型）を使った非常救難対策訓練やプールでの着水訓練である。非常救難対策訓練は特に厳しく、重圧のあまり泣きだす訓練生も珍しくない。その関門を通過し、試験に合格すると、実機でのＯＪ

毎日文庫

http://mainichibooks.com/

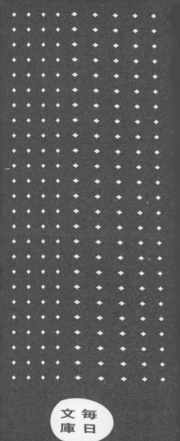

「えっ⁉」

目の前にすわっている機長に訊かれ、田山はどぎまぎした。

空中で道を尋ねられたのは、生まれて初めてだ。そもそも島原湾を約二七〇〇メートルの上空から見たこと自体、四十九年の生涯でほとんどない。

「いやあ、そういわれても……。うーん、もうちょっと左ですかねえ」

沖縄県人に向かって熊本県人が分からないともいえず、あてずっぽうで答えた。

ダッシュ8は、数分間、雲の中を飛び続けた。

右手に大きく見えるはずの雲仙岳の姿も見えない。

やがて機は降下態勢に入る。

「あ、見えてきましたね」

徐々に高度を下げていくと、白い雲が切れた。

眼下に天草下島が見えた。

緑の山々が幾重にも重なり、その谷間に黄緑色の畑、草地、市街地が見える。

「あれが空港ですね？」

「そうです。天草空港です」

丘陵地帯の頂上に、緑の芝の着陸帯で囲まれた茶色い滑走路が見えた。滑走路右手（南東側）に幅九〇メートル、奥行き四〇メートルの駐機場があり、白い二階建てのターミナルビルが建っている。そばに人々が集まっていて、米粒のように見える。

地上に詰めかけていたのは、六十人ほどの関係者たちだった。池田定行県議、船田直大県議、久々山本渡市長、伊藤五和町長、魚住社長らも顔を揃え、今か今かと到着を待ちわびていた。

「来たぞ！」

駐機場に集まった人々の中にいた村上賢昭のそばで、誰かが叫んだ。

人々が一斉に、西北西の長崎の方角の空を見上げると、強いオレンジ色の着陸灯を点《とも》した飛行機の姿が徐々に大きくなっていた。

滑走路は、時計でいうと四時と十時の二方向に延びているが、約二メートルの北東の風が吹いているため、それに向き合うよう、十時の方角からの進入である。

「おおーっ！」

「飛行機じゃ、飛行機じゃ！」

人々の間から歓声が上がった。

「とうとう来たか……！」

恰幅のよい池田定行議員が、リムの上が黒い眼鏡で空を見上げ、喉《のど》から絞り出すようにいった。

やがてダッシュ8は、天草の青空の中に、イルカと波が描かれた真新しい機体を見せた。

（やったなあ……。とうとう、やったなあ！）

村上賢昭の身体が震え、涙が頰を伝って落ちた。

そばに立っていた松見辰彦に視線をやると、松見も泣いていた。

（松見君も泣いているのか……）

村上は自分だけではないと知って、何となくほっとした。

松見は松見で、身体が大きく性格も男らしい島田保信が、隣で涙を流しているのを見て驚いていた。

ダッシュ8のコクピットの中では、田山と二人のパイロットが話し合っていた。

「田山さん、着陸しますか？」

「うーん、でもまだ予定時刻まで少しありますからねえ」

腕時計に視線を落としていった。

熊本空港を離陸してから十五分強で来てしまったため、着陸予定時刻の午後三時までまだ十五分あった。

「このあと到着セレモニーがありますんで、早く着きすぎると、準備が間に合わないかもしれんのですよ」

「それじゃ、もうちょっと飛んでますか？」

四本の金色の線が入った肩章付きの白いワイシャツ姿の機長が、後方の田山を見て悪戯《いたずら》っぽく笑った。

一方、地上に詰めかけた人々は、固唾を呑んで着陸の様子を見守っていた。

ダッシュ8は滑走路の手前まで来て、全長二二・二五メートルの白い機体をくっきりと現した。

人々の目の前で、機は大きなプロペラ音とともに、滑走路すれすれまで降下し、着陸するかと思うと、再び上昇した。

「あれっ、どぎゃんしたつか?」

涙をハンカチぬぐっていた村上賢昭は怪訝な気持で、東南東の八代海の方角に飛び去る白い機体を見送った。

(まさか滑走路が一〇〇〇メートルしかなかけん、着陸できんとじゃなかとだろうな……?)

隣の松見を見ると、やはり首をかしげていた。

一方、ダッシュ8の操縦室の田山は、思いがけない遊覧飛行を楽しんでいた。

(こりゃあ、よか眺めばい!)

眼下には、鬱蒼《うっそう》とした木々に覆われた下島が広がり、青い天草灘が秋の日差しを受けてきらきらと輝いていた。

ダッシュ8は、下島を一周して、再び天草空港に戻り、滑走路に向けて降下を始める。

「ありゃっ、羽ばゆすっとる！」

ダッシュ8は、両方の翼をゆするように、機体を左右に傾けながら降下し、そのまま滑走路すれすれに飛び、また急上昇した。

「アクロバット飛行のごたるなあ」

詰めかけた人々は、驚いたり笑ったりしながら、澄み渡った秋空の彼方へ飛び去ってゆくダッシュ8を見送る。

「こりゃ、サービスですかねえ？」

松見が村上のほうを見て笑い、村上も苦笑しながらうなずく。

揺れるコクピット内では、田山が目を回しそうになっていた。

（こ、こりゃ、船酔いするごたる……）

心中でぼやきながら腕時計に視線を落とし、機長に話しかける。

「今、二時五十五分ですけん、次で着陸して頂けますか？」

「了解しました」

付近をぐるりと飛んで、午後三時少し前に、三度目の降下に入った。今度は車輪を出し、本当の着陸態勢である。

機が軽くバウンドするように滑走路に接地すると、タイヤから白い煙が出て、ゴオーッという音とともに減速しながら滑走路の端へと進んで行く。

人々の間から大きな拍手と歓声が湧いた。

涙をぬぐっている者、ほっとした表情の者など様々だったが、誰の顔にも喜びが溢れていた。

やがて機は方向転換し、駐機場まで戻って来た。

機体の外装デザインをし、現在は町立五和西中学校の一年生になった野崎静香さんが、機長と副操縦士に渡す花束を胸に抱き抱えて待っていた。


二日後——

午前十一時半に、公務の合間を縫って、福島譲二知事が、お忍びで天草空港にやって来た。

エアライン側では、専務の村上賢昭と運航管理部長の恩田守のほか、県営天草空港管理事務所長の山下典孝が出迎えた。山下は県庁職員（前職は土木部港湾課審議員）で天草の出身である。

「……いいねえ。美しいねえ。ぴかぴかだねえ」

普段着姿の福島知事は、駐機場のダッシュ8を眺めながら、嬉しくて仕方がない表情。

「とうとう天草にも飛行機が来たか。きみら、よう頑張ってくれたなあ」

この日、トロントで運輸省の「限定変更試験」の再試験を受けた二人の機長が無事合格したという報せも入り、村上らは知事によい報告することができた。

「ところで村上君、イルカにどうして目がないのかね？」

確かにダッシュ8の機体に描かれた水色のイルカたちには目がない。

「いや、これはデザインとしてデフォルメしたものですので……」

村上が困惑しながら説明した。

「でもイルカには可愛い目があるじゃないかね。僕は、目を入れたほうがよかったと思うなあ」

相変わらずご満悦の表情で機体を眺めながら福島がいった。

しかし、今さら外装を直すことなどできないので、村上らは畏《かしこ》まるしかなかった。


同じ頃――

熊本空港近くの旧本田航空の格納庫の中で、天草エアラインの整備士たち数人が、ダッシュ8の予備部品の検収作業をしていた。

「ええと、このパーツ（部品）ナンバーは……」

ジャンパーに作業ズボン姿の若い整備士がコンクリートの床にしゃがんで、手元のリストと、箱から取り出した部品を突き合わせる。

それぞれの部品はビニール袋に収められており、仕様が合っているか、品質保証書や通関証明書が付いているかなどを一つ一つ確認しながら検収していく。

「はあー、まったく目を覆いたくなるほどの量だなあ」

整備士の一人が、作業の手を休め、腰をさすりながら苦笑した。

体育館のような大きな格納庫の半分ほどが、送られて来た予備部品で、段ボール箱の海と化していた。

「マニュアルの量もすごかったですけど、スペアパーツの量もすごいですね」

そばで作業をしていた若手整備士が苦笑いする。

整備士たちの最初の仕事は、ボンバルディア社から送られてきた何万ページもある英文の整備マニュアルを開封し、ファイルに収めることだった。

彼らの多くは、前職でセスナなどの自家用小型機を整備していたが、定期運送用の旅客機を手がけるのは初めてだった。マニュアルや部品の量も桁違いに多く、今までとは次元の違う飛行機であることを思い知らされた。

ダッシュ8は、最新鋭のプロペラ機で、ターボプロップ・エンジン、電子化されたディスプレイ、自動操縦システムなど、自家用機に比べると数段上の装備である。

「新しい飛行機の整備ができるのは嬉しいですけど、責任重大ですね」

「県民の税金で買った飛行機だしなあ」

「今夜も帰りは夜中ですかねえ」

「整備規定も作らんといけないしなあ」

整備規定も、自家用機とは異なり、なるべく運航を中断せず、不具合を直しながら、定期航空運送事業者として連続的に飛行機を運用するための規定にすることが必要だった。

5

機体が天草に到着したあとも、開業に向け、乗り越えなくてはならないハードルは、依然として山のようにあった。

大きな問題は、運輸省に認可申請するため、運航ダイヤを固めなくてはならないことだった。

村上や松見らは、収益を少しでも多く上げないと、会社の経営が行き詰まると考え、一日に福岡往復三便、熊本往復一便という従来案で、関係各方面の最終的な了承を求めた。

これに対して、最も強硬に反対したのが、熊本空港ビルの社長だった。同空港の発着回数が減れば、収入が減るので、ある意味で当然の反応ではあった。熊本空港は国際線ターミナルを持っているが、二年前に熊本－ソウル間の定期便がなくなって、ほとんど使われなくなったこともあり、利用客を増やしたいと躍起になっていた。空港ビルの社長は、県の元出納長という大物かつアクの強い有名人で、熊本を二便にしなければ、天草エアラインに対する出資を引き揚げ、九州産交にも同調させ、議会も動かして反対するとまでいった。

これに久々山本渡市長も同調し、福岡三便で事前の了解を得ていた県のスタッフたちを困惑させた。さらに天草出身の県議たちも、朝、天草から熊本に飛んで議会に出席し、夕方、天草に戻って来られるよう、熊本二便を支持した。

また福岡空港の滑走路の混雑を緩和したい運輸省航空局も猛反対で、同局のある課長が怒って、福岡三便の理由を福島知事に説明させろといってきた。福岡空港（滑走路一本）は、昨年、スカイマークエアラインズが東京線を開設し、他社も負けじと増便したため離発着回数は年間約十三万五千回に達した。滑走路一本あたりでは、二位の成田空港（約十三万三千回）、三位の関西国際空港（約十一万八千回）をしのぐ日本一で、ほぼ限界である。

しかし、村上や松見らは、採算性を確保しなければ天草エアラインの将来はないと考え、不退転の覚悟で話し合いに臨んだ。運輸省に対しては、コミューター航空推進は国策であり、それには採算性の確保が重要だと説明した。天草出身の県議や本渡市長に対しても個別に訪問して説得に努めた。

最も強硬だった熊本空港ビルの社長に対しては、本渡市長を説得した上で、市長から話してもらった。空港ビルの社長は、「ならば初便を熊本へ」と粘ったが、村上、松見らは、朝の初便は福岡往復、その次に熊本往復ということで譲らなかった。最後は、空港ビルの社長が「村上が泣いてくるけん、しょんなかたい」といって、矛《ほこ》を収めた。

十二月二日からは、熊本空港を拠点に、ダッシュ8を使ったパイロットの実機訓練が始まり、周辺を飛ぶようになった。十二月三日には、ヒューズが飛ぶという、初めての機体のトラブルを経験した。パイロットたちは、十二月二十日から順次運輸省の実機試験を受け、ダッシュ8操縦のライセンスを取得する予定である。

十二月中旬——

ＲＡＣ（琉球エアーコミューター）879便久米島行きのバスラウンジは、那覇空港地下一階南端の二十八番ゲート前にある。

ゲート前の保安検査場付近には、煌《きら》びやかな照明の中に土産物店が並び、かりゆし姿の店員たちが、海ブドウ、泡盛、ちんすこう、沖縄そば、サーターアンダギー、琉球グラスなどを売っている。

保安検査場をすぎると、沖縄そばやソフトクリームの売店や免税店があり、その一階下がバスラウンジで、久米島や与論島行きの便に乗客を運ぶ空港内バスが出ている。

ＲＡＣ879便は、午後三時十分に那覇を飛び立ち、同四十五分に久米島に到着。二十五分後の午後四時十分に再び離陸し、同四十五分に那覇に戻って来る。天草エアラインが就航する予定の熊本や福岡線に似た短距離路線だ。

天草エアラインのCA（客室乗務員）の一人、寺崎純子は、琉球エアーコミューターの教官とともに、青い尾翼にシーサーが描かれた白いダッシュ8に乗り込んだ。

訓練は終盤で、この日は実機によるOJTだ。

「いらっしゃいませ」

「いらっしゃいませ」

長身の寺崎は、天草エアラインの制服姿で、にこやかに乗客たちを迎える。

薄い縦横のラインが入ったグレーの制服は、会社が業者の制服カタログから選んで買った既製品である。

足元のおぼつかない老人などに対しては、介助しながら、座席に案内する。教官からは、離島の人たちはシャイなので、自然な感じで接するよう助言されていた。

琉球エアーコミューターのダッシュ8は三十九人乗りで、約三年前に導入された比較的新しい機体である。

乗客が全員座席にすわると、プリフライトチェック（出発前の機内点検）で、頭上の物入れの蓋が閉まっているかなどを見て歩く。

搭乗口のドアを閉め、レバーを引き下げてロックする。

「皆様こんにちは。今日も琉球エアーコミューターをご利用頂き、有難うございます」

機内放送用のマイク（兼送受話器）は横に構え、受話口を左耳のそばに持ってきて話す日本航空スタイルである。

「この飛行機は久米島行き879便です。本日は悪天候のため出発が遅れましたことをお詫び申し上げます」

アナウンスはすべて暗記しており、マニュアルなどは見ない。

「わたくしは天草エアラインの訓練生の寺崎でございます」

乗客たちが物珍しそうに、琉球エアーコミューターの紺色の制服姿ではない寺崎を眺める。

「本日は、ところどころ揺れることが予想されます。シートベルト着用サインの点灯中は、シートベルトをしっかりお締めになり……」

機内アナウンスは、天草エアラインのCAたちが苦労した点である。きちんとした標準語で行わなければならないが、熊本や天草の言葉では、語の最初にアクセントを持ってくることが多いので、教官に何度も注意された。たとえば「天候」が、マジシャンの引田天功の「天功」のように頭にアクセントがきてしまう。「飛行中」も、頭にアクセントがきて「夜光虫」と同じようになってしまう。また、柔らかい感じを人に与える鼻濁音（頭に「ん」を付けるように鼻にかけて発音する「がぎぐげご」の音）も、普段は普通に「がぎぐげご」と発音しているので、「非常口」などの語は何度も練習した。

「ただ今から、機内の非常用設備についてご説明致します」

寺崎はマイクを戻し、非常用設備説明の自動音声に切り替え、シートベルトや黄色い救命胴衣を出して実演する。

斜め前の席で、教官の國吉ひとみがチェックシートとペンを手に出来具合を見ていた。すでに飛行機は滑走路のほうへ移動し始めている。

寺崎は、再び機内を見回り、乗客がシートベルトを締めているか、トイレのドアは閉まっているかなどを確認し、搭乗口のそばのジャンプシートにすわる。

ダッシュ8は滑走を始めたかと思うと、あっという間に離陸した。

やがて巡航（水平飛行）に移る。

訓練生たちは、このタイミングも最初はよく分からなかったが、あるときから「あ、これでクルーズ（巡航）に入った」と体感できるようになった。

窓の外では、白い雲が霧のように後方に流れてゆく。眼下の東シナ海には白浪が立ち、藍色の海面にできた無数の傷のように見える。

離陸して十五分ほどで、寺崎は、フライト状況についてアナウンスする。

「皆様に、飛行状況につきまして、ご案内致します。ただ今高度一五〇〇メートル、速度時速四八〇キロメートルで飛行中でございます」

内心は緊張しながらも、明るい声でアナウンスをこなす。

「ただ今のところ、目的地久米島空港への到着時刻は、午後三時五十五分、十五時五十五分を予定しております。久米島空港の天候は小雨、気温は摂氏十五度との連絡が入っております。どうぞご到着までゆっくりおくつろぎ下さい」

この日は、三人のCAが天草に戻ってから教官を務める予定の、日本トランスオーシャン航空の倉橋綾子も搭乗し、様子を見守っていた。

飛行機はしばらく真っ白な雲の中を飛び続ける。

ピンポーンと呼び出し音が鳴り、寺崎は、白いマイク兼送受話器で機長と話したあと、機内アナウンスをする。

「皆様にご案内致します。この飛行機は久米島空港に向けて降下を開始致しました。あと十分ほどで着陸致します。お使いになりましたテーブル、ひじ掛け、窓の日よけ、座席の背もたれを元の位置にお戻し下さい」

窓の向こうに久米島が見えてきた。

なだらかな低い山々が連なり、平地には茶色や緑の田畑が広がっている。民家の数は少なく、緑の色は濃い。琉球王朝時代は「球美《くみ》の島（琉球列島で最も美しい島）」と呼ばれ、名前のとおり、米どころである。

「ご案内致します。当機はただ今、右手に久米島を見ながら、最終の着陸態勢に入っております。今一度、シートベルトをお確かめ下さい」

機は車輪を出し、大きく右に旋回する。

久米島空港は、島の西端の海際に造られており、周囲には建物がない。すぐそばに茫洋とした東シナ海が広がり、沖合一〇〇メートルくらいのところに白い浪で縁取られた環礁がある。

滑走路は、二年前に一二〇〇メートルから二〇〇〇メートルに延伸したばかりだ。

ダッシュ8は、機体を右に傾け、さらに大きく右旋回し、衝撃とともに着陸した。

「皆様、ただ今久米島空港に着陸致しました。上の棚をお開けになる際には、手荷物が滑り出ることもございますので、十分ご注意下さい」

ブオーン、ブオーン……。

機は減速しながら滑走路を進み、やがてUターンして駐機場へと向かう。

ターミナルビルは、青いガラスを多用し、波型の屋根を持つ四階建ての新しい建物で、「KUMEJIMA」の赤い文字が入っている。

「今日も琉球エアーコミューターをご利用頂きまして、有難うございました。次のご搭乗をお待ちしております」

機が停止すると、寺崎は搭乗口のドアを開け、乗客全員を送り出す。

全員が降りると、休む間もなく、機内の整理整頓に取りかかる。機内誌や安全のしおりをシートのポケットに入れ、ベルトを各座席の上に戻し、ごみを拾い、異常がないか機内を点検する。

息つく間もなく那覇に行く乗客の搭乗が始まり、二十五分後には再び離陸しなければならない。那覇に到着し、乗務を終えると、國吉教官の講評と指導が待っている。


同じ頃——

交通対策総室の下村弘之は、福岡空港のターミナルビル一階の端にある天草エアライン用のカウンターで、予約管理システムや発券機などの設置を行なっていた。

ノーネクタイでワイシャツ姿の下村は、カウンターの下にもぐってLANケーブルをつないだり、機器の電源を入れたりする。

設置が終わると、いつもの生真面目そうな表情で、パソコンのキーボードを叩き、システムを立ち上げる。

近くのカウンターの日本エアシステムの地上職員たちが、珍しそうに見ていた。

「すいません、下村です。ちょっと教えて頂きたいんですけど……」

キーボードを叩く手を止め、携帯電話で話をする。

相手は、沖縄のシステム開発会社の担当者だった。

天草エアラインは、当初、便数や乗客も少ないので、電話予約のみで対応しようと考えたが、それでは将来的に限界があり、他社にカウンター業務を委託する熊本と福岡の空港でも不都合が生じると考え、琉球エアーコミューターの予約システムを作った会社に委託し、独自の予約システムを作った。ただし、仕様については細かく判断を求められ、開業スケジュールを睨みながら、相当なインプットをする必要があった。

「……ああ、なるほど。分かりました」

携帯電話を切り、再びキーボードに向かってカチャカチャと作業をする。

作業が一段落し、手にした資料と突き合わせながら全体を見直していると、日本エアシステムの職員から声をかけられた。

「失礼ですが、システム会社の方ですか？」

男性の地上職員が興味深げに下村に訊いた。

手際のよい仕事に感心している顔つきだった。

「いえ、熊本県庁の職員ですけど」

「えっ⁉　ああ、そうでしたか。システム関係の？」

「いえいえ、交通対策総室の事務系の職員です」

「そ、そうなんですか⁉　しかし、すごく慣れた感じで仕事をされていて……」

「まあ、一応、趣味はパソコンとネットワークですけど」

下村は照れ笑いを浮かべる。

「天草エアラインは小さな航空会社ですから、お金も人手もかけられないんです」

下村は、地上職員と話し終えると、携帯電話を手に取り、再び沖縄のシステム会社に電話をする。

「えーと、今、一通り設置が終わって、予約端末も接続しました」

「分かりました。それじゃあ、こちらのほうでリモート操作をして、システムのセットアップをやりますので」

（リモート操作でセットアップ……？）

下村は携帯電話を切り、パソコンの予約画面にじっと視線を凝らす。

画面が一人で動き始めた。

（おっ、おっ⁉）

アイコンが消えたり、浮かび上がったり、文字が現れたり、ページが変わったりする。

（へえー、こぎゃんこともでくっとか！）

まるでお化けが画面の中にいて、悪戯でもしているように、予約システムがセットアップされていった。

第五章　空港開港

1

翌年（平成十二年）一月四日——

天草下島は、風の少ない穏やかな正月を迎え、空港の真新しいターミナルビルは、明るい日差しに包まれていた。

白いビルは、外壁に天草陶石で作った茶色のタイルが張られ、船をかたどった正面玄関の壁には、青や緑色を基調としたステンドグラスがはめ込まれている。

ビルの延床面積は一〇四〇・四九平米。一階はロビーで、それを取り囲むように売店、トイレ、出発ロビー、チケット・カウンター、荷渡し室、天草エアライン本社が配置されている。二階には展望デッキ、県の空港管理事務所、会議室、気象観測室、小型機センターなどがあり、三階は監視塔である。

天井が高く、広々としたロビーに、大きく穿《うが》たれた窓を通して新春の陽光が降り注いでいた。左奥の壁には、天草上島、下島のレリーフが飾られ、床は塵《ちり》一つなく磨き上げられている。

「……皆様のご努力により、昨年十二月に運輸省による空港の基本施設完成検査、航空保安無線施設検査、灯火検査に合格し、六名のパイロットの方々も、トロントと日本での試験に合格し、晴れて天草の空を飛べるようになりました」

ロビーに整列した約四十人の社員たちを前に、魚住汎輝社長が、開所の挨拶をしていた。

この日、天草エアラインは、熊本空港近くの旧本田航空の事務所から、このターミナルビルに移転し、業務を開始した。

「航空運送事業免許も今月下旬には取得できる見通しになっています」

魚住社長の隣で、先月の取締役会で代表取締役副社長になった久々山義人本渡市長が話を聞いていた。同氏が副社長になったのは、地元との密着度を高め、利用を促進するためだ。

「今後、三月二十三日の開業に向け、ますます忙しくなることが予想されますが、飛行機を無事、飛び立たせ、天草空港と天草エアラインが地域の振興と活性化に貢献できるよう、一致協力して頑張っていこうではありませんか」

続いて久々山市長が挨拶をし、その後、全員が外に出て、敷地内に記念植樹を行なった。

翌日――

午前十時から、ダッシュ8の天草空港での離着陸訓練が始まった。一〇〇〇メートルの滑走路から離陸し、付近の上空三〇〇メートルのところを十分ほど飛び、再び空港に戻って着陸する。機長と副操縦士が三組のペアになり、一日十回の離着陸訓練を繰り返す。十四日からは、一日三、四回の頻度で、福岡と熊本へ飛ぶ。付近の住民たちは、農作業の手を止め、イルカ・マークの飛行機が青空の中で舞うのを眺めた。

一方、訓練が始まった途端、プロペラ音がうるさいという苦情が地元から出た。エアライン側は、騒音を測定した上で、周辺の自治会にビラを配ったり、プロペラを回す必要がある整備をなるべく昼間にやるようにしたりした。

事務所を空港ビル内に移転したことで、開業に向けてのムードはぐっと高まった。

諸規定やマニュアルを作る仕事もまだ山積しており、職員たちは朝八時頃出勤し、夜中の一時、二時まで働くこともしばしばで、土日の出勤も珍しくなかった。

「……お客様へのサービスというのは、個性があってもいいと思うんですね。ちょっとお辞儀が下手でも、笑顔が素敵であれば、そっちの方が勝ちますから」

チケット・カウンターのところで、女性三人、男性一人の地上職員たちを前に、日本エアシステムからやって来た内海茂がサービスの指導をしていた。

　三十代後半の内海は、同社の空港本部に所属し、約二年前に運航を開始した北海道エアシステム（HAC《ハック》）の立ち上げにも携わった。父親がルーテル教会の牧師で、中学・高校時代をドイツですごした帰国子女である。

「ただちょっとやり方を変えるだけで、お客さんから見て、すごくきれいに見えるので、そこは手を抜かないほうがいいと思います。たとえば、指し示し方でも、指をきちんと揃えるときれいに見えますけど、ちょっと親指が開いただけで、駄目になったりします」

　職員たちは、メモを取りながら真剣な表情で話を聞く。

　内海は一年ほど前から出張ベースでやって来て、熱心に指導をしていた。

「それからやはり表情は豊かでないといけません。表情の作り方、表情管理が大事です」

　内海自身も、笑顔が明るく、表情が豊かで、旅客サービスの最前線にいる人間らしい。

「顔の筋肉を使って表情を動かすっていうのが、大事です。思いっきり笑ってみるとか、思いっきり顔をすぼめてみるとか。こういうのは、家で鏡を見ながら練習してみて下さい」

　そのとき、かたわらから声がかかった。

「内海さん、内海さん……」

　交通対策総室の下村弘之だった。

　県の担当者たちは、出張ベースで天草に来ており、下村は主に、旅客と貨物の運送やシステム部門を担当している。

「ちょっと今、運送全般の体制を作ろうと思ってるんですけど、ご相談に乗って頂けますか？」

内海はうなずき、下村と二人でロビーを入って右手にあるドアを開け、エアラインの事務所に入って行く。

事務所は縦横それぞれ一六〜一七メートルのワンフロアーである。のちに出来る整備部門の建物や部品庫もまだなく、狭いスペースにすし詰め状態で、机やパソコンも大半が共用だ。まだ開けられていない段ボール箱も多い。チケット・カウンターの後ろの予約センターの部屋には、県の消防士四人が同居している。アンドリュー・アーヴィンという名のボンバルディア社の太った米国人エンジニアも一年強の予定で派遣され、小さな個室で仕事をしていた。

「またちょっと人繰りに悩んでいましてねえ……」

下村は、雑然としたオフィスの隅のホワイトボードの前に立ち、内海にいった。

ホワイトボードには、発券、保安検査、荷物の積み下ろし、乗客への荷物の引き渡しまでの一連の流れや、運送部門の各職員の動線などが描かれていた。限られた人数で対応するため、チケット・カウンターの職員も、時間帯によっては保安検査や荷物の搭降載を手伝い、逆に荷物の搭降載の職員もチェックインや保安検査をやるような人繰りになっていた。

「予定していた人が整備に行ったり、別の仕事をすることになったりして、やっぱり人が足りなくなりそうなんです」

細面の下村が悩ましげにいった。

運送以外の総務、営業、整備といった部署からも、日中一時的に人を出してもらって対応する体制を作ろうとしていたが、職員数が限られている上に、各人の本来の仕事も時間帯によっては繁忙になる。

「川﨑君なんかは、『もうこうなったら、休みなしでやりましょう』なんていったりしてるんですが、それはさすがに労働基準法に引っかかってしまいますしねえ」

川﨑茂雄は、地元のガソリンスタンドや農協での勤務を経て、最近入社した運送部門の元気のいい若手社員だ。

「うーん、これほんと、人がいないですよねえ……」

内海も腕組みしてホワイトボードを睨む。

昨年七月に起きた全日空機乗っ取り事件の影響で、保安検査も厳しくなり、エックス線検査機を導入したため、必要な人手も増えた。

「ここの人を、こっちに持ってきたらどうですか?」

内海は黒のマーカーペンで、一人の職員の動線に修正を加える。

「うーん、なるほど。それは可能かなあ……？　じゃあ、こっちのほうはどうなりますか？」

二人はしばらくああでもないこうでもないと試行錯誤を繰り返す。

「……やっぱり、これ、若干変則的でも、労働基準法に抵触しない範囲で、現実に合ったシフトを組むしかない感じですねえ」

今、考えているのは、一回十二時間勤務で、二日来たら二日休むというシフトだ。

「確かに。こういう小さな航空会社は、飛行機の発着に合わせてシフト勤務でいくしかないですよ」

内海の言葉に、下村がうなずく。

航空会社は一見華やかだが、一年中休みがない上に、職員はメーカーの工場のように、シフト勤務で働かなければならない。

「ところで内海さん、ゲートで集めた搭乗券の半券はどうしたらいいんですか？」

「えっ⁉」

「これって、旅行代理店に代金を請求するとき、必要なものですよね？」

「えっ⁉　それはでも、コンピューター・システムで請求するんじゃないんですか？」

航空会社では、普通、自社のコンピューター・システムと旅行代理店のシステムがつながっていて、自動的に代理店に請求がいく。大手航空会社になると、自社で開発したシステムを旅行代理店に入れさせたりもする。

「いや、うちはそんなシステムにはなってないですから」

予算の制約上、沖縄の開発会社に作らせた天草エアラインの予約システムは、予約を管理するだけのもので、旅行代理店への代金請求は手作業でやらなくてはならない。

「そ、そうなんですか⁉」

内海は驚いた。空港の現場は長いが、代金請求のことまで意識したことがなかった。

「ちょっと、そのへんはわたしもやったことがないもので……」

コンピューター・システムと分業が進んでいる大手航空会社の空港職員たちは、普段、意識していないことだった。

「そういうことであれば、おそらく半券は代理店別に集札して、請求するっていうことになると思いますけど……。一度、本社の経理部門に確認させて下さい」


一月二十日――

天草下島は灰色の寒空の下にあり、気温が二・五度という、冷え込みの厳しい朝だった。

天草エアライン専務の村上賢昭は借家の和室で目を覚ました。空港から一キロメートルほど離れた、丘陵に囲まれた場所で、付近に水田が広がり、そばの小高い丘に診療所がある。家は部屋が七つもある古い木造家屋で、以前は、診療所の医師が住んでいた。村上は、五十六歳になってからの単身赴任に多少の侘《わび》しさも感じながら、自炊生活を送っていた。

(なんか寒かなあ……)

まだ薄暗い部屋で目を覚ました村上は、普段以上の寒さを感じた。

昨晩は夢うつつの中で、ばりばりという変な音を聞いたような気もする。

布団から身体を起こし、部屋の隅に視線をやって、はっとなった。

(なっ、何かおる……!)

猫ぐらいの大きさの、茶色い物が蠢《うごめ》いていた。

(こ、こら……イタチばい!)

二匹のイタチがうずくまっていた。

障子のほうを見ると、食い破られた大きな穴が開いていて、そこから寒い空気が入り込んできていた。

家の周囲には野ネズミが多く、そのためイタチも多い。

村上はがばっと布団から起き、イタチを部屋から追い出そうとした。しかし、追い詰められたイタチは、小さな牙を剥き、逆に襲いかかってきそうになった。

(こらまずか!)

咄嗟《とっさ》に村上は、障子戸を大きく開けた。

二匹のイタチは、弾かれたように部屋の外へ逃げ去った。

　その日、村上は、明日に迫った事業免許交付準備のため、天草エアラインの取締役たちに電話したり、本渡市長を訪問して説明したり、鹿児島へのダイバート（悪天候などで、目的地以外に着陸すること）の訓練を見守ったり、船田直大県議から電話でこまごまとした指示や注文を受けたり、会社が使うレンタカーについて打ち合わせをしたりしたあと帰宅し、イタチがまた入ってこないよう侵入経路を戸板で防ぎ、破れた障子を張り替えた。

　翌日——

　大阪航空局に魚住社長、高橋常務、交通対策総室長、同総室主幹の下村弘之の四人が赴き、航空運送事業免許を受領し、運賃の認可を受けた。運賃は、天草－福岡間が大人片道一万五百円、天草－熊本間が同六千三百円である。

　免許の交付を受け、福島譲二知事が「三月二十三日が天草の新しい時代の幕開けになることを楽しみにしています」というコメントを発表した。

　二月八日——

　二週間ほど前から、朝方の気温がしばしば氷点下になっていた天草に雪が降った。

　普段は滑走路の向こうに大きく見えている雲仙岳のどっしりと力強い姿も見えない。

格納庫がないため、駐機場に野ざらしになっているダッシュ8の機体に雪が積もり、寒さの中でしょんぼりしているように見える。

(タプリメーター、買っとけばよかったかなあ……?)

空港ビル二階にある県の空港管理事務所で、雪がちらつく滑走路を眺めながら、所長を務める五十三歳の山下典孝は自問した。

タプリメーターは、雪が降ったときなどに滑走路上を走らせて急ブレーキをかけ、慣性の法則を利用し、摩擦係数の大きさで滑走路の状態を把握する装置だ。自動車そのものに装置が付いている一千万円くらいするものと、自動車に搭載する数十万円のものと、二つのタイプがある。空港管理事務所を立ち上げるときに、これを買うかどうかで議論になり、下島の新和町(現・天草市)出身の山下が「天草では、そんなに雪は降らんですよ」といい、他の関係者たちも同意して、購入を見送った。

(あれは、渡利《わたり》さんかな……?)

滑走路を、ジャンパー姿のがっしりした体格の男が歩いているのが見えた。昨年、日本エアシステムを退職し、天草エアラインのパイロットのリーダーである取締役乗員部長になった渡利斎水《よしみ》機長のようだった。

渡利は、滑走路の状態を確認しながら、端の方まで歩いて行く。滑走路の滑り具合は、離着陸にも影響する大きな要因だ。

渡利は十分ほど見てから空港ビルのほうに戻って来て、滑走路側にある出入り口からエアラインの事務所に入って行った。

間もなく、空港管理事務所に、この日予定されていた、県の交通通信対策特別委員会のメンバーのための体験搭乗フライトは中止になったと連絡が入った。

二日後――

福岡市の空は寒気の中で青く晴れ渡っていた。

天草エアラインや地元市町、熊本県福岡事務所の職員ら十人ほどが、福岡市内の繁華街天神でビラ配りをしていた。

「天草エアラインです。宜しくお願いします」

「天草まで飛行機が飛びまーす」

場所は、天神二丁目の天神東宝ビル（映画館を中心とした商業ビル）前の歩道である。

一帯は、岩田屋本店（百貨店）、ビックカメラ、西鉄グランドホテル、マクドナルド、いくつものファッションビル、飲食店、商店などがひしめく九州随一の繁華街で、赤、青、黄、緑、オレンジなど、色とりどりの看板が溢れ返っている。

「今日から予約受付開始でーす」

天草で引き続き訓練中のＣＡも声を嗄《か》らしてビラを配る。

「福岡から天草まで、わずか三十五分で行けるようになります。宜しくお願いします」

天草エアラインは、この日から航空券の予約受付を開始した。

「へー、天草エアラインとかできたっちゃね」

ビラを受け取った人々は、興味深そうな顔つき。

「ばってん、寒かですねえ！」

ビラ配りの一行は、寒風に顔をしかめる。

この日、福岡市の明け方の気温は〇・七度という低さだった。ビラを配り始めた午前十時半でも六度台で、風が身を切るようだった。

道行く人々もコートやダウンジャケット姿で、毛糸の帽子をかぶった人も少なくない。

「宜しくお願いしまーす」

「是非ご利用下さーい！　今日から予約受付開始しております」

一行は、寒風で頬を真っ赤にして、ビラ配りを続けた。

天神東宝ビル前で配ったあとは、天神一丁目のファッションビル「天神イムズ」や大丸(百貨店)福岡天神店のそばでも配った。

それから間もなく――
天草エアラインの会議室で、専務の村上賢昭、常務の高橋力、取締役乗員部長の渡利斎水機長、ＣＡ教官になった倉橋綾子らが真剣な表情で話し合いをしていた。

三月六日から五日間の日程で予定されている運輸省による運航開始前検査のために打ち合わせだった。開業への最後のハードルで、予約管理や空港カウンター業務なども含む広い範囲にわたって航空会社としての業務遂行能力をチェックされる。

「……運航管理に関する検査項目については、ＣＡＢ（航空局）への説明資料を一通り作りまして、これがだいたいのところです」

白髪まじりの頭髪の高橋が、各人に配布された十五ページほどの資料を見ながらいった。

資料には、大きな項目として「1．安全管理」「2．航空機乗組員及び客室乗務員の乗務管理及び健康管理」「3．航空機乗組員及び客室乗務員の訓練及び審査の施設及び体制」「4．運航管理者の施設及び体制」「5．緊急連絡体制」「6．記録の保管及び報告」とあり、さらに細かい項目と、各責任者の履歴書、業務分掌、運航乗務員の乗務割、成人病予防検査の実施基準など五十二の資料のリストが付いていた。

運航管理者（ディスパッチャー）というのは、「地上のパイロット」とも呼ばれる、航空会社独特の専門職だ。気象情報、乗客や貨物の重量、航路上の各地の状況などをもとに、機長と話し合って飛行計画を策定し、離陸後も、刻々と変化する気象状況などを睨みながら、無線でパイロットと交信し、飛行を監視・支援する。

「検査を受けるにあたっての運航シナリオのほうは、こちら側で用意しないといけないので、今、ＣＡＢとすり合わせながら作っています」

パイロット、ＣＡ、運航管理者などの実証飛行試験のための緊急事態のシナリオについては、離陸時やフライト中の機材故障、燃料漏れ、バードストライク、悪天候によるダイバージョン（目的地変更）、急病人発生、パイロットの機能喪失など、二十くらいのケースを航空会社側が用意しなくてはならない。

「高橋さん、この検査、相当厳しいんですか？」

村上が訊いた。

「相当厳しいです。去年、全日空のハイジャック事件もありましたから。ＣＡＢの検査官は、特に客室関係（ＣＡ）が心配だといってます」

「客室関係が？」

「はい。新人だけで果たしてきちんとできるのか、かなり心配してます」

村上らがうなずく。

「検査官によると、以前、某社の試験を担当したときには、経験者が数名いたにもかかわらず、シナリオをごっちゃにしたり、乗客に対する対応に不備があったり、適切なアナウンスができなかったりしたので、六人全員を不合格にしたそうです」

「六人全員、不合格……！」

運航開始前検査に合格できなければ、営業開始が遅れてしまう。二年前に開業したスカイマークエアラインズも、運航開始前検査で整備部門やマニュアルの不備を指摘されて不合格となり、就航を延期せざるを得なくなったが、すでに予約を受け付けていたので、混乱を招いた。

「とにかくあと一ヶ月弱の間、しっかりできるよう訓練していくしかありません」

二月二十五日——

衝撃的な報せがもたらされた。

福島譲二知事が、静養先の阿蘇郡南小国町《おぐにまち》黒川温泉の旅館で心筋梗塞《こうそく》の発作を起こし、急逝したのだった。七十二歳だった。

体力の衰えが出始めた知事は、三選を果たした昨年一月の知事選期間中に風邪で数日間入院した。

つい最近も、風邪を押して予算査定に臨み、二月上旬にそれを終えたあと公務を六日間休み、その後もしばらく庁内でコート、手袋、マフラーを着込んでいた。

この日は、午前中に県庁内で定例記者会見に臨み、ユーモアを交えて新年度予算案などについて質疑応答をした。その後、熊本市内でキャンプ中のJリーグ一部、横浜F・マリノスを激励し、夕方、長年の友人である二人の男性との会合のため、熊本市から約七七キロメートル離れた黒川温泉の宿に入った。

酒豪で血糖値も高く、動脈硬化の持病を抱え、知事一期目にも心臓発作を起こした福島は、夜、旅館内の露天風呂で心肺停止状態で発見された。救急車で小国《おぐに》公立病院に搬送され、その後、転送先の熊本赤十字病院で、妻、私設秘書らが見守る中、医師による心臓マッサージが施された。自民党側近の池田定行、山本秀久、船田直大三県議らも駆けつけたが　午後九時五十分、死亡が確認された。

県では潮谷義子副知事が知事職務代理者となり、知事選挙が四月に行われることになった。「日本経済新聞」は、〈来月には念願していた地域航空会社『天草エアライン』の就航が決まっていた。突然の訃報に、県庁には動揺が走った〉と報じ、村上賢昭は業務日誌に「知事死去、つらい一日だった」と記した。

2

三月六日——

天草は、穏やかな春の日を迎えた。

この日、開業に向けての最後のハードルである運輸省の運航開始前検査が始まった。

大阪航空局の検査官五人は、熊本空港における天草エアラインの運航体制などの検査を行なったあと、ダッシュ8で天草空港に移動し、午後から会社全体、運航、整備の三つの班に分かれて、検査を開始した。

　この日は主に組織や施設の状況に関する検査が行われた。組織に関する検査は午後五時頃に終わったが、一番時間を要した運航関係の検査は、午後九時頃までかかった。


　二日目からは乗客を乗せて、実際のフライトを行う実証飛行試験に入った。

　試験は、天草エアライン側が航空局と話し合って用意した事故想定シナリオのうち、一日に四つか五つを実施する。

　想定事故は、福岡から天草へのフライト中にトイレ火災の発生、両エンジン停止による不時着水、天草から熊本への飛行中に急病人の発生、熊本空港出発前にＡＰＵ（補助エンジン）の故障、アンチ・スキッド装置（着陸時にブレーキを強く踏みすぎた場合、車輪が横滑りしたりしないよう、ブレーキの効きを調整する装置）の故障など、約二十が用意された。

　朝八時すぎ、航空局の検査チームが、シナリオの一つを指定した。

「……それでは最初に、シナリオ１の０１をやって頂きます」

　丸顔に細いフレームの眼鏡をかけた中年男性が、いつもの早口でいった。主席審査官の下で、検査全般を取り仕切る係長だった。

　ダッシュ８は、エンジンをかけてプロペラを回し、滑走路に向かう。

機内には、運航担当常務の高橋力を含む約十五人の社員が乗客役として搭乗していた。

「皆様、お早うございます。今日もご搭乗、有難うございます。天草エアライン、福岡行きでございます」

機内前方では、CAの一人が、実際のフライト同様にアナウンスを行う。

ダッシュ8は、滑走路に出て滑走を開始する。

「皆様、この飛行機は間もなく離陸致します。シートベルトをもう一度お確かめ下さい」

ぐんぐん速度を上げ、滑走路の途中まで来たところで、機長が右エンジンの出力を絞り、エンジン停止に近い状態を作った。

操縦室のフロントグラスの前に真っすぐ延びていた白いセンターラインが左にずれ、機首が右方向へねじれたのが分かる。

「エンジン・フェイリャー！（エンジン停止！）」

副操縦士が声を上げる。

「リジェクト・テイクオフ！（離陸中止！）」

機長は即座に決断する。

「アイデンティファイ！（どちらのエンジンが止まったか確認せよ！）」

「ナンバーツー・フェイリャー！（右エンジンが停止！）」

機長は二つのスラスト・レバーを手前に引いて、左エンジンの出力も絞り、左足でペダルを踏んで前輪と方向舵を左方向に動かし、機体を真っすぐに戻す。

操縦室後方のジャンプシートにすわった運輸省の検査官が、チェックシートを手に、二人の様子を見守っていた。

「皆様、ただ今、機長に状況を確認致します。恐れ入りますが、おすわりになったまま、お待ち下さい」

客室前方のジャンプシートにすわったＣＡが乗客にアナウンスをし、その後、マイク兼送受話器で操縦室と話をする。

間もなく、直接機長からアナウンスが流れる。

「機長より、皆様にご説明申し上げます。当機は、離陸のため、時速約七〇キロメートルで滑走致しておりましたところ、右エンジンに不具合が生じ、滑走を中止しました。いったん駐機場に戻り、エンジンの点検を行います。お急ぎのところ、ご迷惑をおかけ致しますことをお詫び致します」

アナウンスが終わると、ＣＡはマイクで、乗客にシートベルトを締めたまま待つように指示する。

一方、操縦室では機長が、ヘッドセットに付いたリップマイクで、空港管制官や運航管理者《ディスパッチャー》に連絡する。

「１０１便、右エンジン停止のため、離陸を中止し、ランプ（駐機場）に戻ります」

無線通信用のハンドマイクを手に、窓の向こうの滑走路の様子を見守っていた運航管理者の男性は、電話で社内の業務部や整備部に連絡する。また天草の管制官や消防署にも連絡をする。

機が駐機場に停止すると、CAはマニュアル通り小窓から外の状況を確認する。

「浸水状況、破損状況、火災の発生状況、傾斜具合、……よし！」

窓の外を指さしながら、浸水や出火、機の破損がなく、脱出用の場所も傾斜地でないことを確認する。

続いて、前方左手の乗降口を開け、ドアについている折り畳み式の階段を下ろす。

「皆様、前方のドアからお降り下さい」

乗客役の社員たちが立ち上がり、荷物を持って乗降口から降りる。

乗客が降りると、CAは客室内に残っている乗客がいないかなどを確認する。

機長も機から降り、整備士たちに状況を説明する。

「……ええと、速度七〇キロメートルの段階で急に右エンジンが停止して……」

整備士たちは所定の用紙に事故の内容を書き込む。

整備士がエンジンを検査し、その結果、エンジン交換が必要だと判断した。

整備部門担当の検査官が、チェックシートに書き込みをしながら、エンジン検査の様子や、整備士たちの話し合いを見守っていた。

機長は運航管理者と協議し、欠航を決定する。運航管理者はそれを社内外の関係各所に連絡する。

「……はい。福岡行きのマイクロバスを至急一台お願いします」

運送を担当する業務推進部は、あらかじめ契約しているバス会社に連絡し、乗客を福岡まで送り届けるための手配や、航空券の払い戻しの準備をする。

機長は機長報告書を、整備部は機材不具合報告書を、ＣＡは客室乗務員報告書などを作成する。業務部は乗客への説明や、代替輸送手段への誘導を行う。


午後は、二時に福岡空港を実際に離陸し、鹿児島、大分、熊本の各空港を経由し、天草に戻って来る一時間五十分のフライトの中で、三つのシナリオにもとづいて検査が実施された。午前中ほどには上手くいかず、村上や高橋らは、はらはらして見守った。


夕方から、検査官による講評が部署ごとに実施された。

整備部の講評は、夜の遅い時刻に始まった。

「まず、最初にやった、滑走中の右エンジン停止による離陸中止のケースですが……」

中年の検査官が、手元のメモを見ながら話し始めた。

左右に、主席検査官以下、四人の検査官がすわり、会議用テーブルを囲んで天草エアラインの幹部と整備士たちがすわっていた。小さな会議室なのですし詰めである。

「こうした不具合の場合は、ＳＱカードを発行して是正処置（修理）を行うわけですね」

ＳＱ（squawk＝不具合）カードは、不具合の概要、処置の検討、作業指示、処置内容の確認などについて記入するカードだ。

「ところで、作業指示票は、発行する必要はないのでしょうか？」

作業指示票は、より系統だった計画的な作業を指示するための書類である。

「ええと、今回のような突発的な不具合で、緊急の対応を要する場合は、作業スピードが重要ですので、ＳＱカード発行だけで問題ないと考えたのですが……」

エンジニアらしく緻密そうな雰囲気の整備部の中堅社員が答えた。

「確かに、そういう考えも一つかもしれません。ただ、エンジンの交換というのは、小さな部品の交換と違って、とても大きな作業ですよね」

担当検査官がいった。

「こういう大物作業に関しては、組織立った明確な作業の指示がないと、現場以外の人に、指示が正確に伝わらないことがあると思います」

整備部員たちと一緒に、運航担当常務の高橋力、整備部長の濱田脩、相談役の池田貴彦らもメモをとりながら話を聞いていた。

「それから、部品交換全般について気づいた点なんですが、搭載用航空日誌に、交換した部品の部品名、P／N（部品番号）、S／N（製造番号）、交換理由等を記載する欄がありますよね」

　搭載用航空日誌は、飛行時に常時、機内に搭載していなくてはならない日誌だ。

「その備考欄に、皆さんは、取り付けた部品の品質保証に関するタグ・ナンバーを記入していませんでした。この点は、改善の必要があると思います」

　整備士たちは小さくうなずいてメモをとるが、そこまで細かくやらなきゃいけないのかという顔をしている者もいた。

「これはどうしてかというと、タグ・ナンバーを確認して記入することで、部品受領時に実施した領収検査に加えて、取り付け時にも部品の適切性の確認ですとか、現品と証明書類の合致の確認が行われて、間違いのない修理の実施が確実になるからです」

　ミスが人命に直結する航空機の修理は、何重ものチェックをして、ミスを防止しなくてはならない。この検査官に限らず、航空局の検査官たちは単に問題点を指摘するだけでなく、その理由や改善方法も説明していた。その姿には、自力で立ち上がろうとする天草エアラインを、なんとか助けてやろうという思いやりが感じられた。

「万が一、事故が起きたときに、適切な整備を行なっていることを対外的に証明するためにも、搭載用航空日誌の備考欄には、きちんとタグ・ナンバーを記入して頂きたいと思います」

翌日──

快晴の中、朝からいくつかのシナリオにもとづいて、実証飛行試験が行われた。

午後四時に天草空港を離陸したダッシュ8は、福岡行きの予定だったが、天候不良により、長崎空港にダイバート（目的地変更）するというものだった。

「……皆様、当機は福岡空港付近の天候不良のため、機長の判断により、長崎空港に着陸することになりました」

ＣＡの一人が、機内アナウンスを行う。

いくつものシナリオに適切に対処しなくてはならないので、相当重圧がかかっており、精神的にも追い込まれているのが見た目にも明らかだ。

（大丈夫かなあ……）

乗客役の一人の高橋力は、座席からＣＡの余裕のなさそうな表情を見て心配していた。

三人のベテラン機長と二人の副操縦士以外は、実際の乗務や検査の経験がないので、この日は、各部門でミスがかなり目立っていた。

（最悪、不合格ということもあり得るだろうか？　その場合、どうするか……？）

検査の総責任者である高橋は座席で思案する。

「このたびは、皆様にご迷惑をおかけし、大変申し訳ございません。お時間を頂戴しまして、このあと、長崎空港から熊本空港……あっ、失礼しました、福岡空港までの交通手段につきまして、ご案内させて頂きます……」

緊張と疲れで、CAのアナウンスもぎこちない。

ダッシュ8は、長崎空港にいったん着陸すると、すぐに離陸して、別の事故想定シナリオを実施し、天草空港に戻って来た。

「……皆様、当機は間もなく天草空港に着陸致します。今一度、シートベルトをお確かめ下さい」

午後五時四十五分、ダダーンという衝撃とともに、ダッシュ8は天草空港に着陸した。

夕方の茜色の日の光があたり一面に降り注ぎ、空港は極楽浄土を思わせる美しさだった。

しかし、社員たちは、景色を楽しむ余裕もないまま、ただちに会議室で検査官たちの講評を受けなくてはならない。

午後七時すぎ――

高橋力は、検査官たちが控室に使っている会議室のそばを通りかかった。

講評はつい先ほど終わり、かなり厳しい内容だった。

「……ええと、明日の予定なんだけど、各自ホテルをチェックアウトして、荷物をまとめておいてくれるか」

会議室の中から、検査の実質的なトップである係長が、検査官たちに指示している声が聞こえてきた。

（ホテルをチェックアウトして、荷物をまとめる……？）

スケジュールでは、検査はあと二日あるはずだ。

「ちょっと、今、聞こえてしまったんですが、ホテルをチェックアウトして、荷物をまとめるっていうのは、どういうことですか？」

高橋は、係長が会議室から出て来たところをつかまえた。

丸顔に細いフレームの眼鏡をかけた係長は、一瞬、困った顔つきになった。

「ですから、検査を止《や》めて、帰るっていうことです」

六十歳の高橋より十七、八歳年下の係長はいった。

「それは、不合格ということですか？」

「そうです。これ以上、検査を続けてもしょうがないということです」

係長自身も残念に思っている顔つきである。

「それでは、わたしどもは納得できません。とにかく詳しい話を聞かせて下さい」

高橋が強い口調でいい、二人は会議室に入って、一対一で向き合った。

「一部できていない項目があることは、我々も認識しています。講評もお聞きしました」

高橋がいった。

「しかし、検査を打ち切って帰るというのは、どういうことなのか、説明して下さい」

「いや、ですから……」

　係長は困った顔つき。

「全体として、合格できる水準に達しておらず、これ以上やっても仕方がないと判断せざるを得ないということです」

「具体的には、どこが駄目なんでしょうか？」

「たとえば、今日の実証フライトに関していうと、午前中のフライトが特に問題があったと思います。乗客を安全に誘導するための連携ができていません。それから……」

　係長はメモを取り出し、問題点について、一つ一つ説明をする。

「なるほど。それらの点については、分かります」

　高橋は腰を据えて話を聞く顔つき。

「給油中の乗客の取り扱いについても、マニュアル違反がありました。乱気流のケースでは、対策本部の設置がスムーズではありませんでした」

「そうですか。ほかにどういうことがありましたか？　とにかく全部話して下さい。できていないことを全部話して、わたしが納得できるまで、あなたを帰しませんから」

　高橋が真剣な表情でいうと、相手も覚悟を決めた顔つきになり、こまごまとした説明を続ける。

元々この係長は、実務家肌の率直な性格で、相手の立場を慮《おもんぱか》って適切な判断やアドバイスもする親切な人物である。

二人の話し合いは延々と続き、オフィス内の人影も半分ほどに減り、やがて時刻は十一時半を回った。

「……それからあと、機長が発見した不具合についての処理の仕方ですけど……」

係長の説明が誠実に延々と続き、高橋もまた愚直に延々と聞いていた。

本来なら、係長は自分の判断で検査を打ち切って帰れるのだが、辛抱強く説明を続ける。

「ちょっと、もう十二時近くになりましたね」

高橋が腕時計に視線を落としていった。

「少しメシでも食べませんか？」

夕食もとらずに話し合っていたので、さすがに空腹を覚えた。しかし、空港付近は丘陵地帯で、商店も食べ物屋もない。

二人が会議室を出ると、オフィス内では、パイロット、CA、運航管理者など、まだかなりの数の社員たちが明日の実証フライトの予習をしていた。窓の外には、駐機場のダッシュ8の白い機体が闇の中に浮かび上がり、そばで整備士たちが打ち合わせをしていた。

厳しい講評を受けても、社員たちは諦めていなかった。

高橋は、フロアーの奥のほうにある自分の席から電話をかけた。

「……ああ、もしもし、高橋ですけどね。遅くに悪いんだけど、これから二人で行くから、何か食べる物を用意しとってくれませんか」

相手は「小稲《こいね》」という行きつけの小料理屋のおかみだった。

本渡市内のアパートで単身赴任生活を送っている高橋がひいきにしている店で、単身赴任のパイロットたちや、ＣＡ教官になった倉橋綾子ともよく一緒に訪れていた。

「もう店の電気は消しとってかまわんから。おかみさんだけ残っといてくれたらいいから。……うん。ちょっと大事な話があるもんでね」

「小稲」は、本渡市のバスセンター近くにある小さな店で、隣は「よしだ屋饅頭」という菓子店である。軒先には紅白の提灯がぶら下がり、鍋物、だご汁（小麦粉を練った団子を入れた汁物で、熊本の郷土料理）、魚料理といった文字の入ったスタンド式の看板が表に出ている。

高橋は大阪航空局の係長と真夜中すぎに着き、小上がりの座卓で食事を始めた。食事をしながら、再び話し合いが始まり、再び延々と続いた。

時刻が午前三時を回った頃、係長がいった。

「高橋さん、あなたはわたしに何をしてもらいたいんですか？」

酒も入り、係長の顔は少し赤らんでいた。

「何をしてもらいたいというより、……酒も入ったし、わたしもいいたいことといわせてもらうけどね……」

やはり顔をほんのり赤くした高橋がいった。

目の前の灰皿には、高橋が吸った何本かのタバコの吸い殻が入っている。

「あんた、航空法の第一条、いってみてくれないか?」

「えっ⁉　……それ、どういうことですか?」

高橋の意図が分からず、面食らったような表情で訊いた。

航空法第一条は、「この法律は、国際民間航空条約の規定並びに同条約の附属書として採択された標準、方式及び手続に準拠して、航空機の航行の安全及び航空機の航行に起因する障害の防止を図るための方法を定め、並びに航空機を運航して営む事業の適正かつ合理的な運営を確保して輸送の安全を確保するとともにその利用者の利便の増進を図ること等により、航空の発達を図り、もつて公共の福祉を増進することを目的とする。」と規定している。

「航空法の第一条には、安全の確保が規定されているほかに、航空事業者の育成という面も書かれているじゃないですか」

高橋がいった。

「安全の確保と航空事業者の育成、これが航空法の二本柱だと、わたしは思いますが、違いますか？」

「まあ……そうですね」

窓の外は真っ暗で、物音一つしない。気温が少し下がって、冷えてきた。

「ところがあなたがたは、これができていない、あれが駄目だった、これが足りなかったっていうばかりじゃないですか」

「……」

「考えてもみて下さい。うちの会社は、機長と二人のコーパイ（副操縦士）以外は、みんな素人で、飛行機で飛んだことも、飛ばしたこともないんです」

卓の上には、食べかけの刺身や、この店の名物の魚《ギョ》ロッケ（魚のすり身のコロッケ）や、おでんの皿が並んでいた。

「あなたは長年航空会社を見てきたかもしれないけれど、あなたが見てきたような航空会社と同じようにできるはずがないじゃないですか。あなたは育成ということを考えていないんですか？」

高橋は、胸の想いを絞り出すようにいった。

「じゃあ、高橋さん、わたしにどうしてもらいたいんですか？」

その問いに、高橋は一瞬考え、口を開く。

「あなたがたが指摘されていることは事実です。弁解はしません。できていないこともたくさんあります。本当のことだから、それに対しては何もいいません。でも慣れていないから、できていないことも多いんです。航空法に書いてあるように、あなたがたが育成の気持ちを持っているのなら、どうしたらいいかあなた自身で考えてくれませんか」

そういうと、係長はじっと考え込んだ。

十分以上たっても考え込んだままだったので、高橋が口を開いた。

「あなたがたがおっしゃるように、二日間実証飛行試験をやったけれど、お客様を安全に運べる体制にはなっていないと。それはおっしゃるとおりです。ですから、そのことを朝礼で、あなたの口から五分でも十分でもいいから、話してもらえませんか？」

「わたしの口から？」

「そうです。それで、あと一日だけ、検査をしてくれませんか。それでもやっぱり駄目だったら、自分たちは帰ると。そうみんなに話して下さい。そうしたら、わたしは納得します」

「そうですか。……分かりました」

二人はまたしばらく話をして、朝の五時頃になって店を出た。

午前八時——

天草エアラインの朝礼がオフィス内で行われた。窓の外の駐機場では、ダッシュ8が明るい朝日を浴びていた。

　高橋も、大阪航空局の係長も、それぞれアパートとホテルで一時間ほど横になっただけで、朝七時に出社し、打ち合わせをした上で、朝礼に臨んだ。

　神棚を背に立った航空局の係長が、最初に短い訓示をする。

「……残念ながら、まだ皆さんはできていないことが色々あるので、CAB（航空局）としても、最後の日まで検査をやらないということになるかもしれません」

　丸顔に細いフレームの眼鏡をかけた係長の両目は、睡眠不足で充血していた。

「ただ昨晩、高橋さんから、皆さん、本当に一生懸命にやっておられるということをお聞きしました。慣れていないから、できていないこともあろうかと思います。今日は、これまでの講評で申し上げたことに注意して、実力を発揮して頂きたいと思います」

　係長の話のあと、高橋が皆の前に立った。

「CABのほうから、こういう訓示を頂けるというのは、なかなかないことだと思います。会社を立ち上げようという皆さんの気持ちがものすごく強いことに、応えて下さったということだと思います」

　白髪交じりの高橋は、苦労人らしく、語りかけるように話す。睡眠不足と疲労で肌には艶がなかったが、澄んだ両目はいつものように温かい光を湛《たた》えていた。

「皆さんは、CABが求める水準のことは、日頃はできていると思います。皆さんがずっとトレーニングをやってきたのを、わたしは見てきました。そして、ほとんどのこと、八〇パーセント以上は、いや九〇パーセント近く、できていると思います」

約四十人の社員や、下村弘之ら交通対策総室の職員たちは、真剣な表情で話を聞く。両目の下に隈ができていたり、目が充血している者も少なくない。

「皆さんは、試験であることを意識しすぎていると思います。上がってしまって、結局、力を発揮できていない。ですから今日は、試験とかなんとかじゃなくて、いつもの訓練だと思ってやってみて下さい。訓練と同じ気持ちでやってみて下さい」

その日、午前中の実証飛行試験は、熊本から天草へのフライトで、着陸直前に乗客が左エンジンから煙が出ているのを発見し、緊急着陸するというものだった。

「……すいません、CAさん、なんか煙が出てるようなんですけど」

乗客役の社員がCAを呼んでいった。

CAは窓の外を見て、左エンジンから煙が出ていることを確認し、マイク兼送受話器で機長に報告する。

「左のエンジンから白い煙が出ています。……はい、そうです」

まだ緊張していて、顔が強張っていた。

機長と話し終えると、乗客にアナウンスする。

「皆様、当機は予定どおり天草空港に着陸致します。飛行に影響はありませんが、念のため衝撃防止姿勢をとって下さいますようお願い致します」

やがて機は高度を下げ、着陸態勢に入る。

窓の外で、下島の緑の田や畑、丘陵地帯がぐっと近づく。

「頭を下げてー！　頭を下げてー！」

前方のジャンプシートにすわったＣＡが、乗客に向かって大声で叫ぶ。

乗客役の社員たちは、上半身を前に倒し、頭を下げ、衝撃防止姿勢をとる。

その様子を、ＣＡのそばの席にすわった検査官が注意深く見ていた。

間もなくダッシュ8は、軽い衝撃とともに着陸した。

「大丈夫、落ち着いてー！　大丈夫、落ち着いてー！」

客室内では、ＣＡがジャンプシートから立ち上がり、万歳をするように両手を高く挙げ、乗客に大声で呼びかける。声と顔に必死の思いがにじんでいた。

（うん、よくできている。やればできるじゃないか！）

乗客役の一人の高橋は、心のなかでうなずく。

機が停止すると、ＣＡは急いで小窓から外の状況を確認し、煙が出たという想定の左のエンジンとは反対側の、機内前方右手の非常口を開ける。

「あなたは、降りる人たちの介助をお願いします」

ＣＡは非常口のそばにすわっていた若い男性社員にきびきびと頼む。

「最初に降りて、降りてくるほかの方々を支えて下さい」

非常口は、機内前方左手の通常の乗降口と違い、折り畳み式の階段が付いていないので、高齢者や身体の不自由な人は介助が必要だ。

「シートベルトを外してー、荷物を置いてー、後ろへ下がってー、ハイヒールを脱いでー！」

ＣＡは、搭乗口のそばで乗客に向かって、大きな声で分かりやすく指示を出す。

前日の講評で、「――しないで下さい」という禁止の表現をすると、緊急事態では騒ぎの中で言葉の後半が聞こえず、してはいけないことをしてしまう乗客が出てくると指導を受けていた。

ＣＡの目元に緊張感のあまり涙がにじんでいたが、手順はマニュアルどおりだ。

（落ち着いて！　あと少しだ！　泣かないで！）

座席の高橋は、心の中で声援を送る。

「脱出ーっ、脱出ーっ！」

ＣＡは腕を大きく回しながら、乗客を非常口へと誘導する。

検査官が腕時計の秒針を見ながら、脱出に要する時間をチェックしていた。通常は九十秒以内に全乗客を脱出させなくてはならないが、今回は乗客数が少ないので、六十秒以内とされていた。

「シートベルトを外してー、荷物を置いてー、脱出ーっ！」

乗客役の社員たちが、次々と乗降口から脱出して行った。


昼――

高橋は、会議室で検査官たちと一緒に昼食をとった。

「……いかがでした、午前中の感じは？　わたしは、かなりできていたように思いましたけれど」

出前の弁当に箸をつけ、高橋が訊いた。

疲れと睡眠不足で顔が火照るような感じだった。

「ええ、よくできていたと思います。まだだいぶ緊張はされているようですけど」

丸顔に細いフレームの眼鏡の係長が、出前の弁当を食べながらいった。やはり睡眠不足でつらそうだった。

「そうですか。それはよかった！」

高橋は会心の笑みを浮かべる。

「皆さん、本来の力が出てきていると思います。高橋さん、午後も検査を続けましょう」

同じテーブルで弁当を食べていたほかの検査官たちもうなずく。

「ただ、結論はどうなるかは、まだ分かりませんよ」

「その点は重々承知しています。みんなに気を抜かずにやるよう伝えます」

翌日——

夕暮れの天草空港では、小雨がぱらつき始めていた。

天草エアライン本社の駐機場に面した小部屋で、二つのパソコン・スクリーンを前に、運航管理者《ディスパッチャー》の男性が無線用のハンドマイクを握り、機長と交信していた。

「オペレーション、ノーマル。高度は……」

機長の無線の声がラジオ放送のように、四畳半ほどの運航管理者の部屋で流れていた。目の前の左側の青いスクリーンは天草空港の気象状況（気温、風向、風力、露点等）を数字で示し、右側の黒っぽいスクリーンは九州全体の気象図を映し出している。机上には、飛行機の重量や重心位置、燃料の量などの計算に使う電卓や計算尺、メモ、規定集、ミネラルウォーターのペットボトルなどが置かれていた。

「十七時半現在の天候を申し上げます。気温摂氏十度……」

運航管理者の男性が、マイクを通じて機長に天草空港の気象状況を伝える。

その後、男性の右手にある無線機から、機長が熊本や天草の管制官と英語で交信する声が聞こえてくる。天草空港の管制はやや特殊で、地上滑走や離着陸の許可は天草空港の管制官が出すが、天草から福岡、熊本への飛行許可は熊本空港の管制官が出す。

空港ビルの駐機場側の出口付近で、専務の村上賢昭や高橋力らが、機の到着を待っていた。

最後の実証飛行試験であった。

この日も社員たちは懸命に検査の重圧に耐えていた。

「おー、見えてきたなあ！」

村上らが声を上げた。

東南東の空に、オレンジ色の光の点が現れた。光は風でちらちらしながら徐々に大きくなる。

整備士の一人が滑走路に出て、両手に大きなパドラーを持ち、マーシャリング（誘導）を始める。

やがて空港上空にダッシュ8が白い機体を現し、順調に高度を下げ、タイヤから白い煙を上げて滑走路に着陸した。

その後、方向転換して駐機場まで移動し、乗客役の社員たちを降ろした。

最後に、グレーの制服姿のCAが乗降口から姿を現した。目にいっぱい涙をため、肩を小さく震わせていた。

経験がないにもかかわらず、四日間にわたる実証飛行試験で次々と緊急事態に対処しなくてはならず、プレッシャーは筆舌に尽くせないものだった。特にダッシュ8は、CAが一人しかいないので、すべて一人で判断して行動しなくてはならず、重圧はひとしおである。

「お疲れさま……」

残る二人のCAが彼女を迎えたが、三人とも感極まって、抱き合うようにして嗚咽した。

その様子を、航空局の係長が細いフレームの眼鏡ごしに見ながら、うなずいていた。

間もなく、オフィス内に全社員が整列し、検査官から最後の講評を受けた。

「……今日まで五日間、皆さんの準備状況を拝見させて頂きました。最初は緊張されていたようですが、後半は本来の力を発揮されたと思います」

丸顔に眼鏡の係長が、笑みを湛えていった。

連日にわたる長時間の検査と講評で、頬が少しこけていた。

「ただ、まだできていないことや、体制が不十分な点がありますので、それらは各部門への宿題という形で出させて頂きました。これらについては、期日までにまとめて報告して下さい」

部門ごとに、体制の整備や追加の訓練計画を策定し、それぞれ一週間以内程度で航空局に提出するよう義務付けられた。

「慣れない検査で皆さんも大変だったと思います。これからも引き続き訓練に励んで、立派な航空会社として業務をスタートさせて頂きたいと思います」

はっきりとはいわないが、条件付きの合格ということである。

緊張と睡眠不足で疲れ切った社員たちの顔が安堵と喜びで一様に輝いた。

3

開業前の最大のハードルである運航開始前検査を何とかクリアし、社員や関係者たちは約二週間後の就航に向けて準備を加速させた。相変わらずやるべきことは山ほどあり、連日、深夜まで残業が続いた。

新聞社やテレビなどからは頻繁に取材の申し込みが入るようになった。県庁の総務部広報課主幹時代にメディア対応の経験がある田山洋二郎が中心になり、取材を利用した宣伝活動を積極的に行なった。日本テレビからは、職場紹介を兼ねたのど自慢番組への出演依頼があり、CAの一人が出演して、キャンディーズの『春一番』を歌った。

一方、池田定行県議が、地元の商工会議所や病院関係の搭乗分を取りまとめ、大量に予約を入れ、開業に向けて後押しした。就航当日の熊本行きの便に自分用に一席、就航三日後の三月二十六日の福岡行きの便に二十五席、以下、三月二十八日に二十五席、四月四日に二十五席、同五日に二十五席、同十一日に二十席、同十二日に二十席、同二十二日に十八席の、合計百五十九席だった。

牛深市選出の西岡勝成県議ら、島の有力者たちも積極的に予約を入れ、池田に続いた。

地元の二市十三町は、住民に対して、利用促進のための助成金制度を作った。金額は、片道一万五百円の天草－福岡間には千五百円（子ども七百五十円）、片道六千三百円の天草－熊本間には千円（子ども五百円）を支給する。


三月二十三日・木曜日――

今にも雨が降りそうな曇り空の下、天草空港と天草エアラインは、待望の開業日を迎えた。

本渡市議会が、昭和五十二年十二月に、空港設置の要望書を知事と県議会議長に提出して以来、二十三年三ヶ月の歳月が流れていた。

空港ロビーの壁には、祝賀の横断幕が張られ、たくさんの花が飾られ、観光案内所も設置されて、ムードは最高潮に達していた。

早朝から関係者、乗客、見送りや出迎えの人々、取材記者、カメラマン、見学者ら数百人が詰めかけ、喜びと熱気が渦巻いた。空港で夜明かしした大阪の航空ファンもいた。

午前七時、開港式が始まった。

最初に、本渡市内にある諏訪神社と鈴木神社の神主たちによってお祓いが行われた。

続いて、開港を見届けることなく急死した福島譲二前知事を偲《しの》び、全員で黙とう。

その後、運輸省航空局次長深谷憲一が運輸大臣の祝辞を代読し、河野延夫熊本県出納長が式辞を述べた。

「……二〇〇〇年という節目の年に、待望の天草空港ができ、新たな交流の拠点になることと思います」

ダークスーツ姿の河野は、故福島譲二知事に代わっての出席である。

「空の安全と天草地域の発展を祈念しつつ、天草空港の開港を宣言します」

盛大な拍手が湧き、ロビー内でこだまし合った。

金色のくす玉が割られ、色とりどりの吹き流しや紙吹雪とともに、「天草空港開港」と大きくかかれた垂れ幕が中から現れた。

続いて、就航記念式に入る。

人々は駐機場に移動し、電源車につながれたダッシュ8の前で式典に入る。

魚住社長らが挨拶をし、河野出納長、魚住社長、園田博之代議士、石山范《すすむ》大阪航空局長、久々山本渡市長、伊藤五和町長、池田定行県議、小谷久爾夫県議（天草上島選出）の八人が、ダークスーツに白い手袋姿で横一列に並び、テープカットを行なった。風が吹いており、出席者たちから見ると、各人の鋏に付けられたリボンの紅白の吹き流しが一様に左に流れていた。

ロビーのチェックイン・カウンターでは、職員たちが懸命に乗客への対応をしていた。

「……いったいどがんなっとっとですか、これ!? こがん人のおらいたら、通られんじゃなかですか！」

赤ちゃんを抱えた女性がむっとした顔で、カウンターの職員に食ってかかった。

ロビーが人で溢れ返っていて、空港の自動ドアからチェックイン・カウンターまでの八メートルほどの距離が、人ごみをかき分けながらやっとたどり着けるような状態だった。

「申し訳ございません！」

「ちゃんと通路ば作ってもらわんば、こっちは赤ん坊ば抱えっとですけん」

そばで日本エアシステム空港本部の内海茂がはらはらしながらその様子を見守っていた。初日の状況が心配で、東京から駆け付けた。三日後の日曜日には、日本エアシステムのCAたちを連れて来て、航空教室を開く予定である。

交通対策総室の下村弘之も来て、運送や予約の状況を見守っていた。

チェックイン・カウンターの背後にある予約センターでは、NTTグループから派遣された三人のオペレーターたちが電話の対応に追われていた。

「……ええと、あのう、その便の予約は頂いていないようなんですけれど……」

ヘッドセットを着けたオペレーターの女性が、パソコンの画面で予約内容を確認しながら、恐る恐るいった。

「そんな馬鹿な！　こっちはちゃんと旅行代理店で予約して、手元に航空券もあっとですよ」

電話の向こうの客が怒る。

（ああ、また連絡漏れ……！）

オペレーターの女性が、宙を仰ぐ。

普通の航空会社と違って天草エアラインの予約システムは旅行代理店のシステムとつながっていない。そのため旅行代理店には、発券のつど、電話かファックスで連絡をくれるように頼んであるが、依頼が周知されていなかったり、代理店側がそうしたやり方に慣れていなかったりしたため、連絡漏れが多発していた。

予約センターの窓の向こうの駐機場では、就航記念式典が続いていた。

一番機の機長を務める渡利斎水が刀剣を手に、趣味の中国式剣舞を披露していた。

「それでは、ただ今から搭乗口にご案内致します」

チェックイン手続きが終わると、カウンターの職員の一部や、東京・池袋のホテルメトロポリタンから天草エアラインの業務課長に転職した藤川陽介らが、保安検査を手伝う。

そばで、保安検査のやり方を指導した財団法人空港保安事業センターの男性が、様子を見守っていた。

やがて搭乗が始まった。

河野出納長は故福島譲二知事の遺影を胸に抱いて飛行機に乗り込んだ。記者の一人にコメントを求められ「福島前知事も開港を心待ちにしていた。空の安全と天草の発展を祈りたい」と話した。

第一便（ＡＭＸ１０１便）はほぼ満席で、来賓、地元住民、福岡市で天草観光イベントを行う牛深ハイヤ隊の人々、全国からやって来た航空ファンなどを乗せ、定刻から四分遅れの午前八時十四分に駐機場から滑走路に向かい、福岡空港に向けて離陸した。

間もなく、コクピットのフロントグラスいっぱいに、青い島原湾と丸みを帯びた島々の風景が広がった。見ているだけで心が和む景色である。

「島のエアラインらしい風景だね」

機長の渡利と副操縦士は、微笑しながら言葉を交わす。

「おおーっ！」

「こりゃ、すごかー！」

客室では、乗客たちの間からため息や歓声が上がった。

左手眼下に雲仙岳が雄大な姿を見せていた。

「まっで遊覧飛行んごたる！」

雲仙岳は男性的な力強い姿で、平成三年の大火砕流の跡が山の東側の斜面にべったりと薄紫色に残っていた。左手には夜明けの空のような藍色の橘《たちばな》湾。雲仙岳の彼方には薄い藍色の諫早湾が見え、黒っぽい島影がいくつも浮かんでいる。

エンジン音を轟々《ごうごう》と響かせ、ダッシュ8は有明海上空に出ると、そのまま北に進み、大牟田市や久留米市の街並みを見下ろし、筑後川や嘉瀬川が蛇行して田畑の中を流れる筑紫平野から九州本土に入る。

やがて一〇〇〇メートル級の筑紫山地を超えると、銀色の屋根で埋め尽くされた福岡市が姿を現す。着陸に向けて高度を下げ始める頃には青い玄界灘とその島々が彼方に見えてきていた。

福岡空港でも朝から記念式典が行われ、天草エアラインからは専務の村上とCAの圓《つぶら》久美子が出席した。

第一便が滑走路に着陸すると待ち構えた人々から拍手が湧き、乗客たちが到着ロビーの自動ドアから出てくると、地元の人々が花束と記念品を手に出迎えた。

一方、ダッシュ8の機内では、CAが大急ぎで機内を片付けていた。着陸から離陸まで二十五分しかないので、目が回るような忙しさだ。

牛深ハイヤ隊は、早速、天神の福岡三越ライオン広場に赴き、江戸時代から伝わるにぎやかなハイヤ節と共に踊りを披露し、観光案内のビラ配りなどをした。

福岡から折り返して来た便が天草に戻って来たときは、雨が降り始めていた。

機を降りた乗客たちがロビーに出てくると、天草観光旅館組合の着物姿の女性たちや地元市町の観光担当職員ら約五十人が出迎え、一人一人に花束と天草産の陶磁器のワイングラスを手渡した。

この日は全便がほぼ満席で、天草空港のロビーは一日中、人でごった返した。

午後六時三十五分すぎに、福岡からの最終便（ＡＭＸ１０８便）が到着すると、社員や空港職員たちはほっとした表情を見せた。


夕方――

開港式と就航式の準備のために、前日から福島純一と一緒に天草に泊まり込んでいた松見辰彦は、車で熊本県庁に戻った。

「無事に開港できて、天草エアラインも就航して、まるで夢みたいだなあ」

交通対策総室の部屋で、松見はしみじみと喜びをかみしめた。

福島知事が急逝したあと、潮谷義子副知事が知事選への立候補を表明したため、天草、福岡、熊本各地で行われた式典の内容が二転三転したり、お祓いを諏訪神社と鈴木神社のどちらに頼むかで議論になったり、福島知事の遺影を持って飛行機に乗るのは縁起が悪いから止めた方がいいという意見が出たり、天草出身の園田博之衆議院議員が一番機に乗りたいといってきたため天草エアラインと調整したり、ぎりぎりまで走り回った。

「どん新聞もだいたい好意的なトーンですけど、最後にちびっと付いとるのもあっですねえ」

夕刊を点検していた同僚の職員が苦笑した。

天草空港開港を報じる記事は、〈待望の日、喜ぶ　乗客は「速くて便利に…」天草空港開港〉（熊本日日新聞）、〈福岡と空で直結　天草空港がオープン〉（西日本新聞）、〈福岡、熊本ぐーんと近く――天草空港が開港〉（毎日新聞）といった見出しで、だいたい好意的なトーンだった。

一方、「西部読売新聞」は、〈初日の二十三日は、予約で満席だったが、向こう一週間の四便の予約状況は平均70・2％にとどまっている。また、保有する飛行機は一機だけで、トラブルが起きた場合、全便が運航不能になるケースも予想される。赤字が出た場合、県が三分の二、天草の二市十三町が三分の一を負担することになっており、自治体財政が厳しい状況の中、負担増を懸念する声も出ている〉と指摘していた。

「好き勝手な意見をいうとは、メディアの自由だけんね」

松見が淡々といった。

これまで散々マスコミの取材を受け、各社それぞれ天草空港に対する報道姿勢が固まっているのが分かっていたので、批判的な記事も気にしなくなっていた。

「そろそろＮＨＫニュースの時間ですね」

同僚がいって、室内にあったテレビを点けた。

松見は少し嫌な気分になる。

ＮＨＫの記者からはしつこく取材され、自宅に電話がかかってきたことも二、三度で済まない。

しかも常に批判を前提にした取材だったので、最後はいつも喧嘩になった。

「熊本県の天草空港が今日開港し、午前八時すぎに第一便が福岡に向けて飛び立ちました。天草空港は、熊本県が本渡市と五和町にまたがる地域に、総事業費およそ九十九億円をかけて建設したもので……」

県内ニュースのコーナーに入ると、男性アナウンサーが原稿を読み上げ始めた。

記念式典の様子などを報じたあと、松見の予想どおり、否定的なトーンで締め括くった。

「……天草エアラインが赤字になった場合は、熊本県と地元の自治体が負担することになっています」

画面では、滑走路を離陸し、空の彼方に向かって上昇していくダッシュ8が映し出される。

「今、重い課題を背負って、天草エアラインは飛び立ちました」

翌日――

東京は風が強く、降ったり止んだりの不安定な天気だった。

朝刊には、明日から始まる春の選抜高校野球の記事が載っており、好投手筑川利希也を擁する東海大相模高校（神奈川県）が軸になると予想していた。

田山洋二郎は、運輸省航空局、日本エアシステム、日商岩井、熊本県東京事務所などを訪問し、天草エアラインが無事に開業したことの報告とお礼の挨拶回りをしていた。

田山が乗ったタクシーが、港区赤坂七丁目にあるカナダ大使館に向かって、青山通りを上っているとき、背広の内ポケットの携帯電話が鳴った。

「はい、田山です」

「田山さん、今、ちょっとよろしいですか？」

電話をかけてきたのは、県庁の人事課の担当者だった。

「よかですよ。異動の内示ですか？」

答えながら、開港した途端に異動とは、現金なことばい、と苦笑する。

「四月から商工観光労働部の商工政策課の課長補佐ということでお願いします」

「何の担当ですか？」

「貿易・物流プロジェクトを担当して頂きます」

「そうですか。……天草班から、ほかに異動はあるんですか?」

「下村弘之さんが環境生活部国際課主幹に、福島純一さんが熊本土木事務所用地課第二係参事に異動です」

交通対策総室の「七人のサムライ」のうち、田山を含め三人がお役御免になった。

「了解しました」

田山は淡々と答え、携帯を切った。

ふっと息を吐きながら、交通対策総室での四年間の日々を思い出す。

(まったく、ゼロからスタートして、ようやれたもんたい……)

大きな達成感と安堵感に包まれ、瀟洒《しょうしゃ》なオフィスビルやブティックなどが軒を連ねる青山通りの風景を眺めた。

第六章　星空の整備作業

1

天草エアラインは順調に滑り出した。

最初の一ヶ月間は懸念された欠航もなく、一〇〇パーセントの就航率を達成した。平均搭乗率は、六五パーセントの採算ラインを大きく上回る八〇・四パーセントで、特に、朝一番で福岡に向かう101便の搭乗率が九二パーセントと高かった。一方、福岡線に比べると熊本線は予想どおり見劣りし、午前十時十分天草発の熊本行き203便は、搭乗率が採算ラインぎりぎりの六五パーセントだった。

福岡線は、下島の苓北町にある九州電力苓北発電所の二号機（出力七〇万キロワット、石炭火力）が建設中だったことから、九州電力の社員や工事関係者が多数乗り、医師や病院関係者の利用も多かったため、一五パーセント引きの六枚綴りの回数券がよく売れた。

物珍しさから島民の利用も多く、週末になると孫に一万円札を握らせ、「こっで熊本まで行って帰って来なさい」と遊覧飛行のように乗せる人たちもいた(小学生以下は熊本まで片道三千百五十円で、地元住民用助成金を使えば二千六百五十円)。飛行機が珍しく、搭乗口のタラップを上がる前に、飛行機に向かって深々と一礼する老人などもいた。

一方、予約や運送(旅客・貨物輸送)など多くの部門で、体制の不備や不慣れのため、トラブルが絶えなかった。

予約センターでは、三人のオペレーターたちが頻繁にかかってくる電話の応対をしていたが、相変わらず旅行代理店からの連絡漏れが多く、客によく叱られた。

連絡漏れで、航空券を持っていても、データが入力されておらず、空港に来ても満席で乗れないケースも頻発していた。四人(女三人、男一人)のカウンターの職員、東急観光出身の業務部長(運送と営業を統括)高山正、同課長の藤川陽介などはしょっちゅう平身低頭していた。

人手が足りないのも相変わらずで、運送部門の川﨑茂雄らは、自分たち本来の保安検査や荷物の積み降ろしを終えると、雨の日などはカッパを脱いで、発券やチェックイン業務もやっていた。

日本エアシステムのものなどを急いで自社用に作り直した各種の規定やマニュアルも、現実にそぐわない箇所が多く、そのつど修正を余儀なくされた。

四月十九日――

天草は朝から降ったり止んだりの不安定な天気だった。

「こりゃあ、いよいよ欠航かなあ……？」

出社して来た社員たちは、不安そうな面持ちで上空を見上げた。空は、黒っぽく厚い雲に覆われていた。

たとえ計器飛行であっても、飛行機は一定の視程（視界）がないと着陸できない。必要な視程は空港の計器誘導装置の性能次第で、だいたい二〇〇メートルから八〇〇メートルだが、天草空港の場合は、一〇〇〇メートルの滑走路の端から端まで見えることが必要だ。

一方、この日も予約は順調に入っており、八〇パーセントを超える席が埋まっていた。

幸い、朝一番の福岡行き（101便）は、渡利機長の操縦で小雨の中を何とか離陸し、雲の彼方に消えて行った。

約二時間後――

チェックイン・カウンターの職員が、熊本行きの203便を予約している乗客と話をしていた。

「……今日は、上空の視界が悪くて、今、二回ほど着陸を試みたんですが、難しいようで……」

カウンターの男性職員は、申し訳なさそうにいった。

ダッシュ8は福岡から戻るには戻って来たが、視界が悪くて着陸できず、上空でホールド（旋回しながら待機）していた。

「あらあ、そうなの。困ったわねえ。用事で熊本に行かないといけないのに」

中年の女性はがっかりした表情を見せた。

「着陸できないと、どうなるの？」

「その場合は、払い戻しをさせて頂くか、あるいはこちらで熊本行きのバスを用意しますので……」

カウンターの電話の着信音が鳴った。

「はい、もしもし」

男性職員は受話器を取る。

「ええとね、１０２便（福岡からの便）、やっぱり視界不良で熊本空港にダイバートすることになったたから」

運航部の担当者だった。

ダイバートは、目的地に着陸できないため、別の空港に行くことだ。

「そうですか。分かりました。じゃあ、それで対応します」

受話器を置くと、目の前の中年男性が苛々《いらいら》した表情で、十枚ほどの航空券を突き出した。

「ちょっとこれ、もう払い戻してくれんね。わしら、自分たちの車で行くけん」

　団体客の代表者であった。

「申し訳ありません。それでは払い戻しの手続きをさせて頂きます」

「まったく、飛行機が一機しかない航空会社は、あてにならんのう」

「申し訳ありません」

　男性職員は頭を下げ、払い戻しの手続きを始める。

　金を数えていると、再び電話の着信音が鳴った。

「はい、カウンターです」

「ええと、あのう、熊本空港のＪＡＳ（日本エアシステム）の所長さんからお電話が入っているんですけど」

　総務部の女性がいった。

「えっ、ＪＡＳの所長さん⁉　分かりました。とにかく回して下さい」

「ちょっとあのね、おたくの旅客運送規程、どうなってるのかな？」

　日本エアシステムの熊本空港所長が苛立った口調でいった。同社は、天草エアラインの熊本でのカウンター業務を受託している。

「おたくの１０２便がこっちにダイバートされるらしいんで、代替交通手段（バスやタクシー）の費用はどうするかとか、補償や払い戻しや宿泊費はどこまで応じるかとかについて調べようとしたら、はっきりしないんだよね」

「すいません。ちょっとお待ち下さい……」

カウンターの男性職員は、慌てて旅客運送規定を出し、ページを繰る。

（かーっ、書いてない……！）

他社の旅客運送規定をそのまま写して作ったので、個別のケースについて明確な基準が設けられていなかった。

「すいません。ちょっとこちらでは分かりかねますので、責任者に聞いて、すぐ折り返します」

「えーっ、そうなの⁉　いったい天草さんは、どうなってんだよ⁉」

日本エアシステムの所長は怒りもあらわに電話を切った。

「すいません。お待たせしました。こちらになります」

男性職員は急いで金を数え、団体客の代表の男性に払い戻し金を渡す。

「こがんことなら、飛行機なんか予約すっとじゃなかったわい！」

十人ほどの団体客はぷりぷりしながら、空港ビルの玄関を出て行った。

「これ、明日の便に振り替えてもらえますか？　熊本に行くのは明日にしますから」

中年の女性が航空券を差し出した。

「かしこまりました。それではお手続き致します」

カウンターの男性職員は、キーボードを叩いて、予約システムに入力する。

ゴォーッ……。

頭上で、大きな物体が通過したような音が聞こえた。

「これ、何の音ですか？」

中年女性が訝しげな顔になる。

「ええと、今のは……？　ちょっとお待ち下さい」

男性職員は、急いでカウンターの背後にある予約センターの扉を開け、首を入れて駐機場に面した部屋の窓の向こうを見る。

（げっ、着陸してる！）

イルカと波の模様が描かれた白いダッシュ8が滑走路に着陸したところだった。

男性職員は慌てて運航部に電話をした。

「なんか、飛行機が着陸してるようなんですけどね」

「あっ、ごめん！　さっき電話したあと、キャプテン（機長）がもう一回トライさせてくれっていってきて、着陸したんだよ」

「そういうの、ちゃんといって下さいよ！」

男性職員は叫ぶようにいって受話器を置き、カウンターから飛び出して玄関のほうに駆け出す。

「すいませーん！　ちょっと待って下さーい！　熊本行きに、乗れまーす！」

先ほど出て行った団体客をつかまえようと、必死で走った。


それから間もなく――

夜、天草エアラインの整備士たちが、ダッシュ8の整備をしていた。

整備部は二交代勤務で、朝六時半から午後の半ばまでの組と、午後の早い時刻から夜までの組がある。主な作業は、福岡からの最終便（AMX108便）が午後六時十分に戻ったあとに行われる。

駐機場に停められたダッシュ8が、空港ビルからの灯《あか》りを浴びて、夜の闇の中に浮かび上っていた。小型機ではあるが、三十九人乗りの機体は、そばで見ると大きく、セスナなどとは桁の違う飛行機であることが実感される。

両翼の下についたエンジンのカバーが開けられ、金属製の梯子《はしご》付きの台の上に乗った整備士が、マグライトの強い光をエンジンに当て、点検作業をしていた。

無数の銀色の管が絡み合うようにエンジンを覆っており、人間の内臓のように見える。

整備士の一人、稲澤大輔は、背中にAMXという紺色の大きな文字が入ったグレーの作業着を着て、つばのある紺色のキャップをかぶり、灯りを点した操縦室で、スイッチを操作していた。

稲澤は長崎県の高校を出たあと、埼玉県の航空機整備専門学校で二年間学び、その後、長崎航空（現・オリエンタルエアブリッジ）で二年半働いてから、天草エアラインに移籍した若い整備士だ。

（さて、今度はどうか……？）

祈るような気持ちで、操縦室の天井のコントロールパネルに付いているＡＰＵ（補助エンジン）の始動スイッチを押す。

ＦＡＩＬ《フェイル》のランプが点灯した。

（……やっぱり、駄目か）

大きな身体の稲澤は、日焼けした顔に落胆の表情を浮かべる。

ＦＡＩＬのランプは、ＡＰＵが始動しないことを示していた。

稲澤は操縦室の窓際に寄り、下で見上げていた年輩の整備士に向かって、両手を交差させてバツ印を作る。

ＡＰＵは、メインエンジンを始動するために必要な圧縮空気を供給したり、駐機中に空調設備などを作動させたりするために用いられるもので、動かなければ、飛行機は飛ばせない。

「いったい、何が原因なんだろうなあ……？」

稲澤が飛行機から降りて来ると、ベテランの整備士は分厚い英文のマニュアルを開き、マグライトで照らして懸命に読む。

「ｒｅｌａｙ（継電器）かコントロール・ユニット（運転制御装置）の問題ですかねえ？」

「うーん……そうなのかなあ」

年輩の整備士は眉間に縦皺を寄せ、必死でマニュアルのページを繰る。

二人は何とかＡＰＵを始動させようと、二時間以上前から四苦八苦していたが、ダッシュ８の整備をするようになってまだ日が浅いため、原因の見当がつかない。

時刻はすでに午後十時を回り、夜風が出て、気温も徐々に下がってきていた。

頭上の夜空では、無数の星が瞬《またた》いている。

天草空港には格納庫がないので、ダッシュ８は野ざらしで、整備作業も屋外でやらなくてはならない。雨が降った日に故障が起きたりすると、泣きっ面に蜂である。

「やっぱり動きませんか？」

空港ビル内のオフィスから、運送を担当する業務部の男性社員が出て来て、心配そうに訊いた。

「ええ。ちょっと原因が分からなくて……」

しゃがんでマグライトの光でマニュアルを読んでいた二人が、男性社員を見上げる。

「そうですか。そりゃ、困りましたねえ」

機体の故障による運休の場合、航空券代金は全額払い戻さなくてはならない。

「明日も二百五十席以上予約が入ってるんで、これが全部パーになると……」

そのとき、オフィスのほうから、金髪で大きな身体の外国人が走って来た。

現地で技術的なサポートをするＦＳＲ（フィールド・サービス・レプレゼンタティブ）として、ボンバルディア社から一年半の予定で派遣されているエンジニアのアンドリュー・アーヴィンだった。ミシガン州デトロイト出身の米国人で、年齢は三十代後半。西ミシガン大学の工学・応用科学部で航空工学を学んだあと、ミネソタ州イーガン市にある地域航空会社メサバ航空（Mesaba Airlines）などでダッシュ８やサーブ３４０Ｂの整備に従事し、二年前にボンバルディア社に移籍した。独身で、有明海が一望できるテラスが付いた本渡市内のログハウス風の家を借りて住んでおり、毎朝サングラスをかけ、リュックを片方の肩にかけて出勤して来る。性格はシャイで、自分のことを冗談でＶＩＧ（very important gaijin）と呼んでいる。

「Hi, what's the problem?（ハーイ、どうしたの？）」

アーヴィンは誰かから連絡を受け、自宅から急いでやって来たらしく、普段着姿だった。

「Well Andy, APU doesn't start.（アンディ、ＡＰＵが始動しないんだよ）」

稲澤がいい、二人で状況を説明した。

「Hummm……I see.（なるほど……、そういうことね）」

夜風の中でポケットに片手を突っ込み、二人から話を聞いたアーヴィンがいった。

「Try a new starter generator.（ＡＰＵ始動用のジェネレーターを新しいのに替えてみなよ）」

「ジェネレーターを？」

ＡＰＵを始動させるためのモーターと発電機のことである。

「うん。おそらく、過大な電気負荷がかかって、ジェネレーターのブラシが損傷してるんだと思う」

ブラシは、発電機の静止部分から回転部分へ電流を伝送するのに使われる摺動《しゅうどう》接点だ。

「メインエンジンを起動するとき、いつもＧＰＵ（ground power unit= 電源車）じゃなくて、ＡＰＵを使ってない？」

メインエンジンを始動するには二つの方法があり、一つは電源車、もう一つはＡＰＵである。

「うん。いつもＡＰＵでやってる。電源車は、電気ケーブルの着脱作業が大変だし、寄港地の空港じゃ使用料金を取られるので」

稲澤が答えた。

「それだ。ＤＣ（直流）電源のケーブルは機首のコントラクター・ボックス（ブレーカー）から尾翼のところまで延びてる長いもんだから、電気的負荷が大きいんだよ。それに熱もこもりやすいから、負荷が二重になるんだ」

「うーん、そうだったのか！」

二人は直ちにジェネレーターを取り替えた。

ジェネレーターは、子供の頭くらいの大きさで、重さは四〇キログラムくらいあるため、大男の稲澤でも両手でやっと抱えられるくらいだ。

稲澤が再び操縦室に入って、コントロールパネルのＡＰＵ始動スイッチを押すと、今度はＦＡＩＬのランプは点灯せず、ＡＰＵが動き始めた低い音も聞こえてきた。

「無事動いたね」

稲澤が機を降りて戻ると、アーヴィンがにっこりした。

「Remenber, the Dash8 APU is not really designed to start the engines although it could if needed. Bombardier always recommend using GPU to start the aircraft.（憶えておいてほしいんだけど、ダッシュ８のＡＰＵは、必要なときにはメインエンジンを始動できるけれど、常時その目的で使われるようには設計されてないんだ。だからボンバルディアは、電源車を使うように勧めてるんだ）」

アーヴィンがいった。

「ただまあ、よその空港で電源車を使うと結構高い料金を取られるから、電源車は天草空港でだけにして、駄目になる前に早めにブラシを交換するっていう手もあるけどね。要はました」

「直ったんですか⁉　……ああ、よかったー！　これで二百五十席、パーにしないで済み

二人の整備士がうなずいたとき、先ほどの業務部の男性が小走りにやって来た。

コストの問題だよね」

五月十一日——

午前七時をすぎても、朝一番の福岡行きに乗務するＣＡが出勤して来なかった。

(まだ来てないわね……)

ＣＡ教官の倉橋綾子は、出勤してくる社員が通る空港ビルのロビーに出たり、空港脇の駐車場を見に行ったりしたが、件《くだん》のＣＡの姿も車もなかった。

(いったいどうしたのかしら？　事故なんかじゃないといいんだけど……)

多少心配しながら携帯で電話をかけた。

呼び出し音が何度か鳴ったあと、相手が電話に出た。

「もしもし、倉橋ですけど」

「えっ⁉　……あっ！　すっ、すみません！」

寝ぼけ声のＣＡはとっくに出勤時刻がすぎていることに気づき、慌てた様子。

「いったいどうしたの？」

事故でないことにほっとした途端、苛立ちを覚えた。

「あのう……ゆうべ疲れてて、目覚ましをかけ忘れたみたいです」

「そうなの。とにかくもうブリーフィングが始まるし、今日はわたしが乗りますから」

口調がいくぶん冷淡になっていた。

ＣＡは毎日四便ずつ二人が乗務するが、万一何かあった場合に備え、三人目がスタンバイしている体制になっている。この日は倉橋がスタンバイだった。

「本当に、すみません」

寝坊したＣＡは消え入りそうな声で謝る。

普段は素直で習得も早く、倉橋にもよくなついていた可愛いところのあるＣＡだった。

「今後、こういうことが二度とないよう、気を付けて下さい。わたしたちの寝坊で飛行機を遅らせるわけにいかないですからね」

教官らしく厳しくいって話を切り上げると、急いで制服に着替え、出発前のブリーフィングが行われている運航管理者《ディスパッチャー》の部屋に向かった。

部屋は駐機場に面しており、窓の向こうの白いダッシュ8の周囲で、整備士たちが点検作業を行なっていた。

出発前のブリーフィングは、最初にパイロットたちと運航管理者が、気象状況や各空港での離着陸方向、乗客数（機体重量）などについて確認し合い、その後、ＣＡも加わり、乗客に関する情報（介助が必要だったり、特別な配慮が必要な乗客がいないか等）などを共有する。

「すいません。今日はわたしが乗ることになりました」

グレーに薄い白の縦横のラインが入った制服に着替えた倉橋は、運航管理者の部屋でカウンター代りのキャビネットを挟んでブリーフィングをしていた二人のパイロットと運航管理者にいった。

「寝坊したの？　開業までの疲れが出たのかな？」

制服姿の年輩の機長が苦笑した。

「申し訳ありません。わたしの指導不足です」

倉橋は神妙に頭を下げた。

五月十五日――

天草エアライン専務の村上賢昭は、オフィスの奥のほうにある執務室で書類に目を通していた。

（この分なら、融資は受けなくて済みそうだな……）

経営状況に関する書類に目を通す村上の目に安堵の色が浮かんでいた。

開業前は、売り上げの大半が代理店経由だと予想し、金が振り込まれるまでのタイムラグをカバーするため、一億円程度の運転資金が必要だと考えていた。融資枠を肥後銀行に依頼し、すったもんだの末に頭取にかけ合い、最終的に、無担保無保証で融資枠を作ってもらった。

ところが蓋を開けてみると、代理店経由は二〜三割しかなく、残りの大半は直接チケット・カウンターと予約センターでの購入で、代金は現金で入ってきた。

また、ダッシュ8の最終代金（九百六十万ドル）を支払った際の為替レートから生じた予算との差額一億四千五百九十二万円も会社の運転資金として使うことができた。

さらに航空機にかかった消費税五千二百万円弱の還付も受けることができた。これは消費税を払った年度中に運航を開始すれば、還付を受けられるという税法上の規定によるもので、年度末ぎりぎりの三月二十三日に運航を開始できたことの賜物だった。

（熊本便もだいぶよくなってきたなあ……）

村上は運航データの表を見ながらうなずく。

これまでのところ就航率（欠航しなかった比率）は九九・〇パーセント、福岡便の平均搭乗率は八三・二パーセント、熊本便は同七一・四パーセントで、両路線とも上向いてきていた。

（あとは心配なのは梅雨か……）

梅雨になると雲が垂れ込め、視界が悪くなって着陸できないため、欠航が多くなる。

ドアがノックされた。

「村上専務、永平寺の偉いお坊さんが来られて、貴賓室がないかとお尋ねなんですが……」

総務部の女性社員がいった。

「えっ、永平寺の偉いお坊さん？」

福井県永平寺町にある永平寺は、總持寺（神奈川県横浜市）と並ぶ曹洞宗の大本山だ。

驚いて空港ロビーに行くと、全員坊主頭で黒っぽいスーツ姿の僧侶たちが大勢いて、一種異様な雰囲気にぎょっとなった。

その中に車椅子に乗った、いかにも位の高そうな僧がいた。かなりの高齢で眉毛もほとんどないが、ただならぬ風格が漂っていた。

「あっ、村上さん、永平寺の偉い方が来られてて、空港に貴賓室がないかとお尋ねなんですけど」

交通対策総室で天草エアライン立ち上げの仕事をし、今は、空港ビル二階にある県の天草空港事務所に出向し、総務課長として働いている成尾雅貴がそばに来ていった。

「しかし、貴賓室なんてないしなあ……」

「ですよねえ」

「もう空いているのは社長室くらいしかないから、そこで休んでもらおうか」

社長室は滑走路側に窓があり、オフィス内で一番眺めがよい。ちょうど社長の魚住は二日前にぎっくり腰になり、自宅静養中である。

村上は高僧のお付きの僧に事情を説明し、社長室に案内した。

高僧は永平寺七十八世貫主の宮崎奕保《えきほ》禅師で、明治三十四年生まれの九十八歳だった。話を聞いてみると、昨日、本渡市内にある曹洞宗の東向寺《とうこうじ》で、晋山式《しんさんしき》（住職の継承法要）と記念碑の除幕式があり、それに出席したのだという。

東向寺は、島原・天草の乱（一六三七年）から十一年後の慶安元年に、キリスト教禁制のあと、島の治安の安定を図るため、初代代官の鈴木重成が三代将軍徳川家光の命を受けて建立した寺だ。

江戸時代中期、その東向寺で、尾張国《おわりのくに》の瀬戸（現・愛知県瀬戸市）出身の天中和尚が住職を務めていたとき、天中を頼って加藤民吉という男が瀬戸からやって来た。加藤は、高浜（現・天草市天草町高浜）で磁器焼色絵の製法を学び、瀬戸に帰って磁器焼を興隆させた。加藤は、瀬戸の磁祖として窯神《かまがみ》神社（愛知県瀬戸市）に祀られており、昨日除幕された碑は、白い磁器に青で天中和尚と加藤民吉を描いたもので、愛知県陶磁器工業協同組合からの寄贈だという。

福岡行きのＡＭＸ１０５便は定刻どおり午後一時五十五分に出発し、村上らは宮崎禅師ら僧侶の一行を見送った。

福岡から折り返して来た106便が午後二時半に到着すると、ロビーに顎が長く、白髪まじりの頭髪を短く刈った初老の男が姿を現した。

都会風に洗練された雰囲気を身にまとった男は、作詞家でタレントの永六輔だった。商店街を応援するための講演会にやって来たのだった。

「永さん、初めまして。この空港事務所で総務課長を務めております成尾と申します」

出迎えた成尾は少し緊張して挨拶をした。

「わたしは永さんが大好きで、学生時代には永さんが主宰する集まりによく出かけておりました。そういうところで、麿赤兒《まろあかじ》さんとかマルセ太郎さんの一人芝居というものを知る機会に恵まれたりしました」

成尾は熊本の出身で、昭和五十三年に早稲田大学法学部に入学した。この頃、永は、新宿の紀伊國屋ホールで定期的にゲストを呼んで催し物をやっていた。

「ああ、そうなんですか。それは有難うございます。嬉しいですね」

永は舌が絡まるような独特の喋り方で答えた。

「永さん、空港は使う人だけでなく、使わない人にも素晴らしい恩恵をもたらすことができると思うんです。たとえば、今日こうして、永さんが天草に来て下さったことです」

成尾は真剣に話し、永はにこにこしながら聞いている。

「二泊三日もかかったりすると、東京の文化人や芸能人の方々は、時間が取れなくて天草まで足を伸ばすことができないかもしれません。でも一泊二日なら来やすくなります」

「うん、まったくそうですね。僕なんか今日、東京で仕事をしてから来ましたから」

永はこの日、福岡経由で東京からやって来た。

「永さんは、今日、講演をされると伺っております。できたら地元の人たちに、そういったお話もして頂けないでしょうか」

「分かりました。よろしいですよ。お話ししましょう」

成尾の真面目な態度に共感を覚えたようで、永は快諾した。


その日、本渡市内で講演をした永六輔は、冒頭、「今日、僕は午前中、東京のＴＢＳでラジオの仕事をしていました。その僕が、今こうして、皆さんの前で話をしている。飛行機ってすごいですね。皆さんが飛行機を利用しなくても、飛行機でこうして島の外から色々な人が来るようになる……」と話し始め、成尾を感激させた。


五月十七日――

最終のＡＭＸ１０８便が福岡から到着して間もなく、専務の村上賢昭と総務部長の島田保信が副操縦士三人と会議室で話し合っていた。

成尾同様、交通対策総室で天草エアラインの立ち上げに携わった島田は、四月から天草エアラインに出向した。

「……まったく、こんなんじゃ話になりませんよ！」

若い副操縦士が、憤懣やるかたないといった表情で不満をぶちまけていた。

「保証もない、操縦かんも握らせないで、どうやってやってけっていうんですか⁉」

保証というのは、大手航空会社などで、実際に飛ばなくても、フライトをしたものとみなして一定額の手当や給与を支払う制度だ。予算も限られている天草エアラインでは、そうした保証制度は設けていない。

一方、この副操縦士は、あまり操縦かんを握らせてもらえないという不満を抱いていた。以前は、小さな航空会社の機長として、遊覧飛行やチャーター便のセスナ機サイズの小型機を操縦していた事業用操縦士（飛行時間二百時間以上）だが、定期運送用操縦士（飛行時間千五百時間以上）ではないため、天草エアラインでは機長になれない。副操縦士でも、操縦技能を磨くため、操縦かんを握って操縦することがよくあるが、この副操縦士はペアを組んでいる機長と折り合いが悪く、あまり操縦かんを握らせてもらえていない。

「だいたい、こんなショートレンジ（短距離）で毎日飛ばされた日にゃ、身体が持ちませんよ！」

「しかし、そうはいっても、路線はどうしようもないんでねえ……」

村上と島田は困った顔つき。

天草エアラインの路線は、二十分から三十分と短く、パイロットが最も緊張する離陸と着陸を一日に何度も繰り返すので、確かに心身の負担は大きい。

「我々は乗客の命を預かってんですよ。グランド・スタッフ（運送部などの地上職員）なんか、小便する間もないくらい仕事したってどうってことないし、自分も昔、羽田で働いていたときそうやってましたよ。だけどパイロットは休むのも仕事なんですよ」

この副操縦士は、昔、ある航空会社の社員として羽田空港で運送の仕事をしていたことがある。

他の二人の副操縦士は、黙って聞いている。

「不満があるのは分かるんだけど……」

細面に大きめのフレームの眼鏡をかけた村上がいった。

「ただ、うちは税金で作られた第三セクターだから、ある程度、待遇面に制約があるのはやむを得ないことで……」

「僕がいいたいのは、それにしてもこんな待遇はないでしょってことですよ」

副操縦士が村上の言葉を遮る。

「給料が安いんなら、もっと操縦かんを握らせてくれるとか、ある程度の裁量を与えてくれるとかして下さいよ」

「それについては機長の判断ということになるので……。一応、そういう希望があることは、高橋常務を通じて伝えておきます」

機長のほうは、この副操縦士はまだ経験が浅いので、あまり任せられないといっていた。

「こんなんじゃ、長崎航空に抜かれますよ、まったく！　まともなパイロットだったら、みんな長崎航空に行きますよ」

この副操縦士は、長崎航空（現・オリエンタルエアブリッジ）の待遇をどこかから聞いてきて、天草エアラインの待遇は悪すぎると主張していた。

「まったく人を馬鹿にしている！　こんなんじゃ、会社が信じられなくなりますよ」

「とにかく会社として、待遇面をもう一度検討させて下さい」

村上がいった。「検討した上で、提案なり、なんなりさせてもらいますから」

副操縦士たちとのミーティングのあと、村上と島田は、村上の執務室で話し合う。

「まったく、やれやれだね」

村上がいった。

「確かに待遇はよくないですけど、そういう前提で入ってもらったわけですけんねえ」

大柄な島田がいった。

「まあ、高橋さん（常務）とも相談して、一回考えてみまっしょか」

「しかし、あの二人の不仲も困ったもんですね」

先日も歓送迎会の席で、件《くだん》の機長と副操縦士が大喧嘩になり、居合わせた人々を困惑させた。

「どっちもプライド高いけんねえ」

機長のほうは、長年日本エアシステムで機長として祭り上げられていたせいか、喧嘩の最中に「機長は、コーパイ（副操縦士）の仕事も、総務や運送の仕事もできるが、彼らに機長の代わりはできない。機長は航空会社では特別職だ」といい放った。

「副操縦士だけじゃなくて、ＣＡや整備やグランド・スタッフも色々不満があるようだから、待遇面を再検討せないかんて、高橋さんにもいわれとるしなあ」

村上は高橋力から、待遇面や仕事の分担が不明確なことから、職員たちが不満を持っていると聞かされていた。天草エアラインでは、臨時職員や契約社員が多く、人事考課制度もまだできていなかったので、「こんなに忙しいのに、いつになったら正社員にしてくれるのか」という声も出ていた。この背景には、職員の身分に関して日本航空などのやり方を踏襲したことがあった。この頃、経営状態が厳しい大手航空会社は、ＣＡなどを契約社員として採用していた。

「開業までは無我夢中でしたけど、少し落ち着いてくると、色々出てくってですね」

「まあ、できたばっかりの会社だけん、改善できるところは改善して、試行錯誤でやっていくしかなかだろうね」

2

六月四日——

福岡は快晴で、北東の風が吹いていた。

天草エアライン機長の石垣忠昭は、福岡空港で乗客を乗せ、定刻午後二時五十五分発天草行きAMX106便のエンジンを始動させるところだった。日曜日だったので、乗客は福岡で用事を済ませ、島に帰る人々が多かった。

石垣は北海道函館市生まれで、地元の高校を卒業後海上自衛隊航空学校に入学し、P2V対潜哨戒機の機長などを務めたあと、三十五歳のときに東亜国内航空（日本エアシステムの前身）に転じ、YS11やDC9などの旅客機を操縦し、昨年天草エアラインに入社した。趣味は剣道で、五段の腕前である。

「アマクサエアー106、クリアード・フォー・テイクオフ（天草エアライン106便、離陸を許可します）」

ヘッドセットのスピーカーから管制官の声が流れ、石垣は、滑走路の手前で座席右側にあるスラスト・レバーを前に起こす。

グオオォーン、グオオォーン……。

突然、右エンジンが、獣が吼《ほ》えるような音を発した。

（えっ⁉）

石垣は副操縦士と顔を見合わせる。

エンジン関係の計器類に視線をやると、エンジンのパワーが上昇すると同時に制限値近くまで数値が上昇し、パワーを下げると、計器類の表示が急激に下降した。

何が起きたか分からなかったが、原因が分からないときは、すぐに前の状態に戻すというかつての先輩の教えに従い、スラスト・レバーを元の位置に戻した。

計器盤を見ると、ＰＣＵ（プロペラ・コントロール・ユニット）の警告ランプが点灯していた。

「アマクサエアー１０６、ハヴィング・エンジン・トラブル。リクエスト・リターン・トゥ・ザ・スポット（天草エアライン１０６便、エンジン不具合のため、駐機場に戻る許可を求めます）」

無線で福岡空港の管制官を呼び出し、許可を求めた。

「ラジャー。アマクサエアー１０６、タクシー・トゥ・ザ・スポット。テイク・ア・ルート……（了解しました。駐機場に戻ることを許可します。経路は……）」

管制官が了承し、どこを通って駐機場に戻るべきか指示する。

石垣はヘッドセットを外し、黒いハンドマイクを手に、機内アナウンスを始める。

「機長より乗客の皆様にお知らせ致します。当機は、天草に向けて離陸するため、エンジンを始動しましたが、不具合が生じ、点検のためいったん駐機場に戻ることになりました。皆様にはご迷惑をおかけ致しますが、何卒ご了承下さいますよう、お願い申し上げます」

異常なエンジン音を聞いていたせいか、乗客から苦情はなく、駐機場に戻ると全員素直に飛行機を降りた。

石垣が地上の日本エアシステムの整備員に状況を話すと、やはりＰＣＵ（プロペラ・コントロール・ユニット）の故障ではないかと指摘された。プロペラの角度や回転数を自動的に調整する装置で、左右のエンジンそれぞれに付いている。

「ということは、ＰＣＵの交換ということになりますか？」

「ええ、そうですね」

作業服姿でキャップをかぶり、騒音よけのイヤーマフ（ヘッドセット）を首の周りにかけた整備士がいった。

「どれくらいの時間がかかるものなんですかねえ？」

「五時間くらいはかかると思いますよ」

「うーん……、それじゃ、今日はもう飛べませんねえ」

今すぐ作業を始めれば、多少遅れて最終便を飛ばせる可能性もなきにしもあらずだが、寄港地に整備士がいる大手航空会社と違い、天草エアラインの整備士たちは、天草から車で約二〇〇キロメートルの道のりをやって来る。

同じ頃――

郷里の熊本県菊池市で週末をすごしていた専務の村上賢昭が、運航担当常務の高橋力から電話を受けた。

「……えっ、福岡でエンジン故障!?」

携帯電話を耳にあて、村上は顔をしかめた。

「おそらくエンジン自体が壊れたとか、そういう大きな問題じゃないようです。ただ福岡空港まで行って修理しないといけないので、今日は106便から全面運休するしかありません」

高橋がいつもの太く渋みのある声でいった。

「全面運休？　……参ったなあ」

キャンセルとなった三便（106、107、108）の乗客数は百人近くおり、売り上げがなくなるだけでなく、全乗客への対応が必要である。

オフィス内では、運送と営業を担当している業務部や予約センターの職員たちが電話にかじりつき、払い戻しや代替運送手段の手配を行い、空港ロビーのチケット・カウンターでも乗客への説明や払い戻しに大わらわである。

高橋自身も先ほど本渡市内のアパートから急いで出社して来たところだった。

「大阪の航空局にはもう報告したんですね？」

村上が訊いた。

「もちろん報告済みです」

「整備の連中は、これから福岡空港に向かうんですか？」

「そうです。不具合の箇所が完全には特定できないんで、想定できる限りの問題に対処できるよう準備して出かけさせます」

整備部では、部長の濱田脩以下、整備士たちが持っていくべき部品や工具を選んでいた。もし足りない物があって、福岡から再び天草に取りに帰って来なくてはならなくなったりすると、時間も労力も大幅に浪費するので、迅速かつ慎重に決めなくてはならない。

「分かりました。わたしもすぐ会社に戻ります」

村上は話を終えると、自家用車で天草に戻る準備を始めた。

午後五時四十五分——
若手の江口英孝ら三人の整備士を乗せた大型ミニバン、トヨタ・エスティマが福岡に向けて天草を出発した。想定される問題に対処するための工具、部品、整備マニュアルを積んでいた。

福岡までは四時間以上かかるので、途中であたりはとっぷりと暮れた。

午後七時頃――

機長の石垣は、故障に関する報告書を書き終えると、副操縦士、CAと一緒に、空港近くのホテルのレストランで夕食をとった。その後、コンビニで三人分の下着や靴下を調達し、ホテルの部屋で休んだ。

三人の整備士たちが福岡空港に到着したとき、時刻は午後十時を回っていた。

「……やっぱりPCUだな」

明るく照明されたダッシュ8の操縦室で、スイッチやつまみを操作し、計器類の動きを見ていた年輩の整備士が江口にいった。

もう一人の整備士は、梯子《はしご》が付いた金属製の台の上に乗り、右のエンジンカバーを開け、光量の強いマグライトを当てて、PCUを点検していた。

「じゃあ、交換ですね」

紺色のキャップをかぶり、AMXという大きな文字が背中に入ったグレーの作業服で小柄な身体を包んだ江口がいった。熊本市出身の二十八歳で、以前は、熊本空港で自家用機の整備をしていた。几帳面で細部にまで神経が行き届くタイプである。

「その前に、手順を確認しよう」

二人は機から降り、持ってきたマニュアルのページを繰る。ダッシュ8の整備を始めて日が浅いので、慣れていれば簡単に分かるような、どこを開け、どこをいじれば、どの部品が外れるかもいちいち確認しなくてはならない。

「……ええと、まずここから外していけばいいのかな？」

ベテラン整備士が、マグライトを当ててマニュアルの英文の一ヶ所を示した。

「そうですね。そんな感じですねえ」

「ちょっとすいません。ここに書いてあるこれって、どういう意味ですかね？」

江口が、眼鏡の視線を凝らし、ページの一ヶ所を指さす。

「ん？　それは……」

三人で額を突き合わせ、しばし考える。

「あっ、分かった。それって、これのことだ」

年輩の整備士がマニュアルの別のページを繰り、二人に見せる。

「ああ、なるほど。そしたら、次の手順としては……」

三人は確実に修理できるよう、手順を慎重に確認していく。

時刻はすでに真夜中を回っていた。

夜の空港は最終便の離発着も終わり、人影はまばらである。日本航空、全日空、スカイマークなどの飛行機が、照明も少なくなった駐機場に並んでいる。

「……オッケー。じゃあ、作業を始めるか」

三十分以上かけて手順の確認が終わると、年輩の整備士がいった。

「江口、新しいPCU持ってきてくれ」

「はい」

江口は小柄な身体を翻《ひるがえ》し、小走りで部品や工具を置いた場所に戻り、エアーパッキングの包装材で包まれたPCUを持ってきた。重さ五キログラムほどの比較的小さな部品だ。

「じゃあまず、壊れたのを外そう」

三人は、カバーを開けた右エンジンの下に行き、二人が金属製の台の上に上がり、江口がマグライトで手元を照らしながら、取り外し作業を始めた。無数の銀色の管が絡み合ってエンジンの表面を走っていて、まるで開腹手術をしているようだ。

三人は、時おりマニュアルを確認したり、汗をぬぐったり、工具や部品を取り換えたり、ペットボトルの水を飲んだりしながら作業を続けた。

作業は四時間を要した。

「……とりあえず、終わったな」

PCUの交換が終わり、エンジンのカバーを閉めて、三人がほっとした声を漏らしたとき、時刻は朝の四時半になっていた。

周囲はまだ真っ暗である。

「あとは試運転だけだけど……それまでどうする？」

年輩の整備士が二人の顔を見ていった。

福岡空港には騒音規制があるので、朝までプロペラを回すことはできない。

「これからホテルに行って、一、二時間横になるだけで一泊分取られるのも馬鹿らしいですしねえ」

「じゃあ、飛行機の中で寝るか？」

三人はダッシュ8の機内に入り、身体をごろりと通路に横たえた。座席より多少汚いが、疲れと寝不足で、とにかく横になりたかった。

結構寒いなあと思いながら浅い眠りに落ちると、間もなく窓の外が白み始め、午前五時すぎには太陽が昇り始めた。

一時間あまりの短い仮眠のあと、三人は眠い目をこすり、最後の点検作業を始めた。

「それじゃあ、エンジン、動かしてみるぞ」

年輩の整備士が操縦室に入り、ＡＰＵ（補助エンジン）を起動させたあと、頭上のエンジン・スタート・ボタンを押して、右エンジンをスタートさせた。

ブオオーン、ブオオーン……。

右のプロペラは問題なく回転し始めた。

コンディション・レバーを徐々に押し上げ、パワーを上げると、プロペラの回転数も着実に上昇する。

（うん、いい感じだ）

江口ともう一人の整備士は、機外でプロペラの動きや音に注意を払っていた。

操縦室の年輩の整備士は、計器類の表示もチェックし、異常がないことを確認すると、今度は念のため、左のプロペラも回してみる。

計器類を一瞥し、正常に作動しているのを確認したあと、両方のエンジンを止めた。

「オーケーだな」

「ですね。直りましたね」

乗降口から降りて来た年輩の整備士に、地上で待っていた江口ともう一人の整備士がほっとした表情で応じた。

間もなく、ホテルでぐっすり眠り、すっきりした顔の石垣忠昭機長と副操縦士が姿を現し、整備士たちをねぎらったあと、自分たちで点検と試運転を行い、問題のないことを確認した。

午前七時半、ダッシュ8は、定刻午前八時十分発の福岡行きに間に合わせるため、ＣＡだけを乗せ、朝日の中を天草に向けて飛び立って行った。

その日、天草は終日快晴で、天草エアラインは、ダイヤどおりに全便を運航し、故障の影響を最小限に食い止めた。

空港でチェックインした乗客の中には、日焼けして引き締まった身体の人々がちらほらいた。前日、本渡海水浴場を発着点として開催された第十六回天草トライアスロン国際大会（水泳一・五キロ、自転車四〇キロ、ラン一〇キロ）の参加者たちだった。村上賢昭は、JTU（日本トライアスロン連合）特別広報委員で歌手の錦野旦《にしきのあきら》と空港で立ち話をした。錦野は日焼けして精悍な風貌だったが、前夜祭で歌ったり、トライアスロンに参加したりしたせいか、疲れた様子で、声もがらがらだった。

それから間もなく——

交通対策総室審議員の松見辰彦、天草エアライン専務の村上賢昭、同常務高橋力、日本エアシステムOBで天草エアラインの防災ヘリ事業部長になる予定の古川勝美が熊本県庁を訪れ、総務部防災課の担当者たちと話をした。

「……ですから、資金の県外流出を防ぐという意味でもですね、防災ヘリ事業は天草エアラインが受託するっていうのが、一番合理的だと思うんですよ」

松見は、いつものように相手に分かりやすく、語りかけるように話す。

「うーん……」

ワイシャツにネクタイ姿で、首からＩＤカードをぶら下げた防災課の三人の担当者は渋い表情。

熊本県は前々から消防や救助活動を支援するための防災ヘリ（消防防災ヘリコプター）の導入を検討していたが、今年ようやく予算が付き、実現することになった。現在、ヘリコプター一機を購入するための入札が行われている。

元々本田航空が天草空港への乗り入れを考えたのは、県の防災ヘリの運航受託も視野に入れてのことだった。同社は埼玉県や栃木県で防災ヘリの運航を受託しており、収益面でも魅力があると話していた。松見らは、天草エアラインの経営基盤を安定させるため、是非とも防災ヘリの運航を受託させようと考えた。

「天草エアラインの人員や施設で共有化できるものもありますので、経費抑制にもつながると思います」

村上賢昭がいった。

「共有化？　たとえば、どぎゃんとですか？」

防災課の担当者の一人が訊いた。

「たとえば、天草エアラインが熊本空港に持ってる格納庫と事務所です。うちにヘリの運航を委託してもらえれば、格納庫を作る手間も費用も省けます」

本田航空から譲り受けた格納庫と事務所のことで、事務所のほうはつい半年前まで天草エアラインの本社だった。

格納庫は現在、ダッシュ8がダイバートや検査などで熊本空港で夜明かしするとき使われている。

今後、台風などで天草空港に野ざらしで置いておけないようなときにも使う予定だ。

「いや、あの格納庫を譲り受けたのは県であって、天草エアラインが譲り受けたわけじゃなかでしょう?」

防災課の三人の担当者の真ん中にすわった年輩の男がいった。

「確かに譲り受けたのは県ですが、我々が交渉して、天草エアラインが使うということで譲り受けたものですから」

我々が交渉して、という言葉を強調して松見が反論すると、三人の担当者は面白くなさそうな顔つきになった。

「そもそもあの格納庫に、ダッシュ8とヘリコプターを一緒に入れらるっとですか?」

「それは大丈夫です。我々のほうで、ちゃんと確認してあります」

高橋力がいった。

高橋は元々日本エアシステムのヘリコプターのパイロットで、防災ヘリ受託後は運航管理を統括する予定である。

「天草エアラインは県が五三パーセント出資している県の会社ですから、県の防災ヘリ事業は、天草エアラインが受託するのが理にかなっていると思うんですよ」

　松見がいった。

「いやあ、県の三セクといっても、所詮は別会社じゃなかですか」

　防災課の年輩の職員はにべもない。

「防災課としては、あくまで防災という目的を効果的かつ効率よく達成できる会社を選ぶのが第一ですから。そぎゃんせんと県民に説明がつきませんけんね」

　その言葉に、松見らはため息をつきたくなる。

　同じ県庁職員でも、担当が違うとまるで別組織だ。

「それに、随契《ずいけい》（随意契約＝入札なし）で天草エアラインに委託するのはけしからん、入札をやるべきだっていう声も強いんですよ」

「ふーん……。要は、他社がそういうことをいってるわけですか？」

「ええ、まあ……そぎゃんことです」

　防災ヘリの話を聞きつけたヘリコプター各社が猛烈な委託獲得運動を展開しているのだった。九州電力のヘリコプター会社である西日本空輸（本社・福岡市）は、九州電力と関係の深い複数の県会議員を使って県庁に働きかけ、本田航空の元社員たちが創業したエクセル航空（千葉県浦安市）は、天草エアラインが本命と見て、下請けで受託しようと、しょっちゅう魚住社長や村上を訪ねて来たり、提案書を送ってきたりしていた。そのほか、熊本航空（熊本県益城町）、九州航空（大分県大分市）、東邦航空（東京都江東区）、エースヘリコプター（埼玉県川越市）なども競争に乗り出していた。

また万一の事故に備え、年間三千万円以上の掛け金が必要な大型の損害保険が必要になることから、天草エアラインには東京海上などの損保会社が頻繁にやって来た。特定の損保と結びついた県議が売り込みに躍起になるなど、政治家と企業が入り乱れる騒動になっている。

3

雷を　避けて飛行機　やっと着く
普賢岳　積乱雲を　吹き飛ばし
今朝もまた　夏空見上げ　ほっとする
村上賢昭

六月上旬に梅雨が始まると、雨雲や雷が多くなり、天草エアラインの職員たちは空を見上げて一喜一憂するようになった。雨雲や気流に翻弄されながら、パイロットが何度も着陸をトライするのをはらはらと見守ったり、雲はあっても離着陸に影響がない上空の高い位置のときはほっとしたりした。寝る前には西の空を見上げ、翌日の天気を予想するのが習慣になった。

パイロットのほうも、天草空港の天候が悪くて熊本や福岡にダイバートとなり、そこで一泊するしかないと思って機を降りようとしていたら、天候が回復したと連絡が入り、「何時間働かされるんだよ……」とぼやきながら、翌日の始発のために天草まで飛ぶこともあった。

六月二十三日、天草エアラインで一年あまり仕事をしたCA教官の倉橋綾子がラストフライトを終え、沖縄に帰った。代わって、鹿児島の日本エアコミューター（日本エアシステムの子会社、略称・JAC）から宮原千鶴が着任した。日本エアコミューターにはダッシュ8がないので、琉球エアーコミューターで訓練を受け、教官の資格を取って赴任した。CA教官としては倉橋以上に厳しかったが、陶芸教室や社交ダンスを通じて地元にとけ込み、天草で二年間働くことになる。

七月十五日に梅雨が明け、職員たちはほっとした。この頃には、地上職員を含めた社員が協力してダッシュ8の機体をブラシで洗ったりするようになり、会社としての一体感が出てきた。

滑走路の周囲に植えられた芝生とクローバーが伸びてくるので、付近に住む酪農家たちが牛や馬の餌用に無料で刈り取ってくれるようになった。

夏の日差しを受け、海は青色を強め、藍より青い海になった。昭和四十五年から翌年にかけ、天草を舞台に、夫を戦争で失った女性が力強く生きる姿を描いた『藍より青く』（原作・山田太一）という朝のドラマがＮＨＫで放送されたが、まさにそのとおりの濃い青色だった。

夏は雷の季節でもある。雷以外にも、積乱雲（雷雲）の中では強い上昇気流が発生し、周囲で突風や竜巻を引き起こす。パイロットたちは、それらを極力避けながら飛ばなくてはならない。

夕方になると、パイロットたちは、夕日を受けて海が金色や銀色に変化し、日没とともにあたりが紫色に染まるのに感嘆しながら、島原湾を越えて天草に戻って来る。

開業までは目の回るような忙しさで、他のことをする余裕がなかった職員たちも、趣味などに時間を割けるようになった。

単身赴任の村上賢昭は、週末に釣りに出かけるようになった。よく行ったのは、下島北端の五和町二江《ふたえ》の海岸だった。たくさんの蛸《たこ》が竿で干されている堤防で、のんびり釣り糸を垂らすと、鯛、クロダイ、カワハギ、ガラカブ（カサゴ）などが釣れた。海上には雲仙岳が青空を背景に大きな姿を見せ、絶景である。すぐそばに中国の明の時代に貿易船の乗組員との通訳をする通詞《つうじ》たちが住んでいた通詞島があり、付近の海はイルカ・ウォッチングの名所である。

一方、開業までの怒濤の忙しさと緊張の皺寄せも出てきて、体調を崩す社員も現れた。村上や高橋力も病院の世話になり、見るからに頑丈そうな島田保信総務部長も一日会社を休み、CAの一人は数日間入院し、もう一人も体調不良で休んだりした。

そうした中にあって、天草エアラインのCAに採用されて地元を沸かせた五和町出身の寺崎純子だけは遅刻や病気もせず、元気に乗務をこなしていた。

七月二十七日には、台風六号が接近し、乗客からの運航状況に関する問い合わせが殺到し、相次いで予約がキャンセルされた。対応策を練るため、天草エアラインでは台風対策会議が開かれた。

八月十七日には、グアムの南東海上で発生し、台湾に向け北上中だった台風十号の余波で、終日、雲、霧、雷に悩まされ、三便の欠航を余儀なくされた。

九月五日——

快晴の空の下、天草空港の彼方に雲仙岳が大きな力強い姿を見せていた。日中の最高気温が三十・一度に達する真夏日だった。

午後三時半、福岡からのＡＭＸ１０６便が着陸態勢に入った。風は穏やかで、視界も良好な中、ダッシュ８は順調に高度を下げ、軽い衝撃とともに滑走路にタッチダウンした。

操縦室のフロントグラスの向こうでは、白いセンターラインが機体の下に吸い込まれ、左右の窓の向こうで、敷地内の施設や付近の林などが映画の早送りのように流れていく。

機長の石垣忠昭は、ゴオーッという風の音が満ちた操縦室で、スラスト・レバーをゆっくり手前に引きながら、徐々にスピードを落としていった。

突然、機体の左側でドスンという大きな音と衝撃があった。

「あっ、当たった！　鳥だな」

石垣は顔をしかめた。

着陸前に天草空港の管制官や運航管理者から空港に鳥がたくさんいると聞いていた。

計器類に視線をやったが、大きな異常を示すものはない。

「このまま行こう」

離陸時であればいったん離陸を中止するところだが、すでに着陸し、減速していたところだったので、そのまま減速を続け、駐機場に飛行機を停めた。

石垣から運航管理者を通じて連絡を受けた整備士たちが駆けつけた。

「……あっ、傷が付いてますよ！　何かぶつかってますね」

「きっと鳥だな、これ」

整備士たちが左エンジンをチェックし、ブレードの先端のスピナーと呼ばれる丸い部分に傷があるのを発見した。

「ブレード、大丈夫かなあ？」

整備士たちが心配そうな顔で、空気を取り込むため、エンジンの前方から放射状にたくさん取り付けられている羽根状のブレードを点検する。

「……うーん、何とか大丈夫のようだなあ」

「そうですねえ」

整備士たちが、安堵の声を漏らす。もしここが損傷していると、飛行どころではなくなる。

そのとき滑走路を見に行っていた空港管理事務所の職員が小走りで戻って来た。

「ありましたー！　トンビです、トンビー！」

軍手をはめた手に、トンビの死骸をぶら下げていた。

「やっぱり、トンビか!?」

一同が視線をやる。

「うわー、これは……！」

茶色いトンビは左翼が折れ、血を流して死んでいた。

「この頃、トンビ、多いからなあ」

飛行場のクローバーや芝生が刈り取られると、中に潜んでいたミミズや芋虫が現れるので、それを狙って色々な鳥が飛来して来る。また、ウサギ、タヌキ、ヘビ、キジなども現れた。

「しかし、これ、よくどんぴしゃで、スピナーにぶつかったもんだよなあ」

「ブレードに入んなくて、ほんと、ラッキーでしたね」

エンジンのブレードは離陸時には一分間で一万回という超高速で回転する。トンビ一羽がぶつかると一トン近くの衝撃が加わって、ブレードは破損し、最悪の場合、墜落する可能性もある。

ダッシュ8は、点検の結果、飛行に問題はなく、スピナーの交換も必要がないと判断され、ダイヤどおりに運航を続けた。

翌日――
「……相変わらずトンビがおるねえ」

「そうですねえ」

天草空港の駐機場で滑走路のほうを見ながら、整備士や運航部の社員たちが顔を曇らせた。
二、三十羽のトンビが、北西の五和町のほうからやって来て、滑走路の南東の本渡寄りの場所で飛んだり、地面をつついたりしていた。
「元々ここらへんに巣のあって、あとから人間が勝手に空港ば造ったけん、向こうが先住者じゃもんな」

「ばってん、やっぱり危なかですよね」

航空機に野鳥が衝突する「バードストライク」は日本国内で年間五百〜七百件も発生しており、修理費などの被害額は五億円前後に上る。

「どげんやって追い出したもんかねえ？」

「羽田空港で、爆音ば出すガス砲を使う実験したらしいですけど、ヒバリのごたる小鳥は逃げても、カラスのごたる大きなのは駄目だったらしいですねえ」

「カラスは賢かけんなあ」

天草空港でもカラスは車や飛行機が来るとすぐ逃げるが、トンビはのんびりしていて、衝突寸前まで動き出さない。

「鷹匠《たかじょう》がハヤブサを使って、鳥を追い出すっていう手もあるらしいですね」

運輸省が高知空港や羽田空港で実験し、高知空港ではまずまずの効果があったという。

「鷹匠？　しかし、便数の多い大きな空港ならまだしも、天草みたいに便数も少ない小さな空港に毎日鷹匠に来てもらうわけにもいかんどうね」

「ですよね。福岡空港みたいに、猟銃で威嚇とか射殺するのが一番なんでしょうけどねえ」

年間三十八種類の鳥が飛来する福岡空港では、元管制官のハンター三人が猟銃を持って一日四回空港内を巡回している。しかし、天草空港は禁猟地区なので、鳥を撃ち殺せない。

二人の視界の中で、空港事務所職員に案内され、半袖シャツにネクタイ姿の男性が、滑走路周辺を視察していた。熊本県庁の天草地域振興局林務課の係長だった。空港事務所や天草エアラインから相談を受け、急遽《きゅうきょ》視察にやって来たのだった。

二日後（九月八日）——

天草地域振興局林務課から天草空港事務所と天草エアラインに対し、猟銃でトンビを射殺することを許可すると連絡が入った。人命には代えられないという判断だった。

しかし、ハンターに依頼すると費用がかかり、またトンビが群れるのは年間の一定時期だけなので、結局、射殺はしないことにした。その代わり、空港管理事務所の黄色いSUV（オフロード車）、スバル・フォレスターの上に黄色いライトを取り付け、離発着の前に滑走路付近を巡回し、鳥や滑走路の北側の柵を潜り抜けて入って来る犬などがいる場合は、音が出る花火なども使って追い出すようにした。

トンビ落ち　飛行機生きる　空中戦

村上賢昭

九月二十二日――

天草エアラインは開業後六ヶ月間の運航実績を発表した。

平均利用率は七六・二パーセントで、目標の六五パーセントを大きく上回り、累計利用者数は四万三千二百二十一人に達した。

特に夏休みの八月が好調で、お盆の帰省時期に熊本線を六日間・一往復増便し、月間利用率は八三・三パーセントに達した。

路線別では、福岡線の平均利用率は八二・七パーセントだったが、熊本線は五六・七パーセントに止《とど》まった。熊本線の不振は、熊本空港から市内まで遠いことや、一日一往復のため、ビジネスに利用しづらいことも原因だった。

就航率（欠航しない比率）のほうは梅雨期の六月に九一・九パーセントに落ちたが、六ヶ月間の平均は九八・二パーセントと順調だった。

全体として好調の理由は、①福岡線を重視したダイヤの成功、②好天で就航率が高かった、③開業期待が強かった、④ビジネス客の利用が多かった、等だった。

一方、飛行機が一機しかないハンディキャップも実感された。来《きた》る九月二十六日から二十八日の三日間は、運輸省が年一回実施する耐空証明検査を受けるため、三日間にわたって全面運休せざるを得ず、月間の利用率も約一〇パーセント低下する。「熊本日日新聞」は〈好調天草エアライン　定期検査『痛いナー』〉という見出しで、二機目を望む声が地元で高まっていると報じた。

天草エアラインのPRも積極的に行われた。

去る五月に福岡市で開かれた「博多どんたく港まつり」に、本渡市の天草ハイヤの踊り手たち約百人が参加し、踊りを披露しただけでなく、天草名物の「いも餅」二千個と飛行機の貯金箱五百個などを見物客に配り、利用を呼びかけた。

九月二十四日（日曜日）には、空の日（九月二十日）を記念し、天草空港で「スカイファミリーフェスタ２０００」が開かれ、約二千人が詰めかけた。抽選で選ばれたペア十九組がダッシュ８のフライトを体験したり、軽飛行機による遊覧飛行を楽しんだり、空港ビル前の緑地帯で紙飛行機の飛距離を競ったり、参加者たちがバスで空港内を見学しながらクイズに答えたりした。

また下田温泉（天草下島）の旅館での一泊に、福岡‐天草往復航空券と下田温泉‐天草空港間の送迎が付いて二万一千円という格安パックも売り出された。

営業活動も活発に行い、高山正業務部長を中心に経営陣も手伝って、企業、各種団体、学校、病院などを訪問し、利用を売り込んだ。

4

大江天主堂は、下島西部の天草郡天草町（現・天草市）大江地区にあるカトリック教会である。

パリ大学で神学を修めたのち、明治十八年に故国フランスを出て日本に渡り、京都で日本語を学び、長崎県の伊王島や上五島の教会で働いたあと、明治二十五年に司祭として大江にやって来た宣教師ルドビコ・ガルニエ神父が、自分の生活を切り詰めて貯めた金で、信者たちとともに昭和八年に建てた教会だ。

本渡からは車で一時間ほどの距離で、木々がうっそうと繁った山々を切り拓いた細い道を走り、いくつものトンネルを抜け、白い浪が打ち寄せる東シナ海を海岸道路から望み、再び山道に入ってしばらく走ると、なだらかな山々に四方を囲まれた隠れ里のような集落がある。

よく手入れされた花壇や南国らしいソテツの木々を左右に見ながら、丘の南側の緩やかなスロープを上がると、ロマネスク建築様式の白亜の教会が姿を現す。ふもとの家々とそこに住む人々を優しく見守っているような佇まいである。

すぐそばに十字架を頂いた独特の形の信者たちの墓や、ガルニエ神父の墓がある。フランスに一度も帰国することなく、農民と同じように貧しく質素な暮らしを送り、天草弁で「お前たちが山で危険に会うたとき、かか（注・お母さん）来てくれとおらぶ（注・叫ぶ）ように、罪に落ちそうになったら、イエスさま来てくれとおらぶのじゃ」と説教をしたガルニエ神父は、大江で四十九年間にわたって布教に努め、昭和十六年に八十一歳でこの地で没した。死に際して信者から「遺言はなかですか？」と訊かれ、「遺言はなか。墓を造る金があるなら病人や困った人にやってくれ。わしの墓は、そのへんの石を拾って置いてくれればよか」と答えたという。石の墓の十字架には、「汝等往きて萬民に教えよ」と刻まれている。

クリスマスイブの十二月二十四日夜――

禁教時代のメダイ（天使の像）や弔いに用いた聖水壺など、隠れキリシタンにまつわる品々を展示した資料館「天草ロザリオ館」から天主堂までの五〇〇メートルほどの坂道を約三百人の人々が、火を点した結婚式用のメモリアル・キャンドル（長さ五〇センチほどの蝋燭《ろうそく》）を手に、ゆっくりと上って行った。

大江天主堂は赤や青など色とりどりの約二万個の電球でライトアップされ、クリスマスらしい神々しさに包まれていた。人々は天主堂の前に着くと、持って来たキャンドルを教会のそばに並べた。風で炎が揺れるたくさんのキャンドルには、家族の健康や夫婦円満などの願い事が書かれていた。

その後、人々はミサに参加するため、天主堂に入って行く。天主堂内部は、緋色《ひいろ》の絨毯が敷かれ、正面に祭壇があり、白い木の柱の間に簡素な木製のベンチが並べられている。窓は淡い色のステンドグラスで、村の教会らしい素朴な雰囲気である。説教や祈りは日本語で行われ、隠れキリシタンの時代を彷彿《ほうふつ》させる。

同じ頃、四キロメートルあまり離れた場所にある﨑津教会（河浦町）や天草切支丹館（本渡市）などでも、キャンドルが一斉に点《とも》された。

幻想的な催しは、天草の二市十三町で作る天草観光協会が主催した「聖夜のキャンドル」というイベントだった。天草の観光シーズンは主に夏で、冬場は観光客が減る。しかし、天草空港の開港で福岡都市圏から観光客の流入が期待できるので、冬場のテコ入れ策として企画された「殉教の島・天草でクリスマスを」という観光キャンペーンの一環だった。天草エアラインの利用客には、宿泊施設の割引サービスや天使の形のキャンドルがプレゼントされた。

この頃、政治家、ヘリコプター会社、損害保険会社などが入り乱れて争奪戦を繰り広げた防災ヘリコプターの運航が、随意契約（入札なし）で天草エアラインに委託されることになり、村上や松見らはほっと胸を撫で下ろした。財政の健全化を課題とする県議会が、①天草エアラインは県が最大の出資者で連携しやすい、②職員も県が直接雇用する必要がないことなどを理由に決定したものだった。

ヘリコプターは入札の結果、フランスのユーロコプター社製で十三人乗りの「ドーファン」を一機、装備品を含めて六億七千七百万円で代理店の川鉄商事（大阪市）から購入することになった。

天草エアラインは、ヘリコプター事業部を熊本空港そばの旧本田航空事務所に設置し、操縦士や整備士など、新たに職員七人を採用することになった。

ただ県からの委託料が、当初松見らが期待した一億五千万円程度ではなく、七千九百万円という、収支ぎりぎりの水準とされたため、天草エアラインの収益にはあまり寄与しなかった。

第七章　拝啓、久米宏様

1

翌年（平成十三年）一月十五日――

本渡市は明け方の気温が氷点下二・二度という厳しい冷え込みだった。

県の天草空港管理事務所で総務課長を務める成尾雅貴は、本渡市内の単身赴任のアパートで目覚めた。島原湾沿いの今釜新町に建つビルの三階で、道の向かいは、天草の古代からの資料や美術工芸品を展示している本渡歴史民俗資料館である。

あまりの寒さに、天気はどぎゃんなっとっとと、パジャマ姿のままカーテンを開けた。

（げっ、なんだこりゃ⁉）

戸外は一面の銀世界で、くるぶしのあたりまですっぽり埋まるほど雪が積もっていた。天草では滅多にない大雪だ。

（ばー、参ったなあ……！）

前日、九州北部にこの冬初めて雪が降り、天草空港でも三センチほど積もった。テレビでは寒気が強まるという予報を出していたが、これほど降るとは思っていなかった。

成尾は急いでチェーンを取り出し、自家用車に装着を始める。

（巻き方、こがんでよかか？　……ん、違う？）

チェーンをジャラジャラいわせながら、生まれて初めての装着に四苦八苦した。

熊本時代から愛用している車は、セダン・タイプのフォルクスワーゲン・ヴェントである。本当は「ゴルフ」を買いたかったが、子どもが小さかったので、万一追突されたとき、後ろにトランクルームがあったほうが少しはいいはずだという妻の意見に従った。

ようやくチェーンの装着を終え、スーツに着替えて家を出た。

本渡市内は一面雪に覆われている上、なおも雪が降っていて、北国のような風景だった。

運転しながらカーラジオを聞いていると、大雪に見舞われた九州北部ではスリップによる人身事故や物損事故が普段の倍ぐらい発生し、九州自動車道は一部を除いて通行止めとなり、雪で線路脇の木が折れて架線に引っかかって、ＪＲの列車が立ち往生しているという。

（こりゃ、今日は飛行機飛ばんばい。ばってんが『天草では、そんなに雪は降らんですよ』って……たいぎゃな（注・非常に）降るじゃなかか！）

成尾はハンドルを操りながら内心ぼやく。

空港管理事務所を立ち上げるときに、運輸省航空局から無線技術者として出向してくる予定だった県外出身者に降雪の可能性を訊かれたとき、天草出身の山下典孝現所長が「天草では、そんなに雪は降らんですよ」といい、成尾ら熊本県出身者たちもそう思うと答えた。

天草ではタイヤ用のチェーンを持っていない人も多く、道路の交通量は普段よりかなり少ない。

同じ頃、県職員で、天草エアラインの総務部長を務めている島田保信は、運航管理者の男性と一緒に、タクシーで空港に向かっていた。

(ばっ、大渋滞!)

成尾の車が、県道47号から空港までの一キロメートル半くらいの上り坂の入り口付近に差しかかると、目の前で空港を目指す車の大渋滞が起きていた。

やっとの思いで、空港ビル二階の管理事務所に到着すると、所長の山下が電話をしていた。

「……はい、除雪に使えるブルドーザーなんかがあれば、至急貸してもらえんかと思いまして。ええ、そがんです、滑走路と空港周辺の除雪用に」

山下は地元の建設会社に電話をして、除雪用の機材を借りようとしていた。

窓の外を見ると、降りしきる雪の中で、天草エアラインの社員たち七、八人がスコップなどでダッシュ8や駐機場の除雪作業を始めたところだった。営業、総務、整備など、出勤してきている社員が総出で雪と格闘していた。

「こっちも早くやらんとまずいな」

「そうですね」

空港管理事務所の職員たちが言葉を交わし合う。

除雪作業は、ある意味で、エアラインと空港管理事務所の競争だ。同じ欠航でも、機材は飛べる状態にしたが、空港の除雪作業が終わらなくて飛べなかったのと、空港の除雪作業はできているのに、エアラインの責任で飛べなかったのとでは、利用者に対する説明の仕方が違ってくる。

「さっき聞いたら、今日の予約は百三十二席入ってるそうだ」

「うーん、ばってん……」

灰色の空からは相変わらず雪が降り続けている。

しばらくすると、除雪用のブルドーザーなど、重機類が到着し、滑走路の除雪を開始した。

結局、この日は、終日雪で滑走路も凍結してしまったため、天草空港は開港以来初の閉鎖となった。天草エアラインは全便欠航を余儀なくされ、出勤できない社員も多かった。

県内では、天草や芦北方面を中心に公私立合わせて小中学校五十五校と高校十一校が休校し、百校以上が始業時間を遅らせた。


翌十六日、天草エアラインの社員たちは、まだ真っ暗な午前六時から降りしきる雪の中で雪かきを始め、午前八時半までかかってダッシュ8や駐機場の除雪をした。空港事務所もブルドーザーなどの重機類を市内からかき集め、懸命に滑走路などの除雪をした。

午前九時二十五分、雪はようやく止み、定刻午前十時十分発の熊本行きが午前十一時になって出発した。この日はこの便を含む六便を運航することができ、大雪による騒動は峠を越えた。

十八日、大阪航空局の審査官が路線審査（パイロットがその路線を飛ぶ技量を持っているかを見る年一回の審査）にやって来て、冬季対策を徹底するよう指導した。

翼休め　白き世界に　イルカ飛ぶ

村上賢昭

2

翌週——

大雪による影響は受けたものの、天草エアラインは引き続き高い搭乗率と好調な業績を維持した。

村上賢昭は、かねてから心に抱いていた就航一周年行事への招待の手紙を、福岡－天草間の往復航空券とともに、『ニューステーション』のメーンキャスター、久米宏に送った。

〈拝啓　久米宏様

私は、熊本県天草空港に就航しております天草エアライン㈱の専務の村上と申します。

私どもは、苦難の末、昨年3月23日天草空港の開港と同時に天草と福岡、熊本を結ぶ路線に就航いたしました。

就航に至るまで幾多の課題を乗り越えて参りましたが、その間最大の理解者であり後ろ盾でもあった前福島熊本県知事を失う等悲しい出来事もありましたが、なんとか就航に漕ぎ着け、今日で10ヶ月目を迎えたところであります。

来る3月23日には、就航1周年行事を行うことにしております。

久米様には、平成9年から10年にかけてニュースステーションで2度も取り上げていただき（詳細は、別添のとおり）全国に紹介していただきました。当時私どもは悔しい思いで準備作業に取り組んでおりましたが、思い返しますと、久米様のご批判をバネに頑張ってきたところもあります。

大方のご心配もございましたが、10ヶ月を経た今日、なんとか軌道に乗り、1年目にして営業黒字をだすところまで参りまして地域の皆様からも好評をいただいております。

実は、就航半年後の9月に、就航後の天草エアラインの状況を見ていただきたく、10月に久米様に来ていただくことを計画しまして、別添の文書を作成したわけでありますが、下期に下降線をたどるのであれば物笑いの種になると思い自重いたしました。しかし今は確かな足取りで歩んでおり、久米様をご招待できる状況となって参りました。今も、久米様ご招待の趣旨は、当時と何ら変わっておりませんので、別添9月30日付けの文書をお読みいただき是非3月23日の就航1周年行事にご参列いただきたくご案内申し上げます。

敬具

平成13年1月23日

天草エアライン㈱代表取締役専務　村上賢昭〉

添付された前年九月三十日付の手紙には、久米が平成十年一月頃、当時盛んにいわれていた公共事業不要論を背景に、無用な公共事業として天草空港を取り上げたこと、その四ヶ月後にも「陽炎空港」として取り上げたため、村上は高校生の娘から、「今からでも遅くないから航空会社を作るのは止めた方がよかよ。自分はクラスの友達がその話をしているときは、黙って下を向いとっとよ」と告げられ、会社設立のために奔走していた時期だったので、ひどくこたえたことを書いた。

その上で、久米はかつて巨人軍が優勝したら丸坊主になると宣言し、そのとおりにした潔《いさぎよ》い人間であるし、ジャーナリストとして、天草エアラインの現状を取材する責任と義務があるはずだと訴えた。

この頃、CAたちが機内誌を作って、シートポケットに入れ、アットホームな雰囲気作りに一役買うようになった。誌名は『四足の靴』で、教官の宮原を含む四人のCAを意味していた。これは明治時代に与謝野鉄幹、北原白秋、木下杢太郎《もくたろう》、平野万里、吉井勇の五人の文学青年が九州を旅したときのことを書いた新聞連載のタイトル『五足の靴』をもじったものだ。与謝野らは大江教会のガルニエ神父に会うため、長崎から船で下島にやって来ており、現在、彼らが歩いた道の一部が「五足の靴文学遊歩道」になり、歌碑も建てられている。

機内誌『四足の靴』の第一号は、ダッシュ8から見える季節ごとの雲仙岳の風景の解説や、運航開始前検査のときに高橋力が大阪航空局の係長と食事をしながら談判した小料理屋「小稲」を紹介した。第二号では、ダッシュ8から見える天草五橋の案内、非常口付近の手荷物に関する注意、第二十九回天草パールライン・マラソン大会の案内、本渡市内の生活輸入雑貨店「屋根裏　獏」の紹介などを掲載した。

三月一日――

夜遅くまで、村上、高橋力、島田らが防災関係の打ち合わせをしている会議室に、業務部長の高山正が顔を出した。

「……実は、野上が他社に移りたいといってきまして」

運送と営業を統括し、人当たりの柔らかい高山は、多少いいづらそうに切り出した。

「えっ、辞めるって⁉」

三人は驚いた。

「そうなんです。大韓航空のCAになるんだそうです」

新潟出身の野上奈緒は英語も堪能で、ボンバルディア社からやって来ているアンドリュー・アーヴィンとも流暢《りゅうちょう》な英語でよくお喋りをしており、元々海外志向が強い。

「大韓航空のねえ。せっかく金と時間をかけて育てたのに……。引き留めるのは難しいんだよね？」

「まあ、あちらは国際線ですから」

より大きな航空会社で、より高く、遠くへ飛びたいというのは、パイロットやCAの本能である。

「それで、いつ辞めるっていうの？」

村上が訊いた。

CAは教官の宮原千鶴を含めて四人しかおらず、毎日スタンバイを含めて三人で乗務体制を組んでいるので、一人抜けると完全に回っていかなくなる。

「今辞めると会社が困るというのは彼女も分かっていますから、ある程度余裕をみて、早目にいってきたようです」

「なるほど」

「こちらで新たにCAを雇って、訓練する期間が必要なので、三ヶ月くらい待ってほしいといったら、了解してくれました」

「そうか。そりゃ、よかった！」

三人はほっと胸を撫で下ろした。

元々四人だけでは、一人が体調を崩すと途端に人繰りに支障をきたすので、あと一人か二人増やそうと考え、採用の準備を進めていたところだった。

「ところで、久米宏からは返事がないなあ」

村上がふと思い出していった。

「もう手紙を出して、一ヶ月以上ですか？」

「そうなんだ。やっぱり、無視されるのかねえ」

村上は落胆した表情を見せた。


ところがそれから間もなく、久米宏からではなく、テレビ朝日と同系列の熊本朝日放送から連絡があり、「久米は来られませんが、わたしどもでお詫びの特集番組を組ませて頂きます」と申し入れてきた。取材を了承すると、女性アナウンサーと撮影クルーがやって来て、二日間にわたってパイロットや職員たちの仕事ぶりを撮影し、番組はその翌日に放送された。短い番組だったが、天草エアラインを好意的に紹介してくれたので、村上は三年越しの胸のつかえがようやくとれた。


この頃、村上は交通対策総室で引き続き天草エアラインを見ている松見辰彦と、二機目購入に関して電話で話をした。

好調な業績を背景に、前年秋くらいから二機目を購入すべきだという意見が出てきており、社内でもどこの路線なら二機体制で利益を出せるのか検討を始めていた。

「松見君、二機目の話なんだけど……」

「村上さん、それ、ほとんど冗談でしょうって感じなんですけど」

県庁の交通対策総室にいる松見は、にべもなくいった。

「う、うーん、そうかい？　……地元じゃ、安田市長や伊藤町長をはじめとして、二機目を望む声が強かとばってんがね」

本渡市長は昨年三月に久々山義人前市長が引退し、対立候補の前市議会議員を破って市長選に当選した安田公寛《きみひろ》に代わった。安田は、実家の寺で副住職を務めるかたわら保育園を経営し、市の教育長を務めたこともある人物で、天草エアラインに対しては、非常に好意的である。

「そら、気持ちは分かっとですけど、誰が新機材の購入費を出すんですか？　一機目は県の補助金が出ましたけど、二十億円なんて、この財政難のご時世で出らんですよ」

「まあ、そらそうたいなあ」

二機目を推す人々は、地元自治体だけでなく、全国規模で出資を募る手もあるといったりしているが、希望的観測の域を出ていない。

「誰も金を出してくれんで、自前で購入して運航するとは、どぎゃん試算しても無理ですよ」

松見がいった。

「今は確かに黒字ですけど、それは飛行機の減価償却がなかけんですよね。民間みたいにまともに償却したら、毎年二億円くらいかかってきて、途端に赤字ですよ」

　補助金で買ったダッシュ8は、税法上認められている圧縮記帳（固定資産価格から補助金額を差し引いて資産を計上すること）を行なったので、ダッシュ8の簿価は実質ゼロの四円で、減価償却費は発生しない。

「今、就航率が九八パーセント弱で、搭乗率が七三パーセント程度、それで年間の予想営業利益が九千二百万円くらいですよね？　仮に就航率・搭乗率がともに一〇〇パーセントというありえない数字になったとしても、営業利益はせいぜい一億四千万円とか、そんなもんじゃなかですか」

　商工畑が長く、企業財務に精通している松見が指摘した。

「これに二億円の減価償却を乗っけたら、もうアウトですよ」

　天草エアラインを純粋に民間ベースで経営して黒字にするには、現在の路線では不可能で、路線を拡大したとしても、よほどのことがない限り難しい。

「しかもまだ機材が新しいからよかですけど、これから重整備もありますし、機材が老朽化してくれば整備費用も増えてきますから、今のような状況は簡単には続かんと考えたほうがよかじゃなかですか」

　重整備（Cチェック）はダッシュ8の場合、飛行時間五千時間ごとに行うもので、エンジンを機体から取り外して分解整備する。同時に様々な系統の配管、配線、着陸装置をはじめとする機体各部の検査、給油、装備品の交換も行われ、費用も相当かかる。

「今は搭乗率が高くて結構なことですけど、これとてこの先どうなるか分からんですけんね。まあ、福岡便を増便して様子見するくらいのところが無難なんじゃなかでしょうか」

「うーん、そぎゃんたいねえ……」


三月二十三日――

本渡市はやや肌寒かったが、風のない穏やかな日だった。

午後一時半から天草空港ビル前の広場に椅子を並べた会場に百人以上が詰めかけ、開港一周年の記念式典が行われた。

安田本渡市長の主催者挨拶、魚住天草エアライン社長の業績報告のあと、昨年、福島譲二前知事逝去後の知事選で当選した潮谷義子知事が「天草空港は亡くなった福島前知事の悲願でした。きっと天国で喜んでおられると思います。航空路線の開設で、天草は遠いというイメージを払拭しました。天草エアラインが掘り起こした新たな需要を今後に生かし、観光客の誘致にさらに力を入れていきましょう」と祝辞を述べた。その後、池田定行県議が来賓祝辞を述べ、園田博之衆議院議員らからの祝電が披露され、ＣＡの新制服の披露に移った。

新しい制服を着た野上奈緒が会場に姿を見せると拍手が湧いた。

「きりっとしてるねえ」

「うん、前のよりずっといい」

後ろ髪をシニョンにした野上が身に着けた制服は、スカーフが青、シャツが水色、ジャケットとスカートが濃紺で、天草の空と海をイメージしていた。

「こちらの制服は、パリコレクションなどで活躍されている熊本県出身のデザイナー、田山淳朗《あつろう》さんがデザインしたものです」

男性司会者が説明すると、会場から感嘆の声が漏れた。

野上はくるりと後ろを向いたり、右手で乗客を案内するポーズをとったりし、報道各社のカメラマンたちが盛んにシャッターを切る。

「制服は、熊本市の株式会社タケモト様が制作し、天草エアラインのためにご寄贈下さいました」

タケモトは、学生服、ユニフォーム、婦人服などを企画・販売している会社である。同社の武本純一社長が、天草エアラインのCAの制服が既製品だと聞き、旧知の田山淳朗氏にデザインを依頼し、無償で制作した。

「これで天《あま》エアのCAさんたちも、ようやく航空会社らしい制服が着られますね」

潮谷知事も目を細めて野上を見つめた。

それから間もなく――

本渡市内の南東寄りの住宅地にあるパスタ料理の店「パスタハウスＴＥＮ」で、一年半の任期を終えて、カナダのボンバルディア社に帰任するエンジニアのアンドリュー・アーヴィンの送別会が開かれた。

福岡からの最終便が戻って来たあと、夜の遅めの時刻に始まった会には、天草エアラインの社員たちのほとんどが出席した。

「……my unforgettable memory about Andy is barbecue party at his home. He makes very tasty mustard sauce……（アンディについての忘れられない思い出は、彼が家で開いてくれたバーベキュー・パーティーです。オリジナルのマスタード・ソースが本当に美味しくて……）」

社員の一人が送別のスピーチをしていた。

カジュアルな雰囲気の店内のテーブルはイタリア風の赤と白のチェック柄のクロスがかけられ、パスタ料理やサラダが並べられていた。

社員たちは飲み物のグラスを手に立ったり、椅子にすわっていたり、思い思いの姿勢で話を聞いている。

一人の社員の話が終わると、ＣＡの一人が、スピーチを始める。

「When we moved to the new office last year, we didn't have much space.（去年、新しいオフィスに引っ越ししたとき、スペースがあまりありませんでした）」

CAらしく爽やかな微笑みを浮かべて話す。

「それでわたしたちは、よくアンディの部屋を使わせてもらいました。わたしたちが訓練をやっているのをアンディが写真を撮ってくれたことがあって、今も大切に持っています」

アーヴィンは、オフィスの出入り口に近い場所に個室を与えられて仕事をしていた。

「それからアンディは、木村パンが大のお気に入りで、よく差し入れをしてくれました」

アーヴィンは本渡市内の「木村パン」という老舗のパン屋をひいきにし、特にクリームチーズとブルベリーのパンが好物である。店にはオーナーの姉の比登美さんという英語のできる女性がいて接客をしている。

次は整備士の男性がスピーチを始める。

「Andy supported us a great deal and we learnt a lot from him.（アンディは、多大なサポートをしてくれて、わたしたちは彼から多くのことを学びました。）今日、お別れをしなくてはならないのは、とても残念ですが、幸いなことに、彼が天草で運命の女性を見つけてくれたので、きっとまたすぐ会えると思います」

飲み物のグラスを手に話を聞いていたアーヴィンが、はにかむように微笑んだ。空港ロビーにある観光案内所で働いていた地元の女性と交際し、結婚することになっていた。

社員たちのスピーチが終わると、アーヴィンがお別れのスピーチを始めた。

「Well, thank you everybody for your heart-warming speeches.（ええと、皆さん、心温まるたくさんのスピーチをどうも有難う）」

金髪で大きな身体のアーヴィンは、天草での日々を懐かしく思い浮かべているような表情。

「My history with AMX began in September 1999. I was a new Field Service Representative of Bombardier and they were my first new aircraft customers.（僕の天草エアラインとの縁は一九九九年九月に始まりました。僕はボンバルディアのフィールド・サービス・レプレゼンタティブ〈FSR〉で、天草エアラインは、僕にとって最初の新品の飛行機を買った顧客でした）」

ＦＳＲは、現地で技術指導をする仕事である。

「We commenced flight training at Kumamoto Airport for 3 months before moving to Amakusa. We moved here in Amakusa in January 2000. Many of my colleagues at Bombardier were nervous about taking the assignment because of Amakusa's location and lack of English. Luckily I found it just the opposite.（僕らは、まず熊本空港で三ヶ月間の飛行訓練を行い、二〇〇〇年一月に天草に引っ越しました。ボンバルディア社の同僚たちは、天草は遠いし、英語

も通じないだろうからと非常に心配しましたが、幸いなことに、現実はまったく逆でした)」

アーヴィンはそれからしばらく天草での思い出を語った。

「One of the difficult things in FSR job is saying goodbye to your customer when your contract finished....(FSRの仕事で、難しいことの一つは、契約が満了したとき、顧客にさよならをいわなくてはならないことで……)」

青い目に涙が浮かび、声が震えた。

「I liken it to sending your kids off to be on their own......(それはちょうど、独り立ちする我が子を送り出すのに似ていて……)」

アーヴィンが感極まって涙を流し、もらい泣きする社員たちもいた。

別れの挨拶が終わると、皆でしばらく飲み物や食事をとりながら歓談した。

「えーと、皆さん、それじゃあこのへんで、アンディにプレゼントを贈呈したいと思います」

会が終わりに近づいた頃、整備士の一人がいった。

別の整備士が、大きなガラス・ケースに入った弓を持った武者人形を運んで来た。

「Since Andy seems interested in Samurai, we chose this Samurai doll.(アンディは武士に興味を持っているようなので、この武者人形を選びました)」

「Wow! Thank you! Thank you everybody!」

アーヴィンが満面の笑みで人形を受け取ると、拍手が湧いた。

「じゃあ、最後に胴上げで、お送りしよう！」

驚いているアーヴィンに、整備士たちがわーっと群がって行った。

「わーっしょい！　わーっしょい！」

かけ声と拍手とともに一〇〇キログラム以上ある大きな身体が三度宙に高く舞い、天井にぶつかりそうになった。

3

四月——
桜の季節の到来とともに、村上賢昭、松見辰彦、島田保信、成尾雅貴の四人が、天草エアラインに関連した業務を離れた。村上は同社専務から県庁に復帰し、土木部監理課長に、松見は交通対策総室審議員から総務部広報課長に、島田は天草エアライン総務部長から県の土木部住宅課管理係主幹に、成尾は空港管理事務所総務課長から県民生活総室主幹へと異動した。前年四月に異動した田山、下村、福島と合わせ、「七人のサムライ」は全員、天草エアライン関連業務から離れた。

一方、村上の後任として、県の商工観光労働部商工政策課課長補佐を務めていた田山洋二郎が再び白羽の矢を立てられ、六月の株主総会で天草エアラインの専務取締役に選任されることになった。

懸案だった社員の待遇改善も行われ、多数の社員が契約社員や臨時社員から正社員へと身分が変わり、契約社員だった三人のCAも正社員になった。

県が集計した昨年（平成十二年）の観光統計では、天草の年間観光客は約四百五十五万人で、前年より二パーセント増え、中でも本渡市は百七万人という県内一の九・七パーセントの増加を記録し、エアライン就航の効果も現れた。


五月——

夜九時すぎ、駐機場に停まっているダッシュ8の機内で、三人の新人CA候補が非常救難対策訓練を行なっていた。

新たに訓練生として採用されたのは、本渡市出身の太田昌美、有明町（現・天草市）出身の山浦妹《まい》、鹿児島出身の山崎五月の三人である。

約一ヶ月間の座学が終わり、訓練は実技に入っていた。

「……飛行機が、非常に大きな音と揺れをともなって急降下しています。このとき、どの教官らしく落ち着いた雰囲気の宮原千鶴が、機内前方のジャンプシートにすわった訓練生の一人に訊く。

「頭をヘッドレストにつけ、顎を引いて、ボトムシートを手でしっかり摑んで、力を入れます」

訓練生は、マニュアルに書いてあることを懸命に思い出しながら答える。

「それからどうしますか？」

「頭を下げて！　頭を下げて！　頭を下げて！」

訓練生が大きな声で乗客たちのいる方向に向かって叫ぶ。

「機体完全停止！」

宮原が叫ぶと、普段着姿の訓練生は、弾かれたようにジャンプシートから立ち上がる。

「大丈夫、落ち着いて！　大丈夫、落ち着いて！」

万歳をするように両手を高く上げ、乗客に向かって叫ぶ。

「着水！　着水！」

宮原が大きな声でいうと、訓練生は乗降口のドアを開けようとする。

「ちょっと待って下さい！　その前にやることがありますよね？」

「は、はい、ええと……自分のライフベストを着用します」

訓練生は、黄色いライフベストを取り出して着用し、再びドアを開けようとする。

「まだ開けない！　お客さんはどうするんですか？」

訓練生は、あっ、という顔をして、再び乗客のほうに向く。

「ベルトを外して、ライフベストを取り出して！　頭の上からかぶって、紐を腰にしっかり巻いて！　まだ膨らませないで！」

訓練生は暗記したマニュアルどおりに指示を出し、座席にすわった乗客役の二人の訓練生がライフベストを身に着ける。

「次はどうしますか？」

「はい、ドアを開け、外の状況を……」

「自分のライフベストはそのままですか？」

「はっ、はい、ライフベストを膨らませます」

訓練生は慌てて身に着けたライフベストの引き手を強く引いて膨らませる。

訓練では、あらゆる緊急事態に対処するための手順を徹底して叩き込まれる。

緊急降下、緊急着陸、緊急着水、エンジン火災、機内の火災、飛行中の減圧発生、パニック・コントロール、急病人の発生、ハイジャックなど、対処しなくてはならないケースは多い。

大手航空会社と違って、モックアップ（実物大の飛行機の模型）もないので、実機を使っての訓練は、最終の１０８便（定刻午後六時十分着）が福岡から帰って来て、点検を終えてからになる。

「……はい、今の二分オーバーしています」

別の訓練生が乗客を脱出させる手順をやるのを、時計を見ながら見守っていた宮原がいった。

「これでは、お客さんは全員助かりませんね」

厳しく指摘され、訓練生たちは神妙な表情になる。

「家に帰ったらマニュアルをよく読んで、しっかり手順を頭に叩き込んで下さい。皆さんは乗客の命を預かるんですから」

すでに時刻は夜十時近くになった。

機外はとっぷりと暮れ、夜空に月が浮かび、空港ビルにはほとんど人影がなかった。


六月十二日——

天草は日中の最高気温が三十度を超える真夏日だった。

空港ビル二階の会議室で、天草エアラインの取締役会が開かれた。

「……昨年四月一日から今年三月三十一日までの旅客数は八万千三百三十九人、搭乗率七二・七パーセントで、当初目標を大きく上回る実績を残すことができました」

正面中央の席で、白髪まじりの頭髪をオールバックにした魚住汎輝社長が、営業報告をしていた。

「路線別では、福岡線が年間を通じて好調で、搭乗率は八〇・七パーセントとなりました。これは全国の航空会社の約三百の路線の中で第一位の成績であります」

二位は日本トランスオーシャン航空（ＪＴＡ）の那覇－岡山線、三位は日本エアシステム（ＪＡＳ）の大阪－青森線、四位は日本エアシステムの仙台－釧路線、五位は日本トランスオーシャン航空の東京－宮古線だった。

一方、天草エアラインの天草－熊本線は四八・四パーセントで二百五十一位に終わった。

「特に朝の天草空港始発便（福岡行き）にいたっては、九〇パーセント近い搭乗率で、予約が取れにくく、増便を望む声が日増しに高まっており、本年度中の増便に向けて準備中であります」

ロの字形に並べられたテーブルに、村上賢昭、高橋力、渡利斎水ら経営陣のほか、代表取締役副社長の安田公寛本渡市長、取締役の伊藤山陽五和町長、監査役の松原正樹天草信用金庫専務理事ら二十人弱が着席し、背後に、出資自治体の担当者ら数人が控えていた。

「貨物輸送に関しては、当初、機材の総重量や定時運航などの問題があり、積極的な展開はできませんでしたが、その後、高い就航率を維持したことで信頼度が増し、昨年八月からは日曜と祝日を除く毎日、医療用血液の輸送を受託することができ、地域医療に貢献することができました」

会議室の大きな窓の向こうには、夏空を背景に滑走路と島原湾の彼方の雲仙岳が見えており、先ほど、午後一番の福岡行き105便が飛び立って行った。

「当期決算につきましては、好調な業績を反映し、営業利益は九千二百十七万二千八円となりました。経常損益は、繰延資産として計上していた開業関連経費一億三千三百七十七万二千六百八円を償却しましたため、百十五万四千五百四十七円の損失、これに補助金や税金の戻り等の特別利益一億三千五十三万千六百八十五円などがあり、当期利益は一億三百八万七千三百三十八円となりました」

繰延資産として計上されていた開業関連経費は、六人のパイロットの訓練費用と開業に係る業務委託費である。

「以上が、平成十二年度の営業報告であります」

魚住社長が締め括ると、出席者たちはうなずきながら、手元の資料のページをめくる。

続いて、第一号議案・当期損益処分案、第二号議案・取締役の選任、第三号議案・取締役報酬の改訂の件が決議にかけられ、了承された。

魚住に代わる新社長には、県の前商工観光労働部長だった前田浩文（グランメッセ熊本理事長との兼務）、新専務には田山洋二郎が選任された。

（下巻へ続く）

航空・経済用語集（上下巻共通）

―航空関係―

運航管理者（ディスパッチャー）

「地上のパイロット」とも呼ばれる、航空会社独特の専門職。気象条件、乗客や貨物の重量、航路上の各地の情況などをもとに、機長と話し合って飛行計画を策定し、離陸後も気象状況などを睨みながら、無線でパイロットと交信し、飛行を監視・支援する。運航管理者になるためには、2年以上の実務経験を経た上で国の技術検定試験に合格し、会社が定めた資格試験に合格しなければならない。飛行計画は機長と運航管理者が合意したときにはじめて決定され、合意できないときは、安全性の高いほうをとる。決定された飛行計画は国土交通省が提供している「サテライト運航者端末」にコンピューター入力され、同省航空交通管制部に提出され、承認を受ける。

運用限界（リミテーション）、運用限界等指定書

運用限界は、それを超えて操作や運用をしてはいけない限度のことで、具体的には、最大離陸重量などの重量や重心位置の限界、運用速度限界、フラップやギア操作の限界速度のほか、タービン出口の排気ガス温度など、エンジンや各装置にもそれぞれの運用限界がある。パイロットはこれを熟知していなくてはならない。

運用限界等指定書は、耐空証明に添えなければならない書類で、航空機の運用限界や非常事態にとらなくてはならない各装置の操作、措置を指定してあるもので、国土交通省が発行する。

型式証明

機器が法律で定められた安全性や環境適合性の基準等に合致していることの証明。

限定変更試験

パイロットは操縦できる飛行機が1機種に限定されており（航空法第25条）、新たな機種を操縦するための技能試験は限定変更試験と呼ばれる。試験官は国土交通省の元パイロット。

航空局（Civil Aviation Bureau、略称CAB）

国土交通省の部局の一つで航空関連事業を所管する。具体的には、航空運送事業に係る許認可、航空機の登録、航空機騒音・環境対策、パイロットなど航空従事者の資格証明および養成、航空管制などを行う。地方航空局は東京航空局と大阪航空局の2つがある。

航空大学校

国土交通省所管の独立行政法人で飛行機のパイロットの養成を行う。本校は宮崎県宮崎市で、北海道帯広市と宮城県岩沼市に訓練の一部を行う分校がある。募集人員は108人（平成30年度）で、カリキュラムは2年間、全寮制。

航空法

昭和27年7月15日法律第231号。民間の航空機の航行の安全および航空機の航行に起因する障害の防止などを目的とする法律。

コードシェア（共同運航）

1つの定期航空便に複数の航空会社の便名を付与して運航すること。共同という名目であるが、1つの航空会社がその乗員、客室乗務員により同社の機体を運航し、他社がその便に自社の便名を付与する。航空会社にとっては、航空券の販売チャネルや就航地のネットワークが拡大するというメリットがある。

コールサイン

コールサインは、管制官とのやり取りなどに使う航空無線用の呼び出し名称のことで、たとえば日本航空は「ジャパンエアー」、全日空は「オールニッポン」である。航空無線では、通常便名も付けて交信するので、全日空212便なら「オールニッポン0212」となる。

コミューター航空事業

小型航空機で近距離を結ぶ航空業のこと。日本においては、平成12年（2000年）2月まで、60席以下の飛行機での不定期航空輸送事業による2点間輸送、と定義されていたが、現在は、客席数100席以下かつ最大離陸重量が50トン以下の航空機での定期的旅客輸送を意味する。

コンディション・レバー

エンジンへの燃料供給を行うレバーで、ダッシュ8の場合、スラスト・レバーと並んで左エンジン用と右エンジン用の2つが付いている。燃料の量を増減することで、スラスト・レバーを操作することなく、プロペラの回転数を一定の範囲内で調整することができる。

就航率、搭乗率

就航率は、予定した便が飛んだ比率。搭乗率は全座席数に対する利用者数の比率。

巡航（クルーズ）

出発地から目的地までの飛行において、上昇と降下の一部を除いた定常的な飛行状態で継続的に飛行する部分のこと。

スラスト・レバー

航空機のエンジンの出力（ならびにプロペラの回転数）を変えるためのレバー。機長と副操縦士の間に2つあり、機長は右手で、副操縦士は左手で操作する。パワー・レバー、スロットル・レバーともいう。

ターボプロップ・エンジン

ジェットエンジンの一種。燃料を噴射して燃焼させ、発生した高温・高圧のガスでプロペラに繋がっているタービンを回転させる航空機エンジン。比較的低速の中型航空機に適する。それ以前の航空機エンジンは、空気と燃料を燃やしたガスでピストンを動かし、クランクで回転力に換える「レシプロ・エンジン」だったが、1950年代以降、燃費がよく、速度も出るターボプロップ・エンジンにとって代わられた。

耐空証明書

航空機の強度、構造、性能などが法令で定められた技術水準に適合していることを証明するもので、1機ごとに発行され、常時航空機に備え付けておかなければならない。日本では国土交通大臣が発行する。

チェックリスト

飛行機のパイロットは各フライトのステップごとにチェックリストを用いて、

飛行機が正しい状態にあることを機長と副操縦士2人で声を出しながら確認する。Dash8-Q100の場合は、Flight Deck Checks、Engine Start、Pre Taxi、Taxi、Climb、Top of Descend、Approach、Landing、After Landing、Parking、Shutdown、Last Flightの12種類のチェックにより各5～14項目をチェックする。

南西航空
昭和33年（1958年）、那覇と宮古島、石垣島を結ぶ琉球航空運輸株式会社が米軍施政権下で設立され、同42年に日本航空が出資し、南西航空株式会社となった。以後、那覇から離島を結ぶ路線を中心に運航し、平成5年に、現社名である日本トランスオーシャン航空（略称JTA）に社名変更した。

日本エアシステム（略称JAS）、東亜国内航空（略称TDA）
昭和46年に、東急電鉄社長だった五島昇が、太平洋各地にリゾートを展開し、それを自前の航空会社で結ぼうという壮大な野望の下、同グループの日本国内航空（羽田空港が拠点）と不二サッシ工業系の東亜航空（伊丹空港が拠点）を合併させて東亜国内航空を作った。その後、国際線のチャーター便運航を開始したため、昭和63年に日本エアシステムに社名を変更した。平成14年10月に日本航空と合併し、現在の社名は日本航空。

フラップ（高揚力装置）
飛行機の揚力（機体を押し上げる力）を大きくするための装置で、主翼から展開（出し入れ）させるタイプが多い。翼の前部に付いているものを前縁フラップ、後部に付いているものを後縁フラップと呼ぶ。フラップの角度が大きくなれば揚力も大きくなるが、空気の抵抗である抗力も大きくなる。そのため揚力だけがほしい離陸のときは浅い角度のフラップ、できるだけ減速したい着陸時は揚力も抗力もほしいので、深い角度のフラップを利用する。

本田航空
昭和39年に本田宗一郎によって設立された本田技研工業グループの航空事業会社。本社は埼玉県比企郡川島町で、隣接する桶川市の荒川の河川敷に所有する民間空港ホンダエアポートを主な拠点とし、セスナ等の軽飛行機やヘリコプターを用いての運送、各種チャーターフライト、各種訓練飛行、自治体の防災ヘリコプターの運航受託などを行なっている。令和2年4月1日現在、従業員104名。保有機材は4～6人乗りセスナなど軽飛行機11機、6人乗りヘリコプタ

ー3機。

油圧系統

作動油がエネルギーの伝達媒体である駆動系のことで、小型のポンプで大きな力を発揮できる、出力や速度の制御が容易、遠隔操作が可能等の特徴がある。航空機では舵面（方向舵）の操縦系統や車輪の操作などに使われている。

有視界飛行、計器飛行

有視界飛行はパイロットの目視に頼って行う飛行方式で、十分な視界が確保できる気象状況が条件。計器飛行は、航空機の姿勢、高度、位置および針路の把握を航空機上の計器のみに依存して行う飛行方式。現代の大型機はほとんどが計器飛行である。

A、B、C、Dチェック、重整備

航空機の整備の種類のこと。

Aチェックは、エンジン・オイル、作動油、酸素などの補充をしたり、発着回数や飛行時間に応じて傷みやすい動翼類、タイヤ、ブレーキ、エンジンなどを中心とした点検・整備で、運航の合間に行われる。

Bチェックは、Aチェックの作業に加え、特にエンジン関係を中心とした点検・整備で、運航の合間に行われる。

Cチェックは、運航を5～10日間休止して行われる点検・整備作業で、A・Bチェックの対象である動翼類、エンジン、着陸装置などに加え、配管、配線、機体構造、装備品なども入念に点検・修理や交換が行われる。

Dチェックは、最も重い整備で、機体を数週間ドックに入れ、機体構造の内部検査、防錆措置、システムの諸系統の点検、機能試験、再塗装、改修などが行われる。

重整備は、定例整備以外に、整備工場に飛行機をドックインさせて長期間の点検・整備を行うこと。A～Dチェックのうち、CチェックとDチェックを指す。

Cチェックは、ダッシュ8の場合、飛行5千時間ごとに、ボーイング737は2千時間、767は3千時間、747-400は4千時間または15ヶ月ごとに行われる。Dチェックはダッシュ8は着陸4万回ごとに、ボーイング737は同2万回ごとに行われる。767と747-400はDチェックはないが、後者の場合、着陸4万回程度を目処に構造部材の点検やランディングギア（車輪や脚などの着陸装置）の交換が行われる。

AOM（aircraft operating manual＝航空機運用規定）
当該航空機の運用限界、通常操作、緊急・故障時操作、諸系統操作、特殊運航、運用許容基準をはじめとする各種の項目、性能、操作について規定するマニュアルのこと。航空運送事業を営むためには、航空法にもとづいてこれを定め、国土交通大臣の許可を得なくてはならない。

APU（auxiliary power unit=補助エンジン）
メインエンジンを始動するために必要な圧縮空気を供給したり、駐機中に空調設備などを作動させる電源を供給するために用いられる小型のエンジン。

FMS（flight management system＝飛行管理装置）
飛行ルートや飛行機の性能などのデータベースをコンピューター処理し、飛行機の姿勢、飛行予定ルート、推力設定値などの表示や自動操縦、推力制御、経済速度算出など、フライト全体を管理する装置。

FSR（field service representative）
航空機メーカーから派遣され、現地で技術指導をするエンジニアのこと。

ICAO（International Civil Aviation Organization＝国際民間航空機関）
国際民間航空が安全かつ整然と発達するように、また、国際航空運送業務が機会均等主義に基づいて健全かつ経済的に運営されるように、各国の協力を図ることを目的として1944年に採択された国際民間航空条約（通称シカゴ条約）に基づき設置された国連の専門機関。本部はカナダのモントリオールに置かれ、2020年7月現在の加盟国数は193ヶ国。

LCC（low cost carrier、格安航空会社）
効率的な経営により低価格で航空券を提供する航空会社のこと。米国のサウスウエスト航空、英国のイージージェット、アイルランドのライアンエアー、マレーシアのエアアジアなどがある。日本では平成24年から本格的なLCC時代が始まり、ピーチ・アビエーション、バニラ・エア、ジェットスター・ジャパンなどが就航した。

PCU（propeller control unit）
プロペラの角度や回転数を自動的に調整する装置で、左右のエンジンそれぞれ

に付いている。

V1（離陸決定速度）、VR（ローテーション速度）、V2（安全離陸速度）、Vref（着陸基準速度）

V1は離陸を継続するか中止するかを決定しなくてはならない速度、VRは離陸するために操縦かんを引き起こす速度、V2は定められた上昇勾配で安全に上昇できる速度。Vrefは着陸の際に、滑走路末端（スレッショールド）を通過するときの速度。

VOR/DME（ボル／デメ、超短波誘導施設）

VOR（VHF omnidirectional radio range＝超短波全方向式無線標識）は、放射状に広がる超短波の方位信号を発する地上無線局のことで、これにより航空機がどの方向に向いているかを知ることができる。DME（distance measuring equipment＝距離情報提供装置）は、航空機から発信された距離質問電波に対する応答電波を発する地上無線局のことで、これにより航空機が地上のDMEまでの距離を測定することができる。計器飛行のために不可欠な施設で、一定規模の空港には必ず設置されており、多くの場合VORとDMEが併設され、円周状の多数の白いドームがVORで、中央に立つ赤いアンテナがDMEである。単に空港を離発着する航空機だけでなく、上空や周辺を飛行する航空機に対しても重要な位置情報を提供している。

—経済関係—

一般会計

国や地方公共団体の会計で、特別会計に属さない財政を包括的・一般的に経理する会計のこと。これに対して特別会計は、特定の歳入をもって特定の事業を行うための会計で、一般会計から独立している。

繰延資産

通常は費用として経理処理すべきもののうち、会計上、特別に資産として計上することができるもの。対象となる費用は、創立費、開業費、株式交付費、社債発行費、開発費の五つ。

経常利益

企業の本業による儲けである営業利益（売上から費用を差し引いたもの）に、資金調達活動や投資活動による損益を加えた利益。その企業の全体としての収益力を示す。

減価償却費

長期間にわたって使用する固定資産（建物、機械設備等）の取得に要した費用を、その固定資産が使用される期間（耐用期間）にわたって費用計上する会計手続きのこと。毎期均等額を費用計上する定額法や、期首の残高に一定の率を乗じて費用計上する定率法などがある。

債務超過

企業の欠損金が、資本金、法定準備金、剰余金など株主資本（自己資本）の合計額を上回り、資本勘定がマイナスになった状態。きわめて危険な財務状況で、倒産の一歩手前。

産業再生機構、企業再生支援機構

株式会社産業再生機構は、平成15年から同19年まで存在した特殊会社。日本の産業の再生と信用秩序の維持を目的とし、有用な経営資源を有しながら過大な債務を負っている事業者に対し、金融機関からの債権買取、融資、債務保証、出資、経営者派遣、スポンサー（売却先）探しなどを行なった。活動期間中、支援対象となった事業者は41社で、主な企業にカネボウ、九州産交、スカイネットアジア航空（現・ソラシドエア）、ダイエー、大京などがある。
株式会社企業再生支援機構は、地方の中堅・中小企業や第三セクターの再建を想定し、平成21年に設立された組織。産業再生機構とほぼ同じ機能を持ち、同25年に現在の株式会社地域経済活性化支援機構に改組された。主な支援対象企業は、日本航空、熊本バス、宮崎カーフェリー、ウィルコム、ヤマギワ、阿蘇熊牧場、勝浦漁協、中山製鋼所、地方の医療法人など。

第三セクター

国および地方公共団体が経営する公的企業を第一セクター、民間企業を第二セクターと呼ぶことから、国や地方公共団体と民間の共同出資による事業体を第三セクター（略称・三セク）と呼ぶ。国や地方公共団体が行う事業に民間のノウハウと資金を入れることが目的で、地域開発や交通などの分野で設立されることが多い。

地方交付税
昭和29年に設けられた制度で、地方公共団体の財源不足や団体間の財政不均衡を是正し、その事務を遂行できるよう国から地方公共団体へ交付される資金。国税収入から一定の比率で交付され、使途の制限はない。

日商岩井
明治、大正期に活躍した鈴木商店を前身として昭和3年に設立された日商と文久2年（1862年）に歴史が遡る岩井産業が昭和43年に合併してできた総合商社。業界では三菱商事、三井物産、伊藤忠商事、住友商事、丸紅に次ぐ6番手であることが多かった。平成16年4月に、業界7～8番手だった総合商社ニチメンと合併し双日株式会社になった。

ベンチャーキャピタル
未上場の新興企業（ベンチャー企業）に出資し、将来その企業が株式公開（上場）した際に大きな値上がり益（キャピタルゲイン）の獲得を目指す投資会社や投資ファンドのこと。

包括外部監査
地方自治体の監査委員が行う行政内部の監査とは別に、弁護士や公認会計士など外部の監査人と地方自治体の長が包括外部監査契約を結び、特定のテーマについて実施する監査制度のこと。地方自治法第252条の37などにもとづく。

補正予算
すでに成立した国または地方公共団体の予算（本予算）に関し、経費の不足および予算作成後に生じた事由に基づき追加・変更を行うために作成され、議会に提出される予算のこと。

民事再生、会社更生
民事再生は、平成12年4月から施行された民事再生法にもとづく事業（債務者）の再生方式。営業を続けながら債務整理ができるので、従業員や取引先へのダメージを軽減できるメリットがある。会社更生法にもとづく再生と比較した場合、①個人・中小企業を対象とし、手続きが比較的簡便、②現経営陣が引き続き経営にあたる、③租税や担保付債権は債務軽減の対象外、④議決は過半数ないしは2分の1（会社更生法は3分の2）以上で成立する、等の特徴がある。

装画　古屋智子
装丁／地図デザイン　岡　孝治
地図作成　千秋社

毎日文庫

島《しま》のエアライン　上

印刷　2021年10月20日
発行　2021年11月 5 日

著者　黒木《くろき》 亮《りょう》
発行人　小島明日奈
発行所　毎日新聞出版
東京都千代田区九段南1-6-17 千代田会館5階
〒102-0074
営業本部：03(6265)6941
図書第一編集部：03(6265)6745
ブックデザイン　鈴木成一デザイン室
印刷・製本　光邦

 ISBN978-4-620-21038-4